De Selveras - Bloedrode kralen

Het snoertje met bloedrode kralen
Dat mijn grootmoe al droeg in haar jeugd
Zal urenlang kunnen verhalen
Over jaren van weemoed en vreugd
Ik kreeg het van haar
En kijk ik er naar
Dan zie ik een beeld uit die tijd
Dat snoertje met bloedrode kralen
Wil ik van mijn leven niet kwijt

Op mijn zeventiende jaar
Kreeg ik dit geschenk van haar
En ik weet nog hoe ze zachtjes zei
"Als je 't draagt, denk aan mij"
Grootmoe is niet meer op aard'
Maar van haar bleef iets bewaard
't Is het mooiste souvenir voor mij
Hierdoor blijft zij me altijd bij

Dat snoertje met bloedrode kralen
Dat mijn grootmoe al droeg in haar jeugd
Zal urenlang kunnen verhalen
Over jaren van weemoed en vreugd
Ik kreeg het van haar
En kijk ik er naar
Dan zie ik een beeld uit die tijd
Dat snoertje met bloedrode kralen
Wil ik van mijn leven niet kwijt

Tekst: Walter Brandin / Muziek: Heinz Kiessling en Otto
Riedlmayer (1957)

Dit boek is een fictief werk. Namen, personages, plaatsen en incidenten zijn producten van de verbeelding van de auteur of worden fictief gebruikt. Elke gelijkenis met werkelijke gebeurtenissen of locaties of personen, levend of dood, is volledig toevallig.

Het Snoertje met Bloedrode Kralen
Auteursrecht © 2022 Gabriella Bradley
ISBN: 978-1-4874-3611-7
Cover art door Martine Jardin

Gepubliceerd door eXtasy Books Inc
http://www.extasybooks.com

Het Snoertje met Bloedrode Kralen

door

Gabriella Bradley

Voor mijn lieve Oma…

1

Gedachteloos speelde Chantal met de ketting—het snoertje met bloedrode kralen dat ze had gekregen van haar grootmoeder. En Oma had het van haar grootmoeder geërfd. Het snoertje was minstens meer dan tweehonderd jaar in de familie, misschien nog wel langer, had Oma haar verteld. Ze droeg het altijd. Als ze zich verloren voelde, als ze naar haar oma verlangde, zoals vanavond dan gaf de ketting haar rust. Kon ze maar met Oma praten. Haar moeder? Nee, Mamma en zij waren niet na aan elkaar. Ze sprak nooit met haar moeder over persoonlijke dingen. Ze draaide het snoertje om haar vinger en haar gedachten dwaalden naar de avond toen Oma haar de ketting had gegeven...

Haar oma was haast twee jaar geleden stilletjes ingeslapen op vierentachtigjarige leeftijd. Maar Oma wist het. De avond ervoor, terwijl Chantal op de grond zat bij de haard, leunend tegen haar grootmoeder's knieën, zei Oma plotseling, 'Chantal, pak m'n juwelenkistje even. Er is iets wat ik nu aan je moet geven want morgen is het te laat.'

'Oma, doe niet zo eng,' had Chantal gebromd.

'Doe me een plezier en pak het even uit m'n slaapkamer.'

Chantal haalde het snel en gaf het aan haar grootmoeder. Tegelijkertijd voelde ze hoe koud Oma's handen waren. 'Hebt

U het koud? Zal ik de kachel wat opstoken?'

'Nee, meiske. Tekens van ouderdom. Op mijn leeftijd krijg je allerlei rare ouderdomskwaaltjes. Ga weer zitten.' Ondertussen opende zij het juwelenkistje en haalde er iets uit. 'Dit is nu van jou. Wees er erg voorzichtig mee en geef het nooit uit je handen. Aan niemand.'

Chantal pakte het kettinkje. Ze had Oma het soms zien dragen, maar niet dikwijls. Als klein meisje fascineerde de glinsterende rode kralen haar en als Oma haar af en toe verwende met een goud speldje of kettinkje, vroeg ze altijd naar het snoertje met bloedrode kralen. En het antwoord was altijd hetzelfde. 'Als je éénentwintig bent, meiske. Je bent nu nog te klein.' Maar toen ze het kreeg, was ze nog geen éénentwintig. Haar verjaardag was een paar maanden later, in de lente.

Oma had het om haar nek gehangen en op datzelfde moment wist Chantal dat ze op deze avond voor altijd afscheid moest nemen van haar grootmoeder. Het was vreemd hoe ze dat opeens zo sterk voelde. Zodra de ketting om haar nek hing, voelden de kralen warm aan en vloeide er een vreemde gloed door haar lichaam, en het was onbegrijpelijk, maar diep van binnen wist ze dat dit de laatste keer zou zijn dat ze bij haar oma was, de laatste keer dat ze haar zou spreken.

'Pas er goed op, meiske, en gebruik het alleen voor goed, om te helpen, te genezen, om iets recht te maken wat onjuist is. Er wacht je een grote taak. We hebben eeuwen gewacht op de voorspelde en ik weet al sinds je geboorte dat jij het bent. Het is jammer dat ik je niets meer kan leren nu het haast zo ver is en je moeder wilde er niets van weten dus daar hebt je niets aan. Je staat er nu helemaal alleen voor.'

'Oma, U praat in raadsels.'

'Als je jarig bent geweest, dan zullen de kralen het je leren.

Maar wees gewaarschuwd. Pas op voor degenen die je zullen achtervolgen. Vertrouw alleen hem. Hij zal je beschermen.'

Als ze er niet zeker van was geweest dat haar grootmoeder nog erg helder was, zou Chantal aan haar getwijfeld hebben. 'Over wie hebt U het, Oma? Wie moet ik alleen vertrouwen? Bram? En wie zou mij achtervolgen? Waarom?'

'Nee, Bram is niet voor jou bedoeld en is niet te vertrouwen. Pas op, want hij is gevaarlijk. Ik zei al, vertrouw alleen degene die je zal helpen. Hij zal vrij snel in je leven komen. Kom, lieve meid, ik ben moe. Tijd om te gaan slapen.'

Chantal had haar oma naar bed geholpen, haar toegedekt, maar toen ze haar op beide wangen kuste, zei Oma, 'Vergeet niet dat ik altijd bij je zal zijn, lieve prinses. Zet even dat plaatje op voor me, Chantal.'

Zij had de antieke grammofoon aangezet en het bewuste plaatje. Ze kon de woorden want ze had het lied sinds ze klein was gehoord. *Het snoertje met bloedrode kralen, dat mijn grootmoe al droeg in haar jeugd...* Het werd gezongen door *De Selveras*, twee bekende zangeresjes rond negentienhonderd en vijftig. Oma had al hun platen, want oude platen verzamelen was haar hobby, maar het lied over bloedrode kralen was na aan haar hart. Oma zei altijd, 'Het is net of het speciaal voor mijn ketting is geschreven...'

Chantal had even meegeluisterd totdat haar grootmoeder sliep en was toen naar huis gegaan, in tranen, want diep van binnen voelde ze dat haar grootmoeder gedag had gezegd.

Ze ging de volgende morgen voordat ze naar de bus liep even naar haar grootmoeder. Ze dronken dikwijls een bakkie samen voordat Chantal ging werken. Maar Oma was niet op. Ze lag nog in bed en het plaatje speelde nog steeds, over en over. En de antwoorden op de vragen die door haar hoofd speelden zou ze nooit krijgen.

Ze liet het snoertje los bij de treurige herinneringen en haar nagel haakte eraan. Het knapte en de kralen vlogen overal heen. 'Verdomme!' Ze sprong op, raapte de kralen op van de tafel, maar de rest lag verspreid op de grond. Ze waren overal heen gesprongen en moeilijk te zien op het vloerkleed dat dieprood was met een nogal druk patroon. Niet iets wat ze zelf zou hebben gekozen, maar de studio kwam gemeubileerd en het decor was nogal ouderwets. Ze hield van antiek, maar in de studio paste er niets bij elkaar.

Na de HAVO had ze voor kapster geleerd en haar diploma gehaald. Daarna werkte ze voor een kapsalon in Utrecht, en nadat haar grootmoeder stierf had ze de boerderij verlaten, haar kleine studioflat gevonden in De Bilt, en haar doel was om zelf een kapsalon te beginnen. Ze was er hard voor aan het sparen, en de bruiloft...

Ze slikte de brok uit haar keel bij die gedachte en concentreerde op het zoeken naar de kralen.

Ze wreef met vlakke hand over het kleed. Had ze al de kralen? Hoe kon ze er zeker van zijn? Ze keek met leedde ogen naar het snoertje. Ach, het was zo oud, geen wonder dat het eindelijk brak. Ze besloot om het de volgende morgen naar de juwelier te brengen.

Om zeker te maken dat ze alle kralen had, pakte ze haar kleine stofzuigertje, haalde de zak eruit, deed een nieuwe erin, en zoog toen het hele tapijt en alle hoeken van de kamer en onder het bed. Af en toe hoorde ze een kraal het zuigertje in gaan. Toen ze klaar was, vond ze er zelfs nog twee in de fauteuil. Ze haalde de zak uit de stofzuiger en knipte het open. Ja, ze had er nog vijf opgezogen.

Ze deed alle kralen en het koordje in een klein doosje en na een douche ging ze naar bed. Slapen was moeilijk. Het breken van de ketting had even haar gedachten verzet maar nu kwam alles van de laatste dagen weer naar boven, van Bram, haar verloofde, die haar zo had besodemieterd.

Glashard had hij haar verteld een paar avonden geleden toen hij haar ophaalde van de kapsalon, 'Chantal, Mies is in verwachting van me.'

Zomaar.

Plotseling.

En ze had z'n ring teruggeven en het afgebroken.

Nooit had ze kunnen vermoeden dat hij haar bedonderde. Vooral niet met Mies, haar beste vriendin. Wanneer? Ze dacht even na. Natuurlijk. Op de avonden dat zij tot tien uur moest werken, drie avonden per week, Donderdag, Vrijdag, en Zaterdag.

Bram had dikwijls geopperd dat hij bij haar in zou kunnen trekken maar Chantal wilde niet samen wonen. Niet totdat ze getrouwd waren. En hetzelfde met seks. Ze liet het nooit te ver gaan. Maar kennelijk was seks te belangrijk voor Bram en Mies had hem gegeven waar hij naar verlangde en Chantal hem onthield.

Soms was de temptatie groot geweest om in te geven aan zijn pogingen, maar altijd hoorde ze Oma's stem… *Geef jezelf niet te snel, meiske, niet totdat je weet dat hij de juiste voor je is.* En nu was het over. Ze veegde de tranen van haar wangen. Waarom treuren over zo'n slappeling. Hij had kennelijk nooit werkelijk van haar gehouden. Niet genoeg om nog zes maanden te wachten, tot de grote dag dat ze in het huwelijksbootje zouden stappen.

Na een rusteloze nacht schrok Chantal wakker. Ze rekte zich uit, gooide haar benen buiten bed, en liep naar het kleine badkamertje. Ze keek in de spiegel boven de wastafel. Haar blauwgroene ogen waren bloed doorschoten, de fijne huid onder haar ogen donker. Ze ging gauw naar het toilet, en stapte toen onder de douche.

Na haar lange zwarte lokken gedroogd te hebben, kleedde

ze zich aan. Zoals altijd, jeans, het rode uniformjasje van de salon, sokken en stevige schoenen en haar jas. Ze was laat vanmorgen en besloot om koffie te grijpen bij Starbucks op weg naar werk. Ze propte het doosje met kralen in haar zak en ging naar buiten om haar fiets te pakken.

Het was een trieste dag. Ach, winter was om het hoekje. Nu zag ze op tegen de komende feestdagen in December. Feestdagen zonder Oma.

En zonder Bram... Maar waarom? Hij was altijd tegen feestdagen, had geen plezier in ze, en verpeste ze eigenlijk voor haar.

Ze stopte bij de kleine juwelier niet te ver bij de salon vandaan, deed haar fiets op slot en ging naar binnen. Voor een moment deed het pijn want ze hadden ook hun ringen daar gekocht.

De juwelier keek haar aan. 'Een betaling op de ring?' vroeg hij.

De ring...de diamanten ring welke Bram op afbetaling had gekocht. Voordat ze hem ontmoette, had hij een paar jaar in Amerika gewoond en wilde haar die ring als verlovingsring geven buiten het traditionele gouden bandje, net als in Amerika.

'Eh, nee. We zijn niet meer verloofd. Bram zal dat wel met U afrekenen.'

Ze zag zijn blik rusten op haar lege vinger. 'O, het spijt me dat te horen. Wat kan ik voor je doen?'

Ze haalde het doosje uit haar zak. 'Het snoertje brak gisteravond. Kunt U de kralen aan een nieuw snoertje doen? Een steviger?'

Hij deed het doosje open en keek met interesse naar de kralen. 'Dat zijn robijntjes.'

'Nee toch? Het zijn gewone bloedkralen.'

Hij legde een fluwelen kleedje op de glazen toonbank en

goot de kralen voorzichtig uit het doosje en deed een monocle op zijn oog. Turend naar de kralen rolde hij er een paar rond, pakte een pincet, raapte een kraal op en hield die vlak voor de monocle. 'Het zijn robijntjes en wat interessant is, op elke kraal is een schriftteken gegraveerd, zo klein dat je het met het blote oog niet kan zien.'

'Werkelijk?'

'Ja. Deze kralen zijn waarschijnlijk honderden jaren oud. Je bent in bezit van een kleine schat want ik denk dat ze heel wat waard zijn.'

'Dat interesseert me niet. Ik bedoel...de waarde. De ketting is al jaren in onze familie en nu heb ik het geërfd van m'n grootmoeder. Ik dacht altijd dat het gewoon glazen bloedkralen waren.'

'Verre daarvan. Het is vanmiddag klaar. Hoe laat kom je uit je werk?'

'Vijf uur.' Het was Vrijdag maar ze had geruild met één van de andere kapsters.

'Ik ben tot zes uur open. Nogmaals, het spijt me van de verloving. Jullie waren zo'n leuk stel.'

Het sneed als een mes door haar hart. 'Hij heeft een groenere weide gevonden om in te grazen,' flapte ze eruit.

Zijn grijzende wenkbrauwen gingen omhoog. 'O, wel, het enige wat ik daarop kan zeggen is dat hij niet voor je weggelegd was, en je bent beter af zonder zo'n man.' Mompelend deed hij voorzichtig de kralen terug in het doosje en liep naar achteren.

De dag ging tergend langzaam voor Chantal. Ze kon weinig interesse tonen in het gebabbel van de klanten en was blij toen het tijd was om naar huis te gaan.

Halverwege stopte ze bij de juwelier, parkeerde haar fiets, en ging naar binnen. De juwelier kwam snel vanuit zijn werkplaats achter in de winkel. 'Het is klaar, maar ik heb vandaag wat onderzoek gedaan en ik heb ook geconsulteerd met een bekende verzamelaar. Mijnheer de Kok was meer dan enthousiast over de ketting en heeft informatie gestuurd dat nogal interessant is.'

'O ja? En?'

'Als je me je e-mail adres geeft, dan zal ik de informatie naar je sturen. Ik heb een nieuw gouden antiek slootje er aan gemaakt. Als je ooit besluit om de ketting te verkopen, laat het me weten want dan zal ik je in contact brengen met die verzamelaar. Of misschien kan je het aanbieden op een veiling. Ik heb een gevoel dat je het voor een groot bedrag kan verkopen.'

'Nee, ik verkoop het nooit. Hoeveel ben ik U schuldig?'

'Veertig Euro. Het slootje is achttien karaat goud. Als het te duur is wil ik het wel veranderen in een zilver slootje.'

'Nee hoor. Dit is goed.' Ze bekeek de ketting welke kennelijk goed schoongemaakt was want de kralen glinsterden haar tegemoet. Ze hoefde niet meer te sparen voor een bruiloft, dus al was veertig Euro nogal veel, het kon haar niets schelen.

'Het soort draad dat ik heb gebruikt zal niet snel breken,' beloofde de juwelier.

Chantal schreef haar e-mail adres op voor hem, bedankte hem nogmaals, en na de ketting om haar hals te hebben gehangen en het weer veilig tussen de gleuf van haar borsten rustte, verliet ze de juwelier en fietste naar huis.

Een paar uur later na eerst zich verkleed te hebben en ze een boterham had gegeten, opende ze haar laptop en ging naar haar e-mail. Er waren verschillende e-mails van Bram. Ze opende ze geen eens en wiste ze direct uit. Ze had geen interesse in wat hij te zeggen had. Toen de e-mail van de juwelier. Er waren verschillende bijlagen bij, allemaal artikelen over de ketting.

Deze ketting is al honderden jaren verloren en wordt nog steeds naar gezocht door verzamelaars. De afbeelding hiernaast is ongeveer hoe de ketting er uitziet alhoewel kralen van glas zijn gebruikt voor de illustratie.

Chantal keek naar de afbeelding. Ja, het leek op haar ketting, maar er hing ook een hanger aan van een gouden draak met in het midden een grote robijn. Of in dit geval, rood glas.

De ketting is gezegd om magische krachten te bezitten. Het laatste dat de ketting werd gezien is in het jaar vijftienhonderd en vierenveertig in het bezit van een vrouw beschuldigd van hekserij. Toen zij op de brandstapel werd vastgebonden, was ze niet meer in bezit van de ketting welke spoorloos is verdwenen.

Chantal las de artikelen met verbazing. Sommige hadden toelages erbij die heel erg oud waren, honderden jaren geleden geschreven over de ketting. Sommige spraken over de magische krachten. Werkelijk? Haar ketting met bloedrode kralen, die nu schenen geen gewone kralen te zijn... En er hing geen hanger aan de hare. Nee, het kon niet dezelfde ketting zijn. Onmogelijk.

Het laatste artikel beschreef de ketting beter en sprak over de kleine symbolen die op elke kraal stonden. Symbolen die niemand ooit had ontcijferd.

Ze deed de ketting af en tuurde naar de kralen maar ze zag niets. Maar de juwelier had de symbolen gezien met zijn monocle. Ze haalde haar schouders op. Het was allemaal te vreemd en mysterieus. Ze kon zich moeilijk voorstellen dat haar grootmoeder in het bezit was van een ketting met zogenaamde magische krachten. Maar zo ook waren de laatste mysterieuze woorden van haar oma een puzzel...*vertrouw alleen hem*... en ze had ook gezegd, *dan zullen de kralen het je leren... We hebben eeuwen gewacht op de voorspelde en ik weet al sinds je geboorte dat jij het bent.* Wat had Oma daar mee bedoeld? Of was ze in de war omdat ze voelde dat het haar laatste uren waren...

2

Chantal keek naar het raam en naar de grote witte vlokken die stadig naar beneden dwarrelden. Sneeuw. Ja, het was begin December, dus te verwachten. Ze rekte zich uit en lag even met haar handen onder haar hoofd na te denken.

Ze pakte de ketting die ze op haar nachtkastje had gelegd en speelde met de kralen. 'Oma, ik wou dat U hier was. Wat zou U nu tegen me zeggen?' zei ze zachtjes. Ze dacht dat ze het antwoord wel wist. *Liefje, hij was niet de juiste man voor jou.* En dat had ze immers gezegd de avond voordat ze stierf?

Nee, dat had hij bewezen. Maar het deed toch pijn. Ze had Bram ontmoet niet al te lang voordat haar grootmoeder overleed, dus ze waren meer dan twee jaar bij elkaar. Zes maanden daarvan verloofd. Het zou wel slijten. Ze moest zichzelf over haar verdriet heen zetten. Ze had de kralen stevig vast en plots voelde haar hand gloeiend heet. Verstomd keek ze naar haar hand en de ketting. Haar hand gloeide alsof ze een zaklantaarn in haar vuist had. Ze liet de kralen los die op haar borst vielen. Langzaam koelde haar hand weer.

'Ik ga me vreemde dingen inbeelden,' mompelde ze, legde de ketting op het nachtkastje en stapte uit bed. Ze keek op de klok en zag dat ze vrij lang geslapen had. Om twee uur moest ze werken tot tien uur die avond.

Na een douche, kleedde ze zich. Jeans, een trui, en laarzen.

En de ketting. Er ging geen dag voorbij dat ze die niet droeg. Haar schoenen en uniformjasje stopte ze in haar tas. Nadat ze eerst een boterham had gegeten en koffie op had, ging ze naar buiten. Ze fietste altijd, door wind, regen, en sneeuw. Ze haalde het slot van haar fiets, stopte het in haar tas, en trok haar handschoenen aan. Goed ingepakt tegen de kou, stapte ze op en begon naar Utrecht te rijden.

Dankzij de sneeuw, nam de rit langer dan normaal. Eindelijk naderde ze de salon, parkeerde haar fiets, en besloot eerst naar Starbucks te lopen want ze was veel te vroeg. Net zat ze aan een tafeltje, toen Bram plotseling op de andere stoel neerplofte.

Chantal keek hem boos aan. 'Laat me met rust. Ga weg.'

'Je hebt niet m'n e-mail beantwoord.'

'Nee. Ik wil niets meer met je te maken hebben.'

'Lieve schat, ik—'

'Versta je geen Nederlands meer? Donder op!'

Waar haalde hij het lef vandaan? Boos, begon ze op te staan.

'Chantal, Mies heeft tegen me gelogen. Ze is niet in verwachting.'

'O ja? En?'

'Ik wil jou niet verliezen.'

'Had je eerder aan moeten denken toen je met haar in bed kroop.'

Ze praatte niet zachtjes en mensen begonnen aandacht aan hen te besteden.

'Het was allemaal een groot misverstand, en ik—'

Chantal lachte sarcastisch. 'Ja, ja. Misverstand genoeg dat je geloofde dat ze zwanger was. Ik wil niets meer met je te maken hebben. Het is afgelopen.'

'Maar ik—'

Ze wilde zijn stem niet meer horen en pakte haar koffie en

tas en stapte resoluut naar de uitgang. Hij liep vlak achter haar. Ze kon haast z'n adem in haar nek voelen. Was hij zo stom? Al zou ze dom genoeg zijn om hem terug te nemen, hoe zou ze hem ooit weer kunnen vertrouwen?

Ze liep snel naar de salon en negeerde hem alhoewel hij nog steeds achter haar liep. Toen ze de deur opendeed, stopte hij haar. Met een harde duw opende zij de deur en moest hij loslaten. 'Bram, sodemieter op. Anders bel ik de politie.'

Gauw slipte ze naar binnen. 'Ruzie?' vroeg één van de andere kapsters.

'Ja. Het is af.'

'Dat gaat wel weer over,' zei Rosa, de eigenares.

'Geen denken van. Hij besloot om in groenere weiden te grazen.' Het was een goed gezegde en zonder te veel detail.

Ze ging snel naar achteren om haar uniformjasje aan te trekken. Bram had goed getoond hoe onbetrouwbaar hij was. Wat deed hij eigenlijk thuis? Moest hij niet werken? Ze haalde haar schouders op. Hij werkte niet altijd op Zaterdag en het kon haar niet schelen. En de Zaterdagen dat hij had gewerkt, was dat wel waar? Of was hij bij Mies?

Elsa, één van de kapsters, kwam de lunchkamer binnen. 'Hee, Chantal, sorry dat hij je beduveld hebt. Zou ik nooit van hem gedacht hebben. Hij kwam voor als zo'n aardige, bedachtzame man.'

'Het is nog rauw, Elsa. Ik wil er liever niet over praten.'

Tot haar verbazing sloeg Elsa haar armen om haar heen. 'Ik heb ook zoiets meegemaakt, dus ik begrijp het. Als je wilt praten, zeg het maar. Heb je zin om naar Café Bolleboos te gaan als we klaar zijn vanavond?'

Chantal aarzelde. 'Misschien. Ik zal er over nadenken.'

'Beste is om je te verzetten,' adviseerde Elsa.

Terwijl ze werkte, gingen de verhalen van haar klanten langs haar heen. Tegen het eind van die dag moest ze Elsa gelijk geven. Het was beter om haar gedachten te verzetten.

'Hee, Elsa, op je eerdere vraag…ja, laten we dat doen.' Morgen was het Zondag, een vrije dag die ze altijd besteedde met Bram…

'Leuk. Je zal er geen spijt van hebben.'

Chantal kende Elsa niet zo goed want ze werkte nog niet zo lang in de salon. Maar dat gaf niet. Of ze over het gebeurde wilde praten, dat wist ze nog niet, alhoewel ze er naar verlangde om haar hart uit te storten. Haar moeder was uitgesloten, ook haar twee oudere zussen die beide meer dan twaalf jaar scheelden met haar. Chantal was een nakomertje. Haar moeder was vierenveertig en haar vader zesenveertig toen ze de wereld in kwam—een onwelkome verassing en haar moeder liet haar dat altijd goed weten.

Het gevolg was dat ze meer bij haar grootmoeder was dan thuis want haar moeder werkte. Oma had altijd tijd voor haar. Ze maakte ontbijt, verraste haar dikwijls met pannenkoeken of wentelteefjes, en zelfs na school ging ze veel naar Oma's kleine huisje dat achteraan op de boerderij stond want haar ouders waren veel weg en zorgden zelden voor avondeten. Waar haar ouders altijd naar toe gingen had ze geen idee van.

De boerderij… Die was nu van haar moeder. Maar haar vader en moeder hadden nooit interesse gehad en beiden werkten in de stad. Het deed haar oma pijn dat de boerderij zo verwaarloosd werd. Ook die was al zoveel jaren in de familie, net als de ketting. Chantal dacht dat ze één dezer dagen wel zou horen dat haar ouders de boerderij te koop hadden gezet want ze spraken vaak er over om met pensioen te gaan. Haar grootvader zou omkeren in z'n graf. Ze had hem nooit gekend want hij was overleden kort na haar geboorte maar Oma had haar zo veel verteld over hem dat het was alsof ze hem had gekend.

Ze was klaar met haar laatste klant en ruimde snel op,

veegde de grond, en ging naar achteren om haar trui, laarzen en jas aan te trekken.

'Jammer dat je niet dichterbij woont,' zei Elsa, toen ze naar het café wandelden want Elsa had geen fiets. Zij kwam altijd met de bus.

'Hoezo?'

'Je stikt straks van de hitte in die dikke trui. Weet je wat, het is December en de winkels zijn laat open. Laten we even gaan kijken of we een leuk topje voor je kunnen vinden.' Ze stopte bij een dameswinkel. 'Hier hebben ze dikwijls aanbiedingen.'

Chantal zocht een plekje voor haar fiets en deed het slot erop en volgde Elsa naar de winkel. Door het sparen voor haar eigen salon en voor de bruiloft, had ze geen kleding meer gekocht de laatste paar jaar. Het gaf niet want zij en Bram gingen zelden uit.

Elsa kwam naar haar toe gerend met een glinsterend turquoise topje in haar handen. 'Dit is leuk en halve prijs. En de kleur past bij je ogen. Ga het even aanpassen.'

Chantal gaf haar tas aan Elsa en ging naar een paskamer. Ze trok haar trui uit en deed het topje aan. Het paste precies en zoals Elsa zei, het bracht de kleur van haar ogen naar voren. Ze liet het aan Elsa zien. 'Vind je niet dat het erg glinstert?'

'Nee, joh, dat is de mode. Staat je harstikke leuk. Hou het aan. En die kralen staan er leuk bij.' Ze reikte naar Chantal's haar en trok het bandje er uit zodat haar haar los hing over haar schouders en rug. 'Dat mooie zwarte haar. Je doet er nooit iets mee, en dat voor een kapster.'

'Vind je het topje niet een beetje riskant?' Chantal probeerde de lage hals iets omhoog te trekken want ze kon de welving van haar borsten zien.

'Nee, joh. Staat je erg sexy.'

Chantal deed haar jas aan en stopte haar trui in haar tas. Bij de kassa knipte de verkoopster het kaartje van het topje af. Chantal deed gauw haar jas dicht en ze gingen weer naar buiten.

'Laat je fiets maar hier staan. Het café is om de hoek,' zei Elsa.

'Ben ja daar al eerder geweest?'

'Ja, ik ga er dikwijls Vrijdag of Zaterdagsavonds heen.'

Er stonden een paar groepjes mannen en vrouwen te roken buiten het café. Elsa deed de deur open en Chantal volgde haar naar binnen.

'Hee, Elsa, kom hier zitten,' riep een mannenstem terwijl ze hun jassen ophingen.

Hier en daar werd Elsa begroet. Het was druk. Chantal zag geen enkele lege stoel, behalve aan het tafeltje waar Elsa naar toe liep.

'Ik heb gauw een paar stoelen gepakt toen ik jullie zag binnenkomen,' zei dezelfde man. 'Wie is je mooie vriendin?'

Chantal kon onmogelijk al de namen herinneren. Binnen een paar minuten stond er een glas voor haar op de tafel. De jongeman die naast haar zat begon haar al snel te chanteren. Ze was nogal verlegen van aard maar nadat ze wat gedronken had van haar cocktail, begon ze zich meer op haar gemak te voelen. Ze had geen idee wat ze dronk, maar het was lekker. Toen ze het eindelijk vroeg vertelde de man naast haar dat het Tequila Sunrise heette.

Maar na een derde, voelde ze het naar haar hoofd stijgen. Ze dronk nooit veel. Soms een glas wijn thuis. Dit was nieuw voor haar. De jongeman naast haar heette Arjan vond ze eindelijk uit en hij wilde nog een cocktail voor haar kopen. 'Nee, dank je. Het wordt zo langzamerhand tijd om naar huis te gaan.'

Ze had opgemerkt dat mensen het café begonnen te

verlaten en toen ze op haar horloge keek, zag ze dat het haast half twee was. Ze keek naar Elsa die op schoot zat van een man. Ze riep, maar Elsa hoorde haar niet.

'Zal ik met je naar huis lopen?' vroeg Arjan.

'Dank je wel, maar ik ben op de fiets. Ik woon in De Bilt. Dat is nogal ver om te lopen.'

'Ik hoop dat je weer terug komt. Misschien volgende week? Mag ik je om je telefoonnummer vragen?'

Was ze gereed om met een andere man uit te gaan? Nee, nog lang niet. Ze stond op, pakte haar tas, nam de trui er uit en trok die over haar hoofd. 'Vraag maar aan Elsa. Bedankt voor de cocktails en de gezellige avond, Arjan.'

Gauw zocht ze haar jas tussen de menigte jassen die aan de haken hingen en trok het aan.

Het sneeuwde nog steeds. Fietsen was niet te gemakkelijk. Ze stopte even om haar handschoenen aan te trekken en ging toen weer verder. Gelukkig was er haast geen verkeer op de weg, alleen wat voetgangers en nog wat andere brave fietsrijders.

Niet al te ver bij huis vandaan moest ze plotseling remmen voor een grote witte poes die voor haar fiets heen vloog. Het veroorzaakte dat haar banden slipten en ze viel.

Beduusd lag ze even op de koude sneeuw en wilde net overeind krabbelen toen sterke handen haar optilde en haar op haar voeten zette.

'Ben je okay? Heb je je eigen zeer gedaan?' vroeg een diepe mannenstem.

'Dank je. Alles zit er nog op en er aan.'

De man raapte haar fiets op. 'Het is gevaarlijk om in dit spul te fietsen.'

'Ik ben er aan gewend, maar een poes rende voor m'n fiets en ik moest remmen.'

'Dat was Moppie, mijn poes.'

'Doordat de poes wit is zag ik het diertje te laat. Zal ik je helpen zoeken? Het is te koud voor zo'n beestje.' Chantal bekeek de man. Ze moest ver naar boven kijken want hij torende over haar heen. Hij zag er uit als een jaar of dertig, en had een aardig gezicht. Tenminste, wat ze van hem kon zien door de dikke sneeuw. Opeens gloeide de ketting tegen haar hals en borst. Onwillekeurig vloog haar hand er naar toe. Waarom had ze zo'n vreemde reactie van de ketting? Allergisch?

'Dank je well, maar ze zal zo wel terugkomen. Moet je nog ver? Zal ik even met je meelopen?'

Zomaar met een stikvreemde man aan de wandel gaan? 'Ik woon om de hoek, maar bedankt voor het aanbod.'

Hij stak zijn hand uit. 'Ik heet Ezra. Ik heb je nog nooit gezien in de buurt.'

'Ik ben Chantal en ik ben jou ook nooit tegengekomen. Woon je al lang hier?'

'Ongeveer twee jaar. Ik zoek iemand in de stad Utrecht of omgeving en heb nog geen geluk gehad.'

Chantal trok haar wenkbrauwen op. 'Er is altijd het internet, en als dat niet lukt, het stadhuis.'

'Ja, ik loop niet achter. Jammer genoeg heb ik niet voldoende gegevens over haar. Geen naam, leeftijd, mogelijk adres, helemaal niets behalve dat ze in of rond Utrecht moet wonen.'

'Ik zou m'n hulp aanbieden, maar als je zelf niet weet naar wie je zoekt dan heeft dat weinig nut. Alhoewel ik hier al een poosje woon, ken ik de buren niet zo goed. Alleen maar om te begroeten. Ik wens je veel geluk met je speurtocht. Goeienacht.'

Chantal greep het stuurwiel van haar fiets en begon naar huis te lopen. Achter haar hoorde ze de poes miauwen dus die was weer veilig bij haar of zijn eigenaar. 'Wat raar. Hoe kan je nou naar iemand zoeken als je niet weet naar wie je zoekt? Geen naam? Vreemd hoor,' mompelde ze zachtjes terwijl ze haar fiets op slot zette en toen naar binnen ging.

3

zra keek haar na op een afstandje en toen had hij haar gevolgd want diep van binnen was hij zeker dat hij eindelijk de juiste vrouw had gevonden. Het was niet zijn verbeelding dat haar nek eventjes gloeide. Hij was er zeker van dat zij de ketting aan had onder haar jas. Het was jammer dat hij niet de hanger in zijn zak had. Het zou hem hebben gewaarschuwd dat hij eindelijk geluk had want de hanger had dan ook gegloeid.

Twee jaar lang had hij naar haar gezocht. De goden hadden hem gezegd om in en rond Utrecht te zoeken. Maar ze hadden hem niets anders verteld, geen naam, niet hoe ze er uit zag, hoe oud ze was, alleen maar dat zij de verkozen vrouw was en dat ze puur koninklijk bloed had. Dikwijls vroeg hij de goden hem meer leidraad te geven, een naam, beschrijving, maar nee, ze zeiden niets.

Hij dacht even aan het grote schilderij dat in de vergaderingskamer van de ouderlingen hing, van het koninklijke gezin. Het kleine prinsesje van drie jaar had zwart krullend haar en een lief, rond gezichtje. Maar door de sneeuw had hij niet goed het gezicht gezien van de jonge vrouw en ze had een muts op dat haar haar verborg.

Vanaf het begin vond hij het een hopeloze zaak. Ze hadden hem net zo goed kunnen bevelen om naar een naald in een hooiberg te zoeken.

Soms mopperden de goden tegen hem. Hij was te ongeduldig. Alles zou gebeuren zoals het geschreven was in het grote levensboek en op de juiste tijd. Nadat zij haar fiets had geparkeerd en naar binnen ging haalde hij zijn schouders op, aaide Moppie, en ging terug naar zijn huis.

Tien minuten geleden dacht hij dat hij iets bij de schuur hoorde en doordat er veel gestolen werd in de buurt besloot hij even zeker te gaan maken dat de schuur goed op slot was. En voor de eerste keer was Moppie het huis uitgeschoten...

Hij ging naar binnen, tevreden dat alles zo verlopen was, Moppie het huis uitrennend en veroorzaken dat zij viel, dat was definitief het werk van de goden. Waarom had het zo lang moeten duren? Verdomme, al die tijd had ze om de hoek bij hem gewoond, vlak onder z'n neus.

Hij was het al lang zat om als een Aards mens te leven in een drukke stad en verlangde naar de vrijheid op Shang'du, zijn eigen planeet. Voor honderden jaren hadden zij daar geleefd met de voorspelling dat de verloren prinses zou terugkeren. Hoe het mogelijk was, wist hij niet. Maar voor de goden was alles denkbaar. Zelfs een Aardse vrouw die op de Aarde niet langer leefde dan op zijn hoogst honderd jaar. Hoe kon dan die vrouw, hoe heette ze ook alweer? Hij dacht even na. Chantal. Hoe kon zij de verloren prinses zijn? Omdat ze in het bezit van de ketting was? De ketting was waarschijnlijk van hand tot hand gegaan door de eeuwen. Hoe was het mogelijk dat het nog steeds in de juiste handen was?

Hij had alleen gezien dat ze groenblauwe ogen had. En hij was er zeker van dat hij heel even haar nek had zien gloeien en er was een vage uitstraling om haar heen. Haar haar was bedekt door een warme muts en ze was dik ingepakt tegen de kou. Hoe kon hij haar benaderen zonder dat zij achterdochtig zou worden?

Hij keek naar de klok en zag dat het haast drie uur was.

Hoogtijd om naar bed te gaan. Morgen zou hij beginnen met Chantal te achtervolgen. Als ze tenminste naar buiten kwam, want zoals het er uitzag, zou er morgen een goed pak sneeuw liggen.

Ezra schrok wakker. Hij nam snel een douche, bond zijn blond haar naar achteren, en kleedde zich aan voor een harstikke koude taak. Een dikke trui, en in plaats van jeans een joggingbroek want die was warmer, warme sokken, en laarzen. Hij at een boterham en gaf Moppie haar eten.

'Waar ga je naar toe vandaag?' vroeg de poes.

Moppie was zijn vertrouwde. Hij had haar meegenomen toen hij naar de Aarde kwam maar daar had hij haar verandert in een mooie poes en uitgelegd dat ze niet haar normale vorm kon hebben, dat van een klein elfje. Het was al gevaarlijk genoeg dat hij een pratende poes had...

'Ik denk dat ik eindelijk de prinses heb gevonden.'

'Die jonge vrouw op die fiets gisteravond. Ja, ik voelde de magische krachten uit haar stromen.'

'Jij ook?'

'Ja. Hoe ga je haar benaderen?'

'Dat weet ik nog niet. Wat bezielde je om gisteravond het huis uit te rennen?'

'Miauw... Iets dreef me ertoe. De goden. Als ik niet had veroorzaakt dat ze viel, had je haar ook niet ontmoet.'

'Je hoeft niet te miauwen,' zei Ezra geïrriteerd.

'Ik vind het een leuk geluid.'

'Ja, als je werkelijk een poes was. Maar ik weet beter.'

'Wat ga je nou doen?'

'Een poosje rondhangen in de buurt van haar woning. Misschien komt ze niet eens naar buiten vandaag. Om eerlijk te zijn, ik erger me dood. Al die tijd dat ik heb gezocht en ze woont om de hoek? Haast niet te geloven. Waarom hebben de goden niet eerder er voor gezorgd dat ik haar zou ontmoeten? Nou ja, het begin is er. Morgen hoop ik dat ik meer over haar leert.'

'Ezra, niet zo veel kankeren. De goden hebben overal een rede voor, dat weet je. Veel plezier in die kou vanmorgen.'

* * * *

Chantal besloot om wat cadeautjes te gaan kopen voor haar nichtjes en neefjes. Morgen was het Sint Nicholaas. Ze was erg laat met presentjes kopen dit jaar. Dankzij Bram...

Na zich warm aangekleed te hebben, een wollen muts op haar hoofd en warme handschoenen aan, ging ze naar buiten. Verkeer had de sneeuw al aardig vastgepakt op de straat. Ze opende het slot van haar fiets en begon de rit naar de stad.

Het nam haar twee keer zo lang om naar Hoog Catharijne te rijden, het grote winkelcentrum in de stad. Na haar fiets een plaatsje te hebben gegeven, ging ze snel naar de roltrap en naar binnen. Eerst koffie. Haar wangen gloeiden en haar handen waren heet van de kou. Ze deed haar handschoenen uit en trok de muts van haar hoofd en stopte alles in haar tas.

Ze ging naar Starbucks, bestelde en betaalde voor haar koffie, en vond een plekje om even te gaan zitten.

Ze moest kopen voor vijf kinderen. Irene, haar oudste zus, had twee jongens van twaalf en veertien jaar. Saskia, had een jongen van dertien en twee meisjes, een tweeling van negen jaar. Gelukkig was er een tijd geleden besloten dat ze niet meer voor de volwassenen zouden kopen. Dat maakte het gemakkelijker.

Het werd meestal bij één van haar twee zussen gevierd. Dit keer bij Saskia. Chantal had weinig zin om te gaan want dan moest ze ook vertellen dat het af was met Bram. Maar voor de kinderen moest ze wel.

Voor de jongens kocht ze computerspelletjes. En gelukkig speelden de meisjes nog graag met poppen. Ze kocht nog wat kleinere cadeautjes zoals wanten, mutsen, sjaals, en wat marsepein lekkernijtjes. Ze liet alles inpakken en besloot terwijl ze haar cadeautjes inpakten om zichzelf wat te verwennen.

Ze ging eerst naar Albert Heijn voor wat nodige boodschapjes, toen naar Etos, de drogist, en intussen rammelde haar maag en ging ze naar Bakker Bart. Ze kocht brood, maar besloot ook om lunch daar te eten. Ze hadden daar heerlijke versgebakken broodjes. Ze bestelde er twee met twee kroketten en een smoothie.

Ze zat net aan een tafeltje toen een diepe stem haar begroette.

'Hallo, Chantal.'

Ze keek op in twee donkerblauwe ogen. Dezelfde man die haar gisteravond opgeraapt had van de straat? 'Hallo…sorry, ik ben je naam vergeten. Hoe heet je ook alweer?'

'Ezra.'

Nu ze hem goed kon bekijken zag ze een knap gezicht. Een kuiltje in z'n kin, mooie gewelfde lippen, en een haast perfect gezicht omringd door lang blond krullend haar dat naar achteren was gebonden.

'Mag ik bij je zitten? Het is nogal vol.'

Chantal keek in de rondte en ja, alles was bezet. 'Ga je gang.'

Hij ging zitten. 'Ben je okay? Geen blauwe plekken of zo van je val?'

'Nee hoor. Aardig van je om het te vragen. Ik was dik genoeg aangekleed. Dat heeft me beschermd en de sneeuw was nog zacht.'

'Ik vind het verbazend dat we zo dicht bij elkaar wonen en we zijn elkaar nooit tegengekomen. Hoe lang woon je daar?'

Ze moest even nadenken. Nadat Oma stierf. 'Haast twee jaar. Ik kom niet veel buiten. Tenminste niet rond het huis. Als ik van de natuur wil genieten stap ik op de fiets en ga ik naar het Van Boetzelaer park.'

Dikwijls samen met Bram... Hij woonde in de stad. Ze dacht niet dat hij in z'n eentje naar het park zou gaan want hij ging altijd mee voor haar. Bram hield niet veel van de natuur. Maar waar hield Bram eigenlijk wel van? Hij mopperde altijd als ze wilde gaan fietsen.

'Ja, daar ga ik ook dikwijls naar toe om de eenden te voeren en van de natuur te genieten,' zei Ezra.

Wat een mooie, diepe stem had hij. Een kalmerende stem. Chantal voelde een vreemde kriebeling door haar lichaam. Ze verschoof wat op haar stoel. 'Het is warm hier.' Ze opende haar rits een beetje.

Haar naam werd afgeroepen tezamen met de zijne. 'Ik haal het wel. Blijf maar zitten,' bood hij aan.

Ze trok de hals van haar trui iets naar beneden en raakte de ketting aan. De kralen voelden erg warm aan. Was haar lichaam zo heet? Nee, de kralen gloeiden. Raar. Ze droeg ze elke dag sinds Oma ze aan haar had gegeven en nu zou ze plotseling allergisch voor ze zijn? Ezra kwam terug en zette haar smoothie en broodjes voor haar op het tafeltje.

'Wat voor werk doe je, Ezra?' vroeg ze toen hij weer ging zitten.

'Ik ben een historicus en een verzamelaar van antieke juwelen en artefacten. Ik werk voor mezelf.'

'Interessant. En wat doe je met de dingen die je verzamelt? Verkoop je ze?'

'Meestal niet. Als je m'n huis zou zien...het is gevuld met allerlei artefacten. Als je wilt, mag je best een keer komen kijken. Wat voor werk doe jij?'

'Ik ben kapster en werk in een kapsalon in Utrecht. Huur

je kamers in dat huis?'

'Nee, het huis is van mij. Ik heb het hele pand gekocht.'

Hij scheen geld te hebben. 'Dat zijn grote huizen in die straat. Verhuur je er kamers van?'

'Nee hoor. Ik hou van mijn vrijheid.'

Verdiende hij zo goed als historicus? Ze was nieuwsgierig maar durfde niet te veel vragen te stellen. 'Ik dacht dat je een privé detective of zoiets was. Je zei gisteravond dat je naar iemand zocht.'

'Dat heeft meer te maken met een artefact dat ik zoek dat zij in haar bezit heeft. Ik was er achter gekomen dat zij in Utrecht of omstreken woont. Daarom heb ik dat pand gekocht.'

'Waar woonde je voor die tijd?'

'Je broodjes worden koud. Laten we eerst eten.'

Ze knikte. 'Ja, en ik wil nog wat boodschappen doen, en ik moet de ingepakte cadeautjes ophalen voor m'n nichtjes en neefjes voor morgen.'

Hij had zijn broodjes al haast op. 'Voor Sinterklaas.'

'Ja. Doet jouw familie er niet aan?' Ze nam gauw weer een hap van haar tweede broodje.

'Ik heb geen familie in Nederland.'

Gek, hij kwam niet over alsof hij uit een ander land kwam en had geen accent. Ze nam de laatste hap van haar broodje. 'Waar woont je familie?'

Geen antwoord. Waarom deed die man zo mysterieus? Opeens, uit de hoek van haar ogen, zag ze Bram staan, buiten de bakkerij. Ze fronste. Hij merkte dat ze hem had gezien en liep gauw een eindje verder. Werkelijk? Had hij haar weer achtervolgd? Ze had hem niet gezien toen ze op haar fiets stapte.

'Wat is er?' vroeg Ezra.

'M'n ex staat op me te loeren. Onze verloving is

kortgeleden afgebroken maar nu volgt hij me geregeld want hij wil me terug.'

'Had jij het afgemaakt?'

'Ja.'

'En jij wil niet meer. Ben je daar zeker van?'

'Heel zeker.'

'Ik zal niet vragen het hoe of waarom, maar ik zal met je meelopen totdat je er gerust van bent dat hij je niet meer volgt. Is hij er nu nog?'

'Ja, een eindje verderop. Bedankt voor je aanbod. Ik kan moeilijk hier blijven zitten totdat hij het zat wordt te wachten.' Ze stond op, pakte haar tassen op, deed haar jas weer dicht en liep naar de uitgang.

Zoals Ezra had beloofd, ging hij met haar mee. Net buiten de bakkerij pakte hij haar vrije hand. Vreemde scheuten vlogen van haar hand door haar arm. Het leken wel elektrische schokjes, alsof ze haar vinger in een stopcontact had gestoken, en weer gloeide haar ketting.

'Waar wil je heen?' vroeg hij.

'Ik wilde wat nieuwe kleding kopen, maar nou heeft Bram m'n dag verpest.'

'Hoeft helemaal niet. Ik blijf gewoon bij je. Dan zal hij je niet lastig vallen.'

Ze keek op en verdronk haast in zijn diepblauwe ogen. Haar hart deed bokkesprongen. Ze slaakte een diepe zucht. Wat een rare reactie tegenover een vreemdeling. En een nogal mysterieuze harstikke knappe vreemdeling... 'Okay dan. De winkel waar ik naar toe wil is een eindje verderop.'

Het was een exclusieve dameszaak. Chantal liep er dikwijls langs maar kocht nooit iets. Geen bruiloft nu. En ze had werkelijk nieuwe kleding nodig. Het was tijd dat ze een beetje uit haar schulp kroop en socialiseerde. Ezra volgde haar naar binnen en ging bij de deur staan. Zij had al gezien dat Bram hun volgde en dat hij nu weer op een afstand stond te kijken.

De verkoopster bracht haar topjes om aan te passen bij de drie lange rokken die ze besloot om te kopen. Lange rokken waren weer in de mode. Ach…mode. Van alles kon tegenwoordig. Maar het was waar, ze zag veel lange rokken en jassen toen ze door het centrum liep, dus lang was weer populair. De ene zwarte lange rok was van een zijachtig materiaal en geplisseerd. Dat zou wel haar favoriete worden. Ze trok een glinsterend topje er bij aan met een lage hals. Toen ze haar eigen bekeek in de spiegel vond ze dat ze er nogal deftig uitzag. Ze koos nog een paar topjes en wilde haar eigen net aankleden toen de verkoopster aankwam met een jurk over haar arm.

'Je vriend die bij je is wilt graag dat je deze jurk aanpast.'

Mm, Ezra? Moest wel want ze was met Ezra binnen gekomen. Chantal bekeek de jurk, Turquoise, geplisseerd vanaf onder de borsten met een glinsterend lijfje. Ze keek op het kaartje. *Lieve Hemel…over zeshonderd Euro.* Ze zou wel gek zijn. Maar om Ezra een plezier te doen trok ze de jurk aan.

Ze deed de deur van de verkleedkamer open en draaide zich naar de verkoopster zodat die de rug sluiting dicht kon doen. Toen bekeek ze zichzelf in een lange spiegel. De jurk zat als gegoten.

'Mevrouw, die jurk is voor je gemaakt,' zei de verkoopster. 'Haast dezelfde kleur als je ogen.'

Ze wilde niet toegeven dat het te duur was en zei, 'Ik zou niet weten wanneer ik zoiets zou dragen.'

'De jurk is exclusief. Er is er maar één van. Mijnheer vroeg of je jezelf even aan hem wilde laten zien.'

Chantal aarzelde even. Maar waarom niet? Ezra had anders een fantastisch gevoel voor dameskleding. Ze liep even de winkel in waar Ezra liep te kijken naar andere lange jurken. 'Ezra.'

Hij draaide naar haar toe en lachte, een brede lach die kuiltjes in beide wangen veroorzaakte. Hij legde een arm over zijn borst en boog. 'Koninklijke Hoogheid.'

'Joh, doe niet zo gek. Wat moet de verkoopster wel niet denken?' Haar hart sloeg op hol en klopte tot in haar keel.

Hij stond weer rechtop, zijn ogen haar innemend van boven naar beneden en weer terug. 'Je ziet er uit als een prinses.'

'Dank je wel, maar de jurk is me te prijzig.' Ze draaide zich om en liep terug naar de paskamer. De verkoopster deed de rits voor haar open en Chantal trok snel de japon uit. 'De jurk is prachtig, maar niet deze keer,' zei ze tegen de verkoopster die geduldig stond te wachten en gaf de jurk terug aan haar en gaf haar de drie rokken en topjes. 'Ik neem deze.'

'Jammer, de japon staat je zo mooi. Ik zal de rest inpakken voor je.' De verkoopster liep weg.

Gauw trok Chantal haar kleding weer aan en ging naar de kassa. Al haar spullen stonden al ingepakt en klaar in een grote tas. Ze betaalde, pakte de tas op, en ging naar Ezra die weer bij de deur stond. Voordat ze de deur open deed keek ze naar de mensen en ja, Bram stond er weer.

Toen ze naar het gedeelte liepen waar pakjes werden ingepakt, vroeg Ezra, 'Is hij weg?'

'Nee, nog steeds niet.'

'Hoe lang waren jullie bij elkaar?'

'Meer dan twee jaar.'

'En ik ben te nieuwsgierig en vraag het toch. En wat ging er fout?'

'Hij ging naar bed met m'n beste vriendin.'

'Dan mag je blij zijn dat je er nu achter kwam. Als een man of vrouw eenmaal vreemd gaat, dan doen ze het zeker weer. Hoe kwam je er achter?'

'Ze vertelde hem dat ze in verwachting was. De volgende

dag zei ze dat ze gelogen had en nu wil hij mij weer terug.'

'Het is goed dat de goden je beschermd hebben voor een ongelukkig huwelijk.'

'De goden?'

'Ja. Geloof je nergens in?'

Wat moest ze daarop zeggen? 'Eh...ja...in Sinterklaas,' zei ze met een lachje.

Intussen waren ze bij de toonbank waar ze haar pakjes moest ophalen. Hoe ze het allemaal op haar fiets moest vervoeren wist ze nog niet. Vooral niet door de sneeuw en het was te ver om te lopen. Het leek wel of hij haar gedachten kon lezen.

'Ik zal met je mee fietsen. Je krijgt nooit al die tassen op je fiets.'

Hij nam een paar tassen over van haar en liep met haar mee naar de uitgang, toen naar de fietsenstalling. 'Mijn fiets staat een eindje verder. Ik zie je zo meteen.'

Ze haalde haar fiets van slot, gaf de overgebleven tassen een plekje, deed een gedeelte ervan in de zadeltassen, en ging naar Ezra die iets verder op haar stond te wachten. Hij nam nog wat van de tassen over van haar en gaf ze een plaatsje op zijn fiets. Net wilden ze opstappen toen Bram op hen afgestevend kwam.

'Jij hebt iets over mij te zeggen? Een paar dagen later heb je al een ander?' brulde hij met een verwrongen gezicht van woede.

Zonder te antwoorden stapte Chantal op haar fiets en begon weg te rijden, Ezra volgde vlak achter haar. Ze vermoedde dat Bram in zijn auto was, zoals altijd. Hij hield niet van fietsen. Maar als dit zo doorging, dan zou ze naar de politie moeten gaan om een huisverbod aan te vragen tegen hem.

Vele straten waren al geruimd en het was beter rijden,

maar de zijwegen nog niet. Ze was blij dat ze eindelijk thuis was. Ze zette haar fiets op slot en Ezra gaf haar de tassen die hij had vervoerd voor haar.

'Ezra, bedankt voor je gezelschap vandaag. Bram zou m'n hele dag verpest hebben want als ik alleen was geweest dan had ik waarschijnlijk naar huis gegaan.'

'Graag gedaan. Chantal, ik zou je graag beter leren kennen. Denk er over na om een keer met me uit te gaan? Gezellig eten ergens? Een film? Dansen? Je zegt het maar. Je weet waar ik woon.'

'Dank je, en nogmaals bedankt voor de hulp. Ja, ik zal er over nadenken.'

Ze ging snel naar binnen en leunde even tegen de deur. Het was te idioot wat die man veroorzaakte in haar lichaam, en nog erger, in haar hart. Ze kwam net uit een relatie. Maar nooit had Bram zulke wilde gevoelens veroorzaakt in haar lichaam en hart.

Ze gooide al de tassen op de tafel en zette eerst de ketel op om thee te maken. Toen begon ze de tassen leeg te maken. Eerst de boodschappen. Het laatste pakte ze haar nieuwe kleding uit. Tot haar grote consternatie, kwam de prachtige jurk tevoorschijn.

Had Ezra er voor betaald? Ze keek gauw op de rekening maar de jurk stond er niet op. 'Kan ik niet accepteren. Waarom zou een stikvreemde man een jurk voor me kopen, en nogal zo'n dure...' mopperde ze. Ze had nu geen zin meer, maar morgenavond, na werk, zou ze de jurk naar hem terugbrengen.

4

E zra zette zijn fiets in de schuur en ging naar binnen. 'Ik ben nu honderd percent zeker dat zij het is,' zei hij tegen Moppie nadat ze hem begroette.

'Hoezo? Heb je haar gesproken?'

'Ja, zelfs beter. Ik heb een goed gedeelte van de dag met haar besteed. Ze had de ketting aan, en de hanger in m'n zak reageerde er op.'

De poes sprong op de keukentafel. 'Hoe heb je dat klaargespeeld?'

'Ik wou dat je niet overal opsprong. Alles is kattenhaar. Ik denk dat de goden helpen. Kennelijk gaat ze net door een verbroken verloving en haar ex achtervolgt haar. Ook vandaag. Dus ik bood aan om bij haar te blijven.'

'Jij bent de schuldige die me in een poes hebt veranderd, en dan nog zo'n langharige, dus jouw fout. Maar hoe heb je haar in de eerste plaats benaderd?'

'Ze ging naar het winkelcentrum en ik heb haar gevolgd. Toen ze iets ging eten deed ik net of het per ongeluk was dat ik ook toevallig in die bakkerij was en het was aardig druk. Ik bestelde twee broodjes en vroeg of ik haar tafeltje mocht delen. Toen zag ze haar ex. Ik ben bij haar gebleven totdat ze thuis was.'

'Moet ik jaloers zijn?'

'Doe niet zo gek. Ik heb haar uitgevraagd. Of ze er op ingaat is nog te bezien. Ik weet in ieder geval waarom de goden zo lang hebben gewacht om haar op mijn pad te brengen. Ze was verloofd en die relatie moest eerst uit de weg.'

'Pas op, Ezra. Ik denk niet dat het plan van de goden inhoud dat *jij* een relatie aangaat met de prinses.' De poes sprong van de tafel en liep weg.

Ezra keek in de koelkast. Dom. Hij had eten moeten kopen. Bestellen dan maar. Chinees?' Hij pakte z'n mobiele telefoon en belde het Chinese restaurant waar hij altijd bestelde. 'Goeieavond. Dit is Ezra van Houten.'

'Hetzelfde als altijd, Mijnheer van Houten?'

'Ja, dank je. Wanneer kan je het bezorgen?'

'Over een uur. Het is druk momenteel. Het is Zondag, plus de sneeuw, dus mensen bestellen liever en eten thuis.'

Ezra hing weer op na betaald te hebben en ging naar de woonkamer. Hij zette de TV aan en zonk neer in zijn fauteuil, maar de TV interesseerde hem niet. Zijn gedachten waren bezig met de mooie vrouw wiens gezelschap hij had genoten die dag. Toen hij haar de eerste keer zag toen ze viel had hij zo weinig van haar gezien. Vandaag...ze zette hem in vuur en vlam. Vooral toen ze die lange jurk aan had. Wat een schoonheid, en toen hij haar goed kon bekijken kon hij de gelijkenis zien tussen haar en het kleine meisje op het schilderij.

De neiging om haar in zijn armen te nemen was sterk geweest, maar hij moest zich beheersen. Wat Moppie zei was waar. De goden hadden niet gezegd dat hij een relatie aan moest gaan met de prinses. En Chantal *was* de prinses. Daar was hij nu zeker van. Hoe het allemaal verder moest gaan, had hij nog geen idee van. Hij moest haar thuis brengen, naar Shang'du, en hoe hij dat moest volbrengen was ook een raadsel. De goden hadden gezegd dat de prinses een grote taak had. Wat voor taak? Shang'du bevrijden van de oppressie? Hij haalde zijn schouders op. Hoe was dat mogelijk? Ja, de goden hadden zoiets gezegd, maar hij twijfelde er sterk aan.

Hij dacht aan zijn planeet, aan de oorlog die al ettelijke jaren heerste tussen de kolonisten bevolking en de draken. De draken waren het eerste op Shang'du. De planeet was van hen, al eeuwen lang. Totdat in het jaar tweeduizendzestig de ruimteschepen uit Nederland kwamen met duizenden mensen die snel vermenigvuldigden. En de ruimteschepen bleven komen, een paar per jaar, met nieuwe kolonisten, allemaal uit Nederland.

Vier andere landen op Aarde hadden ook ruimteschepen uitgestuurd met kolonisten naar de nieuwe Melkweg die in tweeduizendvijfenveertig was ontdekt. Een Melkweg met twaalf bewoonbare planeten. Ieder van de vijf landen had een eigen planeet gekozen om te koloniseren. Nederland koos Shang'du en de kolonisten werden met open armen ontvangen door de draken. Zijn ouders en de ouderlingen hadden hem verteld hoe enthousiast ze waren om uit te vinden dat er meer leven was in het universum, dat zij niet de enige mensen waren.

De draken bevolking was niet groot, niet vergeleken bij de Aarde. Hoe kon het ook? Hun levensspan was een paar duizend jaar. Als zij zouden vermenigvuldigen zoals de Aardse mensen, had Shang'du gauw te klein geweest. Een draken stel kregen één of twee kinderen gedurende hun lange leven.

De draken bevolking kwam er direct achter dat de kolonisten geen magie hadden, geen gedaante verwisselaars waren, niet in goden en godinnen geloofden, en dat ze een angst hadden voor alles wat voor hen vreemd was. Dus besloten de draken om te verbergen dat ze van vorm konden veranderen.

Alles ging goed voor vele jaren, totdat de Aardse mensen erachter kwamen dat de bevolking van Shang'du, en ook het koninklijk gezin, van vorm konden veranderen, dat ze ontzettend lang leefden, en dat ze draken waren. De draken regering had uiteindelijk ook besloten om het koloniseren te beperken want er kwamen te veel emigranten. En toen begon het gedonder.

De kolonisten verklaarden oorlog en de draken werden uit Beral'kazon, de hoofdstad, gedreven, het koninklijk huis werd bezet, en de koning en koningin en het prinsesje werden gevangen genomen. Eén van de Aardelingen werd verkozen om de kroon te dragen en werd snel gekroond. Weg was hun vredig leven en al verdedigden de draken hun planeet, er was geen vechten tegen de gesofisticeerde wapens van de Aardse ruimteschepen en soldaten en vele draken verloren hun leven.

De draken waren gevlucht naar de Bogderlise bergen waar ze in een dal een tijdelijke stad hadden gebouwd niet ver bij de mijnen vandaan. En daarna heerste er een gewapende vrede tussen de Aardelingen en drakenbevolking. Ze hadden geen toegang tot de nieuwe stad van de kolonisten, behalve om hun kinderen naar school te brengen en op te halen.

Eindelijk stapten de goden in een paar jaar geleden en maakten contact met Ezra, generaal van het draken leger. Ezra was tweeëntachtig jaar oud. Nog erg jong voor een draak want hun levensspan kon doorgaan tot meer dan tweeduizend jaar. Hij wist het meeste van wat er allemaal was gebeurd door de verhalen van de ouderen. Ze wilden nog steeds hun wereld terug eisen, maar hun leger was te klein en er waren al te veel van hen gedood. Ze hadden voorlopig alle hoop opgegeven om hun wereld terug te krijgen en wachtten op de voorspelling van de goden dat in de toekomst, Shang'du weer van hen zou zijn.

Ezra was geboren met magische gaven. Dat gebeurde maar zelden onder de draken. Maar toen hij door de goden werd verteld dat het prinsesje was gered en naar de Aarde was gebracht, en dat daardoor er nog een lid van het koninklijk gezin in leven was, bracht hij de boodschap voor bij een vergadering van de ouderlingen. Hij moest precies vertellen wat de goden hem gezegd hadden.

'Ezralaius, jij bent het instrument waardoor het beheer van Shang'du weer onder de draken zal vallen. De draken koning en koningin zijn al ettelijke jaren geleden overgestapt naar het land van rust en vrede, zoals je weet. Maar de kleine prinses is gered en naar de Aarde gebracht. Zijzelf leeft niet meer, maar haar nakomelingen leven wel en één van die nakomelingen heeft het pure bloed geërfd van de koning en koningin en de prinses. Zij bezit de magie en de kracht om Shang'du te bevrijden van de Aardse oppressie. Je kan haar herkennen door de ketting van robijnen kralen, meegenomen door het prinsesje, welke nu in het bezit is van de jonge vrouw waar je naar moet zoeken, de nakomeling van de prinses. De hanger van de ketting is in het bezit van de ouderlingen. Jij gaat naar de Aarde, neemt de hanger mee, naar een plaats met de naam Utrecht, waar je haar zult vinden. De hanger zal reageren op de ketting en je helpen in je zoektocht.'

Ezra had gevraagd hoe het kwam dat het prinsesje de ketting mocht houden van de Aardelingen. Het antwoord was dat de bewakers van de kerkers dachten dat het waardeloze kralen waren, speelgoed. Hij grinnikte eventjes bij die gedachte. Als ze hadden geweten hoeveel de ketting waard was, vooral als de hanger er weer aanhing, en dat het magie had... Hoe de prinses was gered hadden de goden hem niet verteld, of door wie. Ze vertelden hem alleen het nodige, en dat was niet voldoende.

Het prinsesje was spoorloos verdwenen uit de kerkers, en de kolonisten hadden jaren gezocht naar haar. Vele van de drakenbevolking waren gevangen genomen en ondervraagd, maar er was nooit een spoor gevonden van het kleine meisje.

Draken mochten niet naar Nederland reizen. Hij had met de hulp van een paar van de ouderlingen een paspoort gekregen onder zijn valse naam welke hij gebruikte voor zijn antiekwinkel in de hoofdstad van de kolonisten, daar begonnen zodat hij een oogje op de Aardelingen kon houden, en ze hadden hem genoeg goud gegeven dat hij kon verkopen op Aarde. Er werd haast geen goud meer gemijnd op de Aarde met het resultaat dat nieuw goud een fortuin op kon brengen.

Nadat hij zijn verblijfsvergunning in handen had, was hij naar de Aarde gegaan als Ezra van Houten, handelaar in historische artefacten. Ezra was een afkorting van zijn werkelijke naam, Ezralaius.

Zogenaamd als een Aardeling, met in zijn zak de hanger, samen met Moppie, zijn kleine elfje en vertrouwde, die makkelijk in zijn zak paste, en waarop hij een spreuk had gezet zodat de scanner haar niet zou zien, was hij naar de Aarde gereisd.

Het goud dat hij bij zich had in zijn koffers zag eruit als dozen bonbons ingepakt in zilverpapier, waren zogenaamde geschenken, en uit veiligheid had hij ook daar een spreuk op gezet. Maar de douane had niet eens zijn koffers opengemaakt. Hij had nog maar een gedeelte van het goud gebruikt. Het was ontzettend veel waard op Aarde.

In het begin voelde hij zich erg verloren. Alles was zo anders, zo vreselijk druk, gehaast, zo vol gebouwd. Gelukkig sprak hij de taal goed dankzij de kolonisten welke de scholen beheerden op Shang'du. De kolonisten hadden de voorwaarde gesteld dat drakenkinderen naar hun school moesten, en op school werd alleen Nederlands gesproken en ze moesten ook andere talen leren. Wat voor nut dat had op Shang'du was toen een raadsel voor Ezra... Later begreep hij dat de Aardelingen de talen moesten leren voor toekomstige zakenrelaties. Maar wat voor relaties? De kolonisten hielden zich afgezonderd en handelden alleen met Nederland.

Drakenmensen zagen er niet anders uit. Sommige, zoals Ezra, waren veel groter, maar over het algemeen zagen ze er hetzelfde uit als Aardelingen.

Gedurende de twee jaar in Nederland dat hij zocht naar de prinses en de ketting had hij veel artefacten verzameld. Wat hij er mee moest doen later, had hij geen idee van. Kon hij ze meenemen? Dat was iets van latere zorg. Maar hij moest iets doen om zich bezig te houden behalve naar de prinses te zoeken, dus hij was een zogenaamde historicus en verzamelaar en dat beroep paste goed bij zijn antiekwinkel. En hij had al veel artefacten gekocht voor zijn zaak op Shang'du gedurende zijn zoektocht...

Maar nu had hij eindelijk de prinses gevonden. Hij was er haast zeker van. Maar nog niet helemaal want hoe kon een Aardeling de prinses zijn? Dat was een raadsel voor hem. Hij had er ook niet op gerekend dat ze zijn hart zou veroveren. Hoe was dat mogelijk? Na haar twee keer gezien te hebben? En de eerste keer was zo kort... Maar na vandaag beheerste ze zijn gedachten. Hij kon het plaatje van haar hoe ze daar stond in die mooie japon welke haast dezelfde kleur had als haar ogen, niet uitwissen. Zodra hij de japon had gezien wist hij dat hij het kledingstuk voor haar moest kopen. De jurk was alsof gemaakt voor haar en de verkoopster had gezegd dat er maar één van was. Geregeld moest hij weer aan haar denken, totdat hij in slaap viel, nog steeds zittend in z'n stoel.

* * * *

Chantal kon het niet helpen. Voordat ze naar bed ging trok ze nog even die mooie japon aan. Wat bezielde Ezra de jurk voor haar te kopen? Geeft niet of hij schatrijk was, ze kon het niet accepteren. Ze draaide in de rondte, voelde hoe soepel de rok om haar heen zwaaide en golfde. Ze trok haar haar naar boven op haar hoofd en beeldde zich een diadeem voor... 'Ik lijk wel een prinses,' zei ze zachtjes. Maar toen trok ze de jurk uit en vouwde het kledingstuk voorzichtig op en legde het terug in de doos. Wat zou hij zeggen als ze morgenavond de jurk terugbracht?

Morgenavond? Nee...ze was haast vergeten dat ze naar haar zus moest voor Sinterklaas. Het zou moeten wachten tot de volgende dag.

Er ging een trilling door haar lichaam terwijl ze aan hem dacht en in bed stapte. Ze deed het licht uit en kroop onder het dekbed. De verwarming stond aan maar het was toch koud in huis, alleen...zij was niet koud. De rillingen over haar ruggengraat werden veroorzaakt door aan Ezra te denken.

Ze begon net weg te dommelen toen haar mobiel belde. Geïrriteerd antwoorde ze zonder naar het nummer te kijken.

'Chantal, ik wil—'

'Verdomme, Bram, als je doorgaat met me lastig te vallen en te achtervolgen bel ik de politie.' Ze hing op en zette haar mobiel af.

5

Het sneeuwde nog steeds en er lag zo'n pak dat Chantal die morgen had besloten dat het te lang zou duren om op haar werk te komen met de fiets en weer terug te rijden naar huis dus had ze de bus genomen.

Het was zes uur. Ze ruimde haar kaptafel op, veegde de vloer, en trok toen haar trui aan over het uniformjasje.

Half acht kwam ze thuis. Ze verkleedde zich snel, deed één van de lange rokken aan en een topje, trok haar haar naar achteren in een paardenstaart, en belde een taxi. Net voordat ze in de taxi stapte zag ze Bram staan aan de overkant. Ze slaakte een zucht. Het was nog vers. Na een paar dagen zou hij wel ophouden, maar dat hij haar achtervolgde gaf haar een benauwd gevoel. Ze wenste dat ze Ezra bij zich had... Maar ze kon moeilijk op komen dagen bij haar familie met een wildvreemde man. Ze wisten nog geen eens dat de verloving af was...

Haar moeder was boos toen ze net voor negen uur binnenkwam met haar tassen vol cadeautjes. 'Waarom kan je nooit op tijd zijn?'

'Mam, heb je naar buiten gekeken? Ik heb geen air auto zoals jullie.' De air autos van tegenwoordig waren fantastisch in de sneeuw want ze hadden geen straat nodig. Maar niet iedereen had genoeg geld om zo'n auto te kopen want ze waren verschrikkelijk duur. En de meeste taxis reden nog op wielen. Hetzelfde als de futuristische elektrische air fietsen. Achtduizend Euro voor een fiets was bezopen.

De jongere kinderen kwamen op haar afgevlogen en na een omhelzing haalden de tassen al uit haar handen. 'Tante Chantal, mogen we ze openmaken?' vroeg Marijke, één van de tweeling.

'Ja hoor, ga je gang.'

Saskia groette haar. 'Hee, zus. Het is een poos geleden. Waar is Bram? En wat zie je er leuk uit.'

Chantal gaf haar blonde zus een glimlach. 'Dank je. Bram en ik zijn niet meer. Het is uit.'

'Voorgoed?'

'Ja. Ik wil er liever niet over praten.'

Maar dat viel op dove oren. Ze werd belaagd met vragen, maar de kinderen waren erbij. Al waren die druk met hun nieuwe spullen, toch konden ze het gesprek opvangen. Ze wenkte naar Saskia om haar te volgen naar de keuken.

In de keuken zei ze tegen Saskia, 'Bram is naar bed geweest met Mies.'

Saskia's gezicht was één en al verbazing. 'Je beste vriendin? Ach, ik voel voor je. Hoe kwam je er achter?'

'Hij vertelde me dat Mies in verwachting was. Een zwangerschap gebeurt niet van naast elkaar zitten en een gezellig gesprek voeren.'

'Wat een etter!'

'Nu zegt hij dat het niet waar was dat ze zwanger is, dat Mies heeft gelogen, maar het feit is er dat voor haar om er over te liegen in de eerste plaats, ze seks moeten hebben gehad.'

'Hij wil je terug?'

'Ja, maar ik wil niets meer met hem te maken hebben.'

'Ik geef je groot gelijk.'

'Sas, als jij het voorzichtig aan de anderen kan vertellen? Ze bombarderen me met vragen, zelfs Pappa, en ik kan dit moeilijk vertellen waar de kinderen bij zijn.'

'Ja hoor. Kom terug naar de woonkamer en probeer die lamstraal te vergeten. O, weet je al dat Pap en Mam de boerderij gaan verkopen?'

'Nee, wist ik nog niet. Ik verwachtte het wel. Opa en Oma draaien om in hun graf.'

Saskia slaakte een zucht. 'Ja, maar niemand heeft interesse in de boerderij, vooral Pap en Mam niet, dus wat voor nut heeft het om er aan vast te houden?'

'Wat is er verkeerd met gewoon in het huis te wonen?'

'Mamma zegt het huis is te oud om te renoveren en zij heeft zin in nieuw, modern. Zeg, ik vind je rok en topje harstikke leuk. Heb je dat pas gekocht?'

'Ja, sinds ik niet meer voor een bruiloft hoeft te sparen besloot ik dat het tijd is om een nieuwe garderobe aan te schaffen.'

Saskia plaatste haar arm om Chantal's schouders toen ze naar de woonkamer terugliepen. 'Zusje, je bent zo mooi, de juiste man die echt van je houdt zal heus wel komen opdagen. Je bent veel te verlegen en in jezelf gekeerd. De mannen zouden in de rij voor je moeten staan. Je weet niet hoe jaloers Irene en ik altijd op je zijn geweest. En nog wel een beetje.'

'Werkelijk? Waarom in vredesnaam?'

'Dat prachtige zwarte haar, je porseleinen huid, je zeegroene ogen, en je sexy figuurtje... Het heeft ons altijd verbaasd want je lijkt op niemand in de familie. Wij zijn allemaal langer en hebben blond, rood, of bruin haar. En die ogen... Hee, misschien heeft Mamma ook een affaire gehad en daar ben jij het resultaat van.'

'Gekkie. Ik lijk kennelijk op één van m'n verre voorouders.' Chantal deed de kamerdeur open.

Er werd die avond niet meer gesproken over de verbroken verloving, niet nadat Saskia haar andere zus en haar moeder even aan de kant had genomen en een fluisterend gesprek met hen had. Af en toe ving Chantal medelijdende blikken op, maar ze hield zich bezig met de kinderen en schonk er geen aandacht aan.

Ze hoefde geen taxi naar huis te nemen. Irene en haar man gaven haar een lift naar huis. 'Hou je taai, zus,' zei Irene toen Chantal uit de auto stapte.

Het was nog vrij laat geworden. Chantal keek naar de mooie doos op de tafel. Ze had geen tijd gehad om de jurk terug te brengen naar Ezra. Morgen had ze avonddienst want Elsa had haar gesmeekt te ruilen, dus morgenochtend... En diep in haar hart verlangde ze de man weer te zien, die donkerblauwe ogen, zijn diepe stem te horen...en de heerlijke kuiltjes in z'n wangen te zien als hij lachte...

* * * *

'Hou op, Moppie, m'n broek komt vol met haar te zitten.' Ezra nam een stap naar achteren. Moppie was in een vleierige bui. Het was z'n eigen schuld want hij had haar in een poes verandert. Maar hij had weinig keus. Hij kon haar moeilijk laten zoals ze was, het miniaturen poppetje met ragfijne vleugeltjes, het elfje niet groter dan zijn hand. Een hond moest geregeld uitgelaten worden, een vogel had hij aan gedacht, maar besloot eindelijk op een poes. Hij had natuurlijk een poes met kort haar kunnen kiezen. Maar nee, hij koos een prachtige witte angora poes. Hij kon haar ook niet laten zoals ze was, niet eens thuis. Niet dat hij ooit visite kreeg, maar je kon nooit weten. Ze hoefde alleen maar een vergissing te maken, bijvoorbeeld als er eten werd bezorgd en ze vloog naar zijn schouder of met hem mee naar de deur... Een poes was de logische oplossing. Hij had wel eens voorgesteld om haar in een kortharige poes te veranderen, maar daar wilde

Moppie niet van horen. Ze wilde graag de mooie angora poes blijven.

De bel ging. Wie kon dat zijn op de vroege morgen? 'Blijf hier,' zei hij tegen Moppie, en haastte naar de voordeur.

'Ik weet al wie het is. Haar krachten komen me tegemoet door de dichte deur!' riep Moppie achter hem aan.

Zou het? Zo vroeg? Hij deed de deur open, en ja, daar stond ze, met een boodschappentas in haar hand. 'Kom binnen. We verwarmen De Bilt.'

'Ik kom alleen dit even brengen.' Ze hield de tas uit naar hem.

'Ik maak een lekker bakkie koffie. Kom even binnen. Ik bijt niet hoor.' Hij merkte dat ze aarzelde. 'Je bent toch niet bang van me?'

'Natuurlijk niet.'

'Nou dan, geef me je jas en drink een kop koffie met me. Moet je niet werken?'

'Vanmiddag tot vanavond tien uur. Elsa vroeg of ik wilde ruilen. Ik werk meestal Donderdag, Vrijdag, en Zaterdag tot tien uur.' Ze gaf hem haar jas, deed haar muts af en stopte die in de zak van haar jas en deed haar laarzen uit.

'Kom naar de woonkamer. Daar is het lekker warm met de open haard.' Hij deed de deur open van de woonkamer en bood haar een stoel aan. 'Ik ben zo terug met koffie.'

Hij maakte snel twee bekers met koffie. Gelukkig wist hij wat ze er in nam dankzij de koffie die ze voorheen samen hadden gedronken, en ging terug naar de woonkamer, Moppie op z'n hielen. 'Hou je mond dicht hoor,' waarschuwde hij de poes.

Toen hij de kamer inliep was ze zijn artefacten aan het bewonderen.

'Je hebt interessante dingen, Ezra.'

'Ja, en binnenkort nog meer. Ga zitten.' Hij zette de koffie op de tafel.

Voordat ze op haar stoel ging zitten, zette ze de tas op de tafel. 'Ik kan die jurk niet accepteren, Ezra. We hebben elkaar net ontmoet. Het is ongehoord om zoiets duurs te kopen voor iemand die je nog niet kent.'

Dit gaf hem de kans. 'De jurk komt met een voorwaarde.'

Haar wenkbrauwen gingen omhoog. 'O ja? En dat is?'

'Ik heb een invitatie om Zaterdagavond naar een privé veiling te gaan welke gehouden wordt in een klein kasteel. Het zal erg chique zijn met veel bekende en belangrijke rijke mensen, ook van andere landen. Wil jij me de eer doen om mijn compagnon te zijn? Voor de veiling begint wordt er een dinér geserveerd.' Hij loog niet. Toen hij de jurk kocht voor haar was de invitatie hem te binnen geschoten. Hij was niet van plan om te gaan maar toen begon het idee haar te vragen om met hem mee te gaan door z'n gedachten te spelen.

'Ezra, bedankt voor de uitnodiging maar ik zou me als een vis uit water voelen.'

'Met de jurk aan die ik voor je hebt gekocht, ben je de ster van de avond.'

Moppie sprong plotseling op Chantal's schoot. Ze liet haast haar koffie vallen.

'Sorry. Kennelijk heb je het hart van m'n poes gewonnen,' zei hij verontschuldigend en sprong op.

'Het is okay. Ik hou van poezen en deze is buitengewoon mooi en erg aanhalig.' Ze aaide de poes die heerlijk tegen haar boezem aankroop.

Ezra zuchtte. O, als dat zijn hoofd was rustend op die ronde borsten... 'Niet bij iedereen. Je hebt haar hartje veroverd. Maar ze verhaart altijd erg, en—'

'Geeft niet. Ze heeft kennelijk aandacht nodig.'

'Hoe was het Sinterklaasfeest gisteravond? Waren de kinderen blij met hun presentjes?'

'Het was okay. Erg druk door het enthousiasme van de kinderen. Natuurlijk eventjes een donkere wolk toen de vragen begonnen waarom het uit was tussen Bram en mij, maar ik heb het tegen m'n zus in privé verteld en daarna stopte de vragen. De kinderen waren blij met hun spullen. Ik besteed graag tijd met ze.'

'Heeft je ex je nog lastiggevallen?'

'Hij belde laat gisteravond. Ik heb hem gezegd als hij niet stopt dat ik naar de politie ga. En ja, hij achtervolgt me en staat geregeld op een afstand te loeren.'

'Ik zal je naar je werk brengen vanmiddag en je weer ophalen.'

'Aardig aangeboden, maar dat hoeft niet hoor. Ik ben niet bang van hem.'

'Ik moet je beschermen.' Hij besefte dat hij dat niet had moeten zeggen. Nog niet. Gelukkig was ze bezig met de poes en gaf er geen antwoord op.

'Waar staat dat kasteeltje?' vroeg ze.

'Afgelegen in Utrecht. Ik zal een limo bestellen voor de avond. Er worden veel kostbare stukken aangeboden en ik wil er graag naar toe, maar liever niet alleen.'

'Je zal best wel genoeg vriendinnen hebben die graag met je mee zouden gaan. Vooral als je die mooie japon aan ze geeft.'

'Absoluut niet. Die jurk is voor jou bedoelt. En ik heb niet veel vrienden en vriendinnen. Ik ben nogal een kluizenaar.'

'Geen speciale vrouw in je leven? Niet eens in het verleden?'

'Nee. Dat zegt niet dat ik nooit met vrouwen uitging. Ik heb nooit de juiste gevonden.' En dat was geen leugen. Hij kon makkelijk een vrouw aan zijn arm krijgen, maar tot nu toe, had geen één hem betoverd, niet op Shang'du, en in Nederland had hij de vrouwelijke species ontwijkt. Het laatste wat hij nodig had was om met een Nederlandse vrouw in een ingewikkelde relatie te belanden.

Ontwijkt...tot nu.

Als ze wist hoeveel magie er uitstraalde van haar. Af en toe zag hij flitsen ervan. Golvende, gekleurde cirkels, rondom haar hele lichaam. 'Wat denk je? Zin om te gaan?'

Ze aarzelde nog steeds een beetje, maar hij voelde dat hij aan het winnen was.

'Ik zal er over nadenken.'

'Hoe laat begin je vanmiddag?'

'Twee uur tot tien uur. En trouwens, ik moet Zaterdag avond werken. Dus ik kan toch niet met je meegaan.'

'Kan je die avond niet vrij nemen?'

Ze haalde haar schouders op. 'Ik zei al, ik zal er over nadenken. Kom, ik moet naar huis. Bedankt voor de koffie en het gezelschap van je poes.'

'Niet mijn gezelschap?' zei hij en grinnikte toen hij haar wangen zag kleuren.

'Ja, het jouwe ook,' zei ze zachtjes.

Hij hield de jas op voor haar en wachtte terwijl zij de rits dichtdeed. Nadat ze de muts over haar haar trok, gaf hij de tas aan haar. 'Hou dit bij je totdat je een beslissing maakt.' Hij deed de deur open en zag haar ex staan aan de overkant.

'Hij heeft je weer gevolgd. Ik zal met je mee lopen.' Hij deed vlug zijn laarzen aan, z'n jas, en handschoenen, en ging met haar de deur uit.

'Ik wou dat hij me met rust liet. Kent hij het woord *nee* niet?' zei ze toen ze naar haar straat en voordeur liepen.

Ezra ging met haar mee naar binnen. 'Het is intussen twaalf uur. Ik zal bij je blijven en je naar je werk brengen. Ik bel wel een taxi.'

Chantal zette de tas op de tafel en keek hem aan. 'Ja, ik zal met je meegaan Zaterdagavond.'

Zijn hart sprong van blijdschap. Wat had haar de beslissing zo snel laten maken? Doordat haar ex haar weer lastig viel? 'Fijn dat je met me meegaat. Moet die ex van je niet werken?'

'Ja. Ik begrijp niet wat hij thuis doet. Hij werkt voor een computerbedrijf, en die zullen niet sluiten voor het weer. Zoals ik zei, ik ben niet bang van hem, maar het is lastig en geeft me een ongemakkelijk beklemmend gevoel.'

'Heb je ooit je vriendin gesproken over dit alles?'

'Mies? Nee. Ze heeft een paar keer gebeld maar ik wil niet met haar praten. Een vriendschap vanaf kleuterschool is naar de haaien en het is niet meer te repareren.'

'Dat is jammer.' Hij pakte z'n mobiel uit z'n zak en bestelde een taxi voor half twee.

'Ik moet eerst wat lunch eten. Wil je ook een boterham?' vroeg ze.

'Graag.'

'Thee?'

'Alsjeblieft.' Hij maakte z'n jas los en bekeek de kleine ruimte. 'Je laat me schuldig voelen.'

'Waarom?'

'Jij woont in zo'n kleine studio en ik woon alleen in een kast van een huis met vijf slaapkamers. Ik zou je haast aanbieden om van mij te huren.'

'Je meent het.'

'Hee, misschien zou het wel leuk zijn om m'n huis te delen. Vooral met een vrouw die van poezen houdt. Zijn de meubelen van jou?'

'Nee, ik heb het gemeubileerd gehuurd. Alleen de planten en wat er aan de muur hangt is van mij. En m'n kleding natuurlijk en wat persoonlijke spullen. O, en die oude grammofoon. Die was van Oma.'

'En hoeveel is je huur?'

'Vijftienhonderd Euro.'

'Is dat inclusief'

'Ja.'

'Harstikke duur. Denk er over na. Je kan bij mij een paar kamers krijgen en vrij wonen. Ik heb het geld niet nodig.'

'Je bent niet serieus.'

'Ja, werkelijk. Ik heb er al eerder aan gedacht, maar ik heb geen zin om wildvreemde mensen in huis te halen. Jij bent geen vreemde meer voor me. Het tegendeel. Het is net of ik je al jaren ken.' Wat bezielde hem om zoiets voor te stellen? Stel je voor dat zij Moppie hoorde praten... Als ze er op inging.

'Bedankt voor het aanbod. Ik zal er serieus over nadenken,' zei ze en zette een bordje met twee boterhammen voor hem op de tafel.

De taxi was prachtig op tijd, en haar ex stond nog steeds te verkleumen aan de overkant. 'Die man is harstikke gek om zo lang in die kou te staan,' zei Ezra toen hij na haar instapte.

'Ja, ik weet niet wat hem bezield. Ik dacht dat ik hem kon, maar kennelijk niet. Buiten het feit dat hij me besodemieterd heeft, heeft hij nog een zijde van zijn karakter laten zien dat erg onaangenaam is. Wat ik ook niet begrijp, hoe wist hij dat ik thuis was? Meestal werk ik dagdienst op Dinsdag.'

'Misschien heeft hij je werk gebeld?'

Ze keek bedachtzaam. 'Dat is mogelijk. Ik zal het vragen.'

Nadat hij wist dat ze veilig in de salon was, besloot Ezra naar het winkelcentrum te gaan. Nu dat ze zijn invitatie had geaccepteerd besefte hij dat ze een lange jas nodig had of een cape, en schoenen die bij de jurk pasten.

Hij ging de zaak binnen en dezelfde verkoopster hielp hem. Toen ze wist wat hij wilde, kwam ze al snel aan met een prachtige fluwelen cape, donker turquoise, gevoerd met bont, en een capuchon omringd met wit bont. Het leek de staart van

Moppie wel… De cape kostte meer dan de jurk, maar dat kon hem niet schelen. 'Ik weet haar schoenmaat niet,' zei hij tegen de verkoopster.

'Dat geeft niet. Je kan ze altijd ruilen. Je vriendin heeft kleine voeten. Ik denk maat achtendertig. Deze schoenen passen prima bij de japon.'

De schoenen hadden vrij hoge hakken, waren fijntjes, sierlijk, en glinsterden. Weltevreden met zijn inkopen besloot hij de rest van de middag en avond in het centrum te besteden totdat het tijd was Chantal op te halen.

6

'Rosa, vind je het erg als ik Zaterdag af neem?' vroeg Chantal de eigenares. 'Ik moet naar een bruiloft.' Ze dacht niet dat een antiekveiling een goed genoeg excuus was.

'En dat herinner je je nu pas? Ja, het is goed. Het is toch stilletjes. Zo veel mensen hebben afgebeld dankzij de sneeuw. Vergeet niet om je overige klanten af te bellen.'

Het was waar. De helft van Chantal's klanten hadden afgebeld. Liever had ze het druk. Dat verzette haar gedachten. Nu had ze veel te veel tijd om na te denken. Over Bram, die haar niet met rust liet. Over Ezra die haar had geschokt met zijn aanbod. Vrij wonen? Wat een luxe. Ze zou natuurlijk haar eigen eten moeten kopen, maar ze kon elke maand meer dan duizend Euro extra sparen voor haar eigen salon. Maar om bij hem in zijn huis te gaan wonen? Ze kende hem nog maar een paar dagen...

Waar ging deze vriendschap naar toe? Vriendschap? Hij veroorzaakte zulke wilde gevoelens in haar...verlangens. Ze snakte om die sterke armen om haar heen te voelen, om z'n mooie sexy lippen op de hare te voelen...

Om in zijn huis te trekken was riskant en ze was niet iemand om een risico te nemen. Tot nu konden ze goed praten met elkaar en zijn huis was rommelig, maar gezellig. Maar wat als het niet uitwerkte? Dan moest ze opnieuw zoeken naar een kamer of een studio. En wie hield zijn huis schoon? Had hij een huishoudster die regelmatig kwam? Alles was stoffeloos en zelfs met de langharige poes waren de tapijten en meubelen behoorlijk schoon. Zou hij het zelf bijhouden? Ze haalde haar schouders op. Meeste mannen hadden weinig interesse in huishoudelijk werk. Zoals Bram... In zijn flat was het altijd een rotzooi en hij maakte nooit de badkamer en toilet schoon, en daarom wilde ze zelden naar zijn flat, iets dat hem altijd irriteerde.

Af en toe had ze naar buiten gekeken maar zag hem niet. Zou hij gestopt zijn met zijn achtervolging? Ze hoopte van wel.

'Chantal, knip er niet te veel af,' waarschuwde haar klant die nog niet gestopt was met praten. Waarover wist Chantal niet eens. Dikwijls waren het persoonlijke details waar ze geen interesse in had, maar het leek wel of klanten het fijn vonden om hun hart uit te storten tegen hun kapsters.

Het was haast tien uur. Chantal's laatste klant was niet op komen dagen en ze had al opgeruimd en stond klaar om naar huis te gaan. Totdat ze Bram buiten zag staan. *Verdomme nog aan toe! Alweer...* Maar tot haar grote opluchting kwam Ezra aanlopen.

Haar hart deed een paar sprongetjes, niet alleen omdat ze opgelucht was dat hij bij haar zou zijn en Bram haar niet lastig zou vallen, maar ze was blij hem te zien.

'Dag, Rosa, tot morgen,' riep ze en glipte gauw naar buiten.

'Ik zie dat je schaduw er weer staat,' zei Ezra en pakte haar hand en trok haar arm door de zijne.

Ze zuchtte. 'Ja, jammer genoeg wel. Toen ik hem heel de middag en avond niet zag was ik al blij en dacht ik dat hij opgegeven had.'

'De taxi staat iets verderop,' zei hij.

'Ik ben dankbaar dat je dit doet, Ezra, maar zoals ik al eerder heb gezegd, ik ben niet bang van hem.'

'En zo lang als hij je vervolgt zal ik je beschermen. Het is mijn taak, en ik vertrouw hem niet. Ik heb een onbehagelijk gevoel over die man.' Hij hield de taxideur open voor haar en ze stapte in.

'Hij is niet gevaarlijk.' Zijn taak? Had ze dat goed gehoord?

'Zeg jij. De grootste moordenaars kwamen voor als aardige mannen en niet gevaarlijk. Zoals Ted Bundi.'

'Je hebt gelijk. Ik heb nog niet zo lang geleden een documentaire op TV gekeken over Ted Bundi. Knappe vent met aardige ogen. De vrouw die bij hem was had geen idee en haast tot het einde geloofde ze dat hij onschuldig was. Maar ik kan niet geloven dat Bram zo laag zou zinken,' zei ze bedachtzaam.

'Je weet niet wat hij zou kunnen doen als hij zich wanhopig voelt.'

'Ach, Ezra, wij zijn niet het eerste stelletje die door een gebroken verloving gaan. Geef het een paar weken, dan houdt hij wel op en zal hij beseffen dat mij achtervolgen geen nut heeft.'

'Wat ik me afvraag, als je vriendin werkelijk zwanger was geweest, wat had hij dan gedaan? Zou hij haar getrouwd hebben? Of in ieder geval steun gegeven? Waarom, toen zij hem vertelde dat het een leugen was, keerde hij zich direct van haar af en wilde hij jou terug? En wat bezielde je vriendin om hem zo snel te vertellen dat het een leugen was? Ze had er even mee kunnen wachten, had kunnen zeggen dat ze een miskraam had… Ze moet beseft hebben dat om hem te zeggen dat ze gelogen had, ze hem wegdreef. Waarom? Wat is er voorgevallen tussen die twee dat zij dat deed? Dat is nogal vreemd verlopen. Ik vind nog steeds dat je met je vriendin moet praten.'

'Je brengt goeie punten op. Ik heb er zelf niet dieper over nagedacht, maar je hebt gelijk. Het is raar. Ik wil liever niet met Mies praten. Het feit is er dat ze seks heeft gehad met mijn verloofde en me bedrogen heeft. Dat kan niet meer uitgewist worden.'

Ondertussen stonden ze voor haar huis. Ezra betaalde en Chantal stapte uit. Maar hij was snel uitgestapt, rond de auto gelopen, en bood haar zijn arm aan. 'Het is glad.'

'Ja, spiegelglad.' Ze nam zijn arm en liep met hem naar de voordeur waar ze zich omdraaide. Hij stond lager, op de tweede trede en hun gezichten waren op dezelfde hoogte. Niets liever had ze gewild op dat moment dan zijn armen om haar heen, om naar voren te leunen en hem te kussen, maar ze bedwong de aandrang. 'Dank je wel, Ezra. Je weet niet hoe erg ik het waardeer wat je voor me doet.'

'Vergeet niet mijn aanbod om mijn huis te delen, en ook mijn suggestie om met je vriendin te praten. O, voor ik het vergeet, dit hoort bij de jurk.'

Nu had ze pas erg in de tas die hij droeg met het kenteken van de dameswinkel waar ze haar kleding had gekocht. 'Nee, werkelijk, Ezra, je moet ophouden met spul voor me te kopen.'

'Ik wil geen argument er over horen. Je gaat naar een deftige veiling en je zal de ster van de avond zijn. Welterusten, Chantal.' Hij streelde even haar wang en wachtte totdat ze naar binnen ging. Net voordat ze de deur dicht deed, vroeg hij, 'Hoe laat werk je morgen?'

'Van tien tot zes.'

'Ik zie je morgenochtend.'

Ze deed de deur dicht en rende snel de trappen op naar haar studio, haar hart nog steeds razendsnel kloppend. Toen ze eenmaal binnen was en haar jas had uitgedaan en laarzen, legde ze even haar hand op haar wang. Het was of ze zijn vingers nog kon voelen, zo teder, zo liefderijk was het moment geweest, dat haar hart weer op hol sloeg.

De doos in de tas was groot. Toen ze het openmaakte en de inhoud er uithaalde en de cape ophield, gaf ze een klein gilletje. 'Echt?' Hij maakte geen grap toen hij zei dat hij wilde dat ze er deftig uit zag. De cape was grandioos, iets wat een filmster zou dragen. Toen zag ze de schoenen en fronste maar toen ze naar de zool keek zag ze dat ze haar maat waren. Hoe wist hij dat?

De cape paste bij de japon alsof ze bij elkaar hoorden. Er zat geen kaartje meer aan, maar ze vermoedde dat het een vreselijk duur kledingstuk was. 'Het is een wonder dat hij geen kroontje er bij heeft gedaan,' mompelde ze.

Ze dacht aan zijn suggestie om met Mies te praten en keek naar de tijd. Kwart voor elf. Was het te laat om Mies te bellen? Waarom niet. Het was te proberen.

'Mies? Heb ik je wakker gebeld?'

'Chantal...eindelijk. Ik heb je zo vaak gebeld.'

'Ja, maar je begrijpt toch wel dat het moeilijk is voor me om met je te praten. Maar er gaan vragen door m'n hoofd welke een puzzel voor me zijn en alleen jij weet de antwoorden.'

'Dus je belt me niet om het uit te praten tussen ons.'

'Nee, Mies. Ik denk niet dat onze vriendschap gerepareerd kan worden.'

'Wat is het dat je wilt weten?'

'Heb je nog contact met hem?'

'Nee, ik wil niets meer met hem te maken hebben.'

'Zie je, dat is vreemd. Je ging naar bed met hem, deed alsof je zwanger was, en de volgende dag vertelde je hem dat het een leugen was.'

Even stilte. 'Ik was verliefd op Bram vanaf het begin, Chantal, en een maand of zes geleden benaderde hij me. Jullie

55

hadden woorden gehad en hij was zo ontdaan. Ik hoopte dat het uit zou gaan tussen jullie. Ik heb hem getroost, z'n hart uit laten storten, en van het één kwam het ander... En daarna, elke keer als jullie het niet eens waren, kwam hij naar me toe. Hij zei dat hij ook van mij hield maar hij wilde jou. Ik had er niet op gerekend om in verwachting te raken. Stom van me, maar ja. Dat is napraat. Ik vertelde hem dat ik zwanger was en na even er over te praten ging hij direct weg. Jij maakte het uit die avond en daarna kwam hij terug.'

'Dus jullie hadden meer dan één keer seks...'

'Ja. En ik heb niet gelogen. Ik ben haast drie maanden.'

Chantal liet haast de telefoon vallen. 'Werkelijk? Of lieg je weer.'

'Het is waar.'

'En je houdt het?'

'Daar sta ik nog in tweestrijd over.'

'Bood hij aan om met je te trouwen? Je vertelt me net dat hij zei dat hij ook van jou hield.'

'Hij zei van wel, maar hij wil alleen jou. De enige reden waarom hij het tegen je hebt verteld is omdat ik dreigde als hij het niet zou doen, dan zou ik het je vertellen. Hij wilde dat ik de abortuspil slikte. Ik was niet gereed om die beslissing te maken. Maar ik vond dat jij het moest weten voordat je met hem trouwde.'

'Bedankt daarvoor. Maar het had toch uitgekomen. Misschien te laat. Ik had zoiets nooit van hem verwacht.'

'Chantal, je hebt geen idee hoe schuldig ik me altijd voelde als ik samen met hem was. Het lag altijd op het puntje van m'n tong om het je te vertellen.'

'Ja, het had beter geweest als je eerlijk was geweest, maar het had net zo veel pijn gedaan. Maar nog iets, je zegt nu dat je nog in verwachting bent. Waarom vertelde je hem dat je had gelogen?'

Weer even stilte. 'Zoals ik zei, nadat jij het afbrak met hem, is hij hierheen gekomen en was razend want hij gaf mij de schuld dat jij het afbrak. Ik werd bang en zei tegen hem dat ik gelogen had, dat ik niet in verwachting was, en toen heeft hij me overhoop geslagen, gestompt, en geschopt. Ik belandde in het ziekenhuis. Het was heel erg. Ik had een hersenschudding, gebroken ribben, een gescheurde milt, en ik dacht dat ik de baby zou verliezen. Maar dat is niet gebeurd. Het had misschien wel beter geweest...'

Chantal moest dit even verwerken. Ezra had haar net gewaarschuwd dat hij dacht dat Bram gevaarlijk kon zijn. 'Ik kan dat moeilijk van hem geloven.'

'Je kan het ziekenhuis bellen. Als ik toestemming geef, dan zullen ze het bewijzen. Ik heb fotos als je die wilt zien.'

'Heb je de politie gebeld?'

'Ik was bewusteloos. Het was een geluk dat m'n moeder langs kwam de volgende morgen. Ik lag nog steeds buiten bewustzijn op de grond. Mamma heeft de ziekenwagen gebeld.'

'En niet de politie?'

'Nee, ze was in paniek. Na de operatie, toen ik helderder was, is er wel een recherche geweest, maar ik heb niets gezegd over Bram. Ik zei dat een man met een masker ingebroken had en toen ik zei dat ik geen geld had hij me aangevallen was.'

'Dat is dom.'

'Als ik het precies had verteld zou Bram naar de gevangenis gaan.'

'Nou, en?'

'Je zou dat niet erg vinden? Hou je niet meer van hem? Is het helemaal over tussen jullie?'

'De liefde is snel afgekoeld de avond toen hij koelbloedig zei dat je in verwachting was. Ik wil niets meer met hem te maken hebben. Mies, je kan alsnog naar de politie gaan.' Ze stond in twijfel te vertellen dat Bram haar achtervolgde, maar hield haar mond dicht daarover.

'Nee, ik ga niet naar de politie. Dat betekend ondervraging, een rechtszaak, en kan een heel drama worden. Ik wilde je alleen waarschuwen dat hij gevaarlijk kan zijn, daarom heb ik je zo veel keer gebeld.'

'Als hij er achter komt dat je toch in verwachting bent, dat kan gevaarlijk zijn. Hij heeft je één keer haast doodgeslagen en getrapt. Wil je dat het weer gebeurt?'

'Als ik de baby hou, dan verhuis ik. Misschien verander ik m'n naam ook wel.'

'Mies, ik wens je het beste, maar dit is de laatste keer dat we elkaar spreken. Bedankt voor de waarschuwing. Pas op jezelf.'

'Kan je me vergeven, Chantal? Ik mis je zo erg.'

'Ik mis jou ook, maar ik kan het niet verwerken dat je me zo bedrogen hebt. Ik kan het je nog niet vergeven. Misschien in de toekomst, maar vergeten zal ik het nooit. Ik ben blij voor je dat je thuis bent en dat het deze keer goed afgelopen is.'

Ze klikte af en legde de telefoon op de tafel, en ging naar het kleine koelkastje en pakte een fles wijn. Ze dronk zelden wijn maar vanavond had ze iets nodig om haar onrustigheid te kalmeren. Na ze een glas had volgeschonken ging ze in de fauteuil zitten. Ze kon nog steeds moeilijk geloven dat Bram zoiets vreselijks had gedaan. Ze had hem wel eens kwaad meegemaakt, maar werkelijk woedend? Nooit. Ze dacht er goed over na. Zou hij echt gewelddadig kunnen zijn?

Ze kon het zich ook niet voorstellen dat Mies haar een verhaaltje had verteld, dat ze alles uit haar duim zoog, want wat had dat voor nut? Ze zei dat ze fotos had om het te bewijzen. En Bram vertoonde nu ook een heel andere kant van zijn karakter met zijn achtervolging van haar. Zelfs haar dreiging dat ze naar de politie zou gaan was niet bij hem ingezonken. Het was dom van Mies dat ze hem niet had gerapporteerd.

Ze nam een slok wijn, stond op, en liep naar het raam. Voorzichtig gluurde ze door een spleetje van de jaloezieën. Er was niemand in zicht en het sneeuwde nog steeds. Haar stalker was nergens te zien. Ja, hij zou toch ook wel slaap nodig hebben.

Ze dacht er nog even over na dat Mies haar had gevraagd of ze haar kon vergeven. Ze miste hun vriendschap op een verschrikkelijke manier. Mies was meer een zus dan haar eigen zussen en ze vertelden elkaar altijd alles, gingen samen dikwijls fietsen, winkelen, en er was zo goed als geen dag dat ze elkaar niet spraken.

Nu was dat allemaal over. Maar kon ze Mies de hele schuld geven? Bram had haar benaderd na een ruzie... Nu ze er goed over nadacht, hij kon verhalen uit z'n duim zuigen en kon aardig slijmen. Al was Mies heimelijk verliefd op hem, hij moest haar aanleiding hebben gegeven... Ze kon zich niet indenken dat Mies expres had geprobeerd Bram in bed te krijgen. Bram moest haar verleid hebben. En wie weet wat hij haar allemaal had beloofd.

De pijn over Bram was over, maar de pijn over het verlies van haar beste vriendin zou een tijd duren eer dat zou slijten. Ze voelde nu voor Mies, wat Bram haar aangedaan had, en al was ze nog steeds verward over het bedrog, diep in haar hart zou ze naar Mies toe willen gaan om haar te helpen...

7

lke dag bracht Ezra haar naar de salon en haalde haar weer op. En iedere dag was Bram in de buurt. Altijd op een afstandje. Hij probeerde niet meer haar te benaderen. Chantal voelde zich zo opgelaten. Als het niet snel ophield dan moest ze definitief een huisverbod aanvragen. Ze had daar weinig zin in want dat moest allemaal via de rechtbank, maar als hij niet ophield had ze geen keuze.

Het zou hem z'n baan kunnen kosten. Alhoewel, had hij nog een baan? Het was vreemd dat hij dagelijks thuis scheen te zijn. Hij had eindelijk opgegeven haar te bellen want ze nam niet op en wiste zijn boodschappen uit zonder te luisteren en hetzelfde met zijn teksten die ze niet las. Uiteindelijk had ze zijn nummer geblokkeerd.

Het was Zaterdag. Ezra zou haar om zes uur ophalen. Ze voelde zich enthousiast. Zelden gingen zij en Bram uit. Hij hield niet van dansen, niet van de bioscoop, en uitgaan om te eten vond hij een verspilling van geld.

Ze had een afspraak in de salon om haar haar te laten doen door Elsa. Het sneeuwde niet die dag en het was stralend weer. De zon scheen vanaf een heldere blauwe lucht. Bram had een poosje aan de overkant gestaan, maar na een paar uur ging hij gelukkig weg. Haar afspraak was om twee uur. Hij wist dat ze altijd werkte op Zaterdag avond en hoopte dat hij niet bij de salon zou opdagen.

De taxi die ze bestelde kwam om half twee. De rit naar de salon nam maar twintig minuten en toen ze binnen liep kon Elsa haar direct nemen. Thuis had ze haar haar al gewassen.

Elsa borstelde haar haar. 'Je hebt een massa haar, meid. Hoe wil je het hebben?'

'Opgestoken? Of gedeeltelijk? Het is nogal een deftige trouwerij en ik draag een lange japon.' Het was jammer…ze moest de leugen van een bruiloft volhouden.

'O, wat leuk. Hoe ziet je jurk eruit?'

'Ik wist dat je dat zou vragen dus ik heb een foto gemaakt en van de cape.' Ze graaide naar haar telefoon en zocht naar de bewuste fotos en liet ze aan Elsa zien.

'Machtig mooi. En die cape! Ik ben jaloers. Waar heb je die jurk en cape gevonden?'

Chantal zei de naam van de zaak.

'Gossie, harstikke dure zaak.'

'Ja, dat vond ik uit.'

'Je kan het haast bewaren om als trouwjurk te dragen.'

'Praat me niet over trouwen, alsjeblieft.'

'Sorry. Ik zie je ex dikwijls om de salon heen hangen.'

'Als hij niet ophoudt dan vraag ik een huisverbod aan want het wordt te gek.'

'Valt hij je lastig?'

'Niet meer, meestal is Ezra bij me. Maar dat achtervolgen word ik knettergek van.'

'Hee, dat wilde ik je al geregeld vragen, waar heb je die knappe vent zo gauw opgeduikeld? Wat een man! Om van te kwijlen.'

'We zijn alleen goeie vrienden. Lang verhaal. Ik vertel het je nog wel eens.'

'Ja, ja. Goeie vrienden he?' Elsa knipoogde.

Eindelijk was Elsa klaar en Chantal was blij met hoe ze haar haar had gedaan. 'Ik zal je make-up en nagels ook doen,' besloot ze.

'O, daar heb ik niet voor geboekt.'

'Nee, maar m'n volgende afspraak heeft afgebeld, dus ik heb tijd. Ik hoop fotos te zien. Beloof me dat.'

'Als er fotos van me gemaakt worden, ja, ik beloof het.'

'Je ziet eruit als een plaatje,' zei Elsa toen ze helemaal klaar was.

'Ik weet niet hoe ik je moet bedanken, Elsa.'

'Je lijkt wel een filmster, en als je die mooie jurk aanhebt, dan helemaal. Veel plezier vanavond.'

Chantal deed haar jas aan. Maar toen ze de salon uitstapte, wie stond daar... Natuurlijk. Haar eeuwige schaduw en nu was ze alleen. De taxi die ze had besteld was er nog niet. Ze wilde net omkeren en de salon weer binnen gaan toen hij op haar afstevende.

'Eindelijk heb ik je alleen. Chantal, lieveling, kunnen we even praten?'

'Ik heb je gewaarschuwd. Als je niet stopt met me te achtervolgen en lastig te vallen ga ik naar de politie.'

'Je ziet er mooi uit. Moet je niet werken vanmiddag? Ga je uit vanavond?'

'Heb jij niets mee te maken. Laat me met rust.'

'Waar is je nieuwe vriend vandaag?'

'Bram, ga weg of ik ga gillen.' Voor het eerst, sinds ze hem kon, had ze erg in zijn slappe gezicht, de zwakke trek om zijn mond. Gek dat ze dat nooit eerder had opgemerkt.

'Liefje, als we kunnen praten...het was allemaal een vergissing.'

'In bed stappen met een andere vrouw is een vergissing? En de gevolgen ervan?'

'Ze was niet in verwachting. Dat heb ik je gezegd. Het was

een leugen.'

Chantal lachte sarcastisch. 'Ja, dat zei ze zomaar als een grapje zonder dat je seks met haar hebt gehad. En dat jij, nadat ik het afmaakte met je, regelrecht naar haar flat bent gegaan en haar haast hebt vermoord, is dat ook een leugen? Wie liegt er hier, Bram?'

Ze zag zijn gezicht betrekken en hij werd lakenwit, z'n ogen waren haast zwart van woede.

'Hoe kom je er bij? Ik heb haar met geen vinger aangeraakt.'

'Vertel me nog wat. M'n taxi is hier.' Toen ze om hem heen wilde lopen greep hij haar arm. 'Stuur de taxi maar weg. Ik kan je naar huis brengen, en —'

'Laat me los! Je doet me pijn!' Chantal probeerde zich los te trekken.

De deur ging open. 'Chantal, ik vergat je nog iets te vertellen.' Elsa stapte snel naar voren en Bram liet Chantal los.

Elsa liep met haar mee naar de taxi. 'Ik zag het.'

'Dank je.'

'Je moet dat huisverbod aanvragen. Zo snel mogelijk. Ik hield niet van de uitdrukking in z'n ogen. Veel plezier.'

Dat Bram toch nog op kwam dagen haalde haar een beetje naar beneden. Ze zag werkelijk uit naar vanavond. Zou ze zijn verschijning het laten verpesten voor haar? Ze kon moeilijk er op rekenen dat Ezra overal met haar heen ging. Het moest toch wel een keer inzinken bij Bram dat het werkelijk over was tussen hen.

Ze betaalde de taxichauffeur en ging gauw naar binnen zonder te kijken of Bram de taxi had gevolgd. Het was kwart over vier, dus nog haast twee uur voordat Ezra kwam. Ze begon weer opgewonden te voelen. Het leek wel of ze naar haar eerste bal ging. En in een weg was het ook zo. Ze was nog nooit naar zoiets deftigs geweest.

Plotseling moest ze denken aan wat ze tegen Bram had gezegd. Het was duidelijk door haar woorden dat ze met Mies had gesproken. Had ze Mies weer in gevaar gebracht? Ze wilde eigenlijk niet meer met haar praten maar pakte toch haar telefoon om te bellen en haar te waarschuwen.

'Mies? Ik bel je even vlug om je voor Bram te waarschuwen. Hij viel me weer lastig vanmiddag en ik gooide er uit dat hij je haast heeft vermoord. Hij was woedend. Hij weet nu dat we elkaar hebben gesproken.'

'Dank je, Chantal. Ik zal voorzichtig zijn. Je hebt toch niets gezegd over de baby?'

'Nee hoor, geen woord. Alleen dat ik wist dat hij je overhoop heeft geslagen. Pas op jezelf en doe niet de deur open.' Ze klikte af en legde haar mobiel op de tafel.

Het was toch moeilijk het van haar af te zetten maar ze concentreerde op de avond en begon zich te verkleden. Toen ze alles aan had, keek ze in de spiegel en herkende zichzelf haast niet.

Ze keek dubieus naar de rode ketting, maar besloot omdat de kralen dieprood waren, het niet misstond. En voor de één of andere reden gaf Oma's ketting haar een veilig gevoel. En ze had een paar lange gouden oorbellen met een rood steentje die er mooi bij pasten dus die deed ze aan.

De bel ging. Ze keek op de klok. Kwart voor zes. Vlug pakte ze het kleine glinsterende tasje dat ze had gekocht toen ze een keer naar een bruiloft moest, stopte haar sleutels erin, deed de cape aan, greep haar laarzen, en ging de trappen af.

Ezra zag er meer dan knap uit in zijn zwarte smoking. 'Chantal, m'n adem stokt in m'n keel. Wat zie je er mooi uit.'

'Dank je. Jij kleedt anders ook aardig. Ik zal m'n schoenen uitdoen en laarzen aantrekken. Ik kan moeilijk op hoge hakken door de sneeuw lopen.' En natuurlijk stond haar stalker aan de overkant. Chantal keek een andere kant op.

'Hoeft niet hoor. Laat die laarzen maar staan. Terstond tilde hij haar op, trok de deur dicht en liep met haar in zijn armen naar de wachtende limousine.

'Maar als we daar aankomen—'

'Die rijkelui hebben allemaal verwarming onder hun oprijlaan en hun trappen en veranda's. Je zal het wel zien.'

De chauffeur deed de deur al open en Ezra zette haar op de zitting en klom ook in. 'Ik heb je het adres al gegeven,' zei hij tegen de chauffeur.

'Ik voel me erg chique. Denk je niet dat ik te deftig ben gekleed?'

Hij lachte. 'Nee hoor. De cape past anders prachtig bij de japon. Lekker warm?'

'Ja, heerlijk. Ik hoop dat het in dat kasteeltje niet koud is.'

'Ik ben er nog nooit geweest, maar dat zal wel niet. Champagne?'

Dit was ook haar eerste keer in een limo en ze was verbaasd over de ruimte er in, en er was zelfs een TV, een koelkastje met bier, wijn, en champagne, en glazen en ook nootjes en nog meer snacks. Hij schonk een glas champagne in voor haar. 'Het zal je wat ontspannen.'

'Hoe lang is het rijden?' Ze nam kleine teugjes van de champagne. Ze had het wel eerder gedronken maar was er niet te gek op. Deze champagne smaakte beter dan ze ooit had geproefd.

'Je ziet er zo mooi uit! Als Moppie je kon zien zou ze stik jaloers zijn,' zei hij plotseling.

Chantal proestte haast haar champagne uit en barste in lachen uit. 'Joh, hoe kan een poes nou jaloers worden?'

'Het is ongeveer veertig minuten rijden. Misschien iets langer want de zijwegen op het platteland zijn natuurlijk niet geploegd. Maar misschien hebben ze een groot gedeelte zelf geploegd. Ik weet het niet. Ik heb op een uur gerekend.'

'En dit is een air limousine. Die glijden toch boven de sneeuw.'

'Natuurlijk. Daar dacht ik niet aan. Dom van me. Niet iedereen heeft air autos. Je kapsel is prachtig. Heb je het zelf gedaan?'

'Ik had een afspraak in de salon. Elsa heeft het gedaan.'

Hij fronste en vulde haar glas weer. 'Dat heb je niet gezegd. Ik had met je meegegaan. Nog last gehad van je schaduw? Ik zag hem staan aan de overkant toen ik je ophaalde.'

'Ja, maar dat vertel ik later wel. Ik wil dat hele drama van me afzetten vanavond.'

'Ik ben blij dat de schoenen passen. Ik wist je maat niet, maar de verkoopster schatte het want ze had je voeten gezien en herinnerde zich hoe klein je bent.'

'Ik heb maat achtendertig.'

'Zonder erg was de tijd snel gegaan en reden ze de oprijlaan op van het kasteeltje. Alhoewel het niet zo klein was. Niet in Chantal's ogen. Er stond al een rij autos en limousines te wachten. Deftig aangeklede portiers opende de deuren. Ze keek met aandacht naar de mensen die uitstapten. Ezra had gelijk. Ze was niet te chique gekleed. Het tafereel leek wel op een première van een film. Het enige dat missend was waren toeschouwers.

Rode lopers bekleedde de trap naar de ingang. En precies zoals Ezra had voorspeld, de oprijlaan en trap hadden geen kruimel sneeuw.

Eindelijk was het hun beurt. Chantal stapte uit en wachtte op Ezra die even met de chauffeur sprak, en toen zijn arm ophield voor haar. Samen liepen ze de lange trap op naar de deuren die wijd open stonden.

'Zijn dit allemaal verzamelaars?' vroeg Chantal zachtjes terwijl Ezra de cape van haar schouders nam en aan iemand overhandigde.

'Ja, er worden veel kostbare stukken aangeboden vanavond.'

De balzaal was al aardig vol. Hier en daar groette Ezra iemand. 'Waar moeten al die mensen zitten om te eten?' vroeg ze maar sprak erg zacht want als iemand haar hoorde zouden ze denken dat ze dom was.

'Als je naar de verre muur kijkt, daar staan tafels gereed. We bedienen onszelf en eten is denk ik staande.'

Hij had twee glazen wijn gepakt van een voorbijgaande bediende met een blad vol met glazen en gaf haar er één. 'Ik had moeten denken aan juwelen voor bij de jurk. Niet dat de ketting lelijk staat, maar hoort er eigenlijk niet bij. Misschien kan je het beter afdoen en in je tasje stoppen.'

8

zra mopperde op zichzelf. Eerst had hij misgesproken door te zeggen dat Moppie jaloers zou zijn. En nu de ketting. Maar wat ze niet wist, of geen erg in had, is dat de kralen af en toe gloeiden en ook haar huid eronder.

Er was lang gezocht naar het snoertje met bloedrode kralen. Er zouden vanavond verzamelaars aanwezig zijn die het misschien zouden herkennen.

'Nee, ik hou het aan. Ik heb het van Oma geërfd en het geeft me het gevoel dat zij bij me is.'

Hij knikte. 'Als het je rust geeft dan moet je het aanhouden.' Hij keek nog eens naar de ketting die net tussen de welving van haar borsten viel. Het was duidelijk dat het geen normale kralen waren, maar glinsterende robijntjes. Tenminste, voor degenen die daar verstand van hadden. Hij wou dat hij het dichter kon bekijken met een monocle want de ouderlingen hadden hem verteld dat er een spreuk op de kralen was te zien, de spreuk die de magie van de kralen veroorzaakte.

'Ze brengen eten binnen,' zei Chantal. 'Waar wordt de veiling gehouden?'

'Er is een theater in het kasteel. Ik denk daar.'

'Ik was bang dat ik me als een vis uit water zou voelen, maar ik was fout dat te denken. Er zijn zo veel vrouwen met prachtige jurken, en iedereen draagt lang. En is het m'n verbeelding of zie ik ook leden van het koninklijke gezin?'

Een man kwam naar hen toe. 'Mijnheer van Houten. Aangenaam U weer te zien. Wie is Uw bekoorlijke gezellin?'

'Baron van Drogonder, mag ik U voorstellen aan Chantal.' Hij besefte opeens dat ze nooit haar achternaam had gezegd.

'Aangenaam, Chantal, verzamel je ook historische artefacten? Misschien juwelen? Ik vraag het omdat je een kostbaar sieraad draagt. Of misschien is het een gave van Mijnheer van Houten?' vroeg de baron.

'Ik heb het van mijn grootmoeder geërfd,' antwoorde ze bedeesd en hield haar hand op de ketting alsof ze die wilde beschermen.

Ezra hield z'n hart vast want hij zag haar hand plotseling gloeien. Hij pakte snel haar hand en hoopte dat de baron het niet had gemerkt.

'Het is een waardevolle ketting. Als je het ooit wil verkopen, dan —'

'Nooit!' zei ze heftig.

Er klonk een luide bel en iemand kondigde aan over de luidsprekers dat ze konden gaan eten. Ezra was blij, want de baron, de ketting voor het moment vergeten, stevende gelijk af op de beladen tafels. 'Daarom vroeg ik je de ketting in je tasje te doen,' verklaarde Ezra tegen Chantal. 'Er zijn er wel meer hier die een oogje erop hebben. Ik heb ze wel zien kijken.'

'Je maakt me bang.'

'Bang?'

'Dat iemand zal proberen het te stelen.'

'Zeg, je hebt me nooit je volle naam gezegd. Het is een beetje moeilijk om je voor te stellen zonder achternaam.'

'Sorry. Chantal Maria Bosch. Nadat ik de geschiedenis van mijn ketting las, ben ik op onderzoek gegaan op het internet. M'n moeder's meisjesnaam was Kuypstra en m'n grootmoeder's meisjesnaam was Verschoor. Ik heb de stamboom niet verder nagezocht want achternamen zijn pas begonnen in het jaar achttienhonderd en elf.'

'Heb je honger?'

'Een beetje.'

Ze haalden ieder een bord, servet, en bestek, en gingen in de lange rij staan die veel te langzaam opschoot.

Het voedsel bestond uit een assortiment van veel vleessoorten, kleine aardappeltjes, rijst, en groenten, allemaal te eten met alleen een vork. Toen ze klaar waren, nam hij haar hand. 'Kom, laten we een beetje rond lopen en kijken hoeveel we kunnen zien van het kasteel.'

Maar de trap was afgesloten door een lang rood koord, en zo ook sommige deuren.

'Zouden ze het ooit open doen voor het publiek?' opperde Chantal.

'Ik weet het niet. Het is niet een groot kasteel en niet zo bekend. De eigenares is een filmster. Er is niet veel over te vinden op het internet,' antwoorde Ezra. 'Het dateert van de zestiende eeuw maar er is veel verbouwd en gerestaureerd.'

'Ik kan me niet indenken om in zo'n kast van een huis te wonen.'

Voor een moment dacht hij aan het kasteel op Shang'du, dat veel groter was dan dit kasteeltje. Het zou haar kasteel worden als zij haar taak zou accepteren en met hem terugging naar zijn planeet. Waarom vroeg hij dat zich af? De goden zouden er voor zorgen dat ze met hem meeging…

De aankondiging om naar het theater te gaan voor de veiling klonk over de luidsprekers. Hij nam haar arm en volgde de mensen naar een trap. Het theater was kennelijk beneden.

Bij de dubbele deuren zei hij z'n naam en kreeg een bordje met zijn nummer erop. Een paar rijen stoelen behoorden in het theater, maar er waren veel extra stoelen bijgevoegd. Het duurde even eerdat iedereen een plaats had, maar eindelijk begon de veiling vanaf het podium.

Ezra was niet geïnteresseerd in de meubelstukken die gepresenteerd werden. Ook niet in de schilderijen. Hij had al te veel grote stukken en als zijn taak in Nederland achter de rug was, moest hij het allemaal transporteren naar Shang'du.

Eindelijk begonnen ze met de juwelen. Hij keek af en toe naar Chantal of ze zich niet begon te vervelen, maar ze zat het allemaal met aandacht in te nemen.

'Dit magnifieke set, van een kroontje, ketting, oorbellen, een ring, en armband van goud, ingelegd met smaragden en diamanten, stamt uit de vijftiende eeuw en behoorde aan een bekende barones. Sinds die tijd heeft het verschillende eigenaars gehad. Wie begint er met een bod van één miljoen?' zei de veilingmeester.

Ezra hield zijn nummer omhoog. Hij had het al eerder bekeken nadat ze gegeten hadden en mochten de kamer binnen waar alle veilingstukken tentoongesteld waren. Het set paste precies bij Chantal's japon, en vooral haar ogen. Het bieden liep op tot over twee miljoen, maar hij won uiteindelijk.

'Ik zou bang zijn om zoiets te dragen,' fluisterde ze. 'Of het in m'n huis te hebben.'

Had ze er zelfs erg in gehad dat hij het had gekocht? Als ze wist...

Hij plaatste nog een bod op twee andere kettingen met bijbehorende oorbellen en won er één van. Maar hij was allang blij met het smaragden set. Hij besloot dat hij haar er mee zou presenteren als ze gekroond werd op Shang'du.

Om elf uur was de veiling afgelopen. Hij liet Chantal even alleen om af te gaan rekenen. De juwelen die hij had gekocht zouden per koerier bezorgd worden. Toen hij terugliep naar

Chantal was ze in gesprek met Baron van Drogonder. Hij liep sneller, en maar goed ook.

'Mag ik je ketting van dichtbij bekijken?' vroeg de baron met een monocle in zijn hand. 'Wil je het even afdoen?'

'Beslist niet,' antwoorde Ezra voor haar. 'De ketting is namaak.'

'Ben je daar zeker van?' vroeg de baron.

'Jazeker. Ik heb de kralen met mijn monocle bekeken.'

'Ik zou zweren dat het robijntjes waren.'

'Nee hoor. Ze zijn van glas, maar een prima replica. Goedenavond, Baron van Drogonder. Tot volgende keer.' Hij nam Chantal's arm. 'Ik zal je cape even halen.'

De limousine reed voor. De chauffeur stapte uit en hield de deur open voor hen en ze stapten in.

Toen ze op weg terug waren, zei Chantal, 'Waarom loog je tegen de baron? Toen ik het liet repareren bij de juwelier zei hij dat de kralen echte robijntjes waren.'

'Je hebt geen idee wat er om je nek hangt. Verzamelaars zoeken al jaren naar de ketting, en ook de hanger die er bij hoort.'

'Ja, dat vertelde de juwelier me ook. Hij zei dat de ketting magische krachten bezit.' Ze lachte sarcastisch. 'Sprookjes. Het snoertje is al jaren in mijn familie. Dat het robijntjes zijn, dat is mogelijk, maar de magie moet ik om lachen.'

'Geloof je daar niet in?'

Ze giechelde. 'Natuurlijk niet. Dat zou betekenen dat m'n grootmoeder een heks was? En haar grootmoeder? En als de ketting altijd in mijn familie is geweest zoals verteld door Oma, vergeet niet dat zogenaamde heksen verbrand werden in de vijftiende eeuw. De kralen zouden zoiets overleefd hebben? Vorige week brak ik het snoertje en heb de kralen naar een juwelier gebracht. Hij heeft ze aan een nieuw snoertje gedaan voor me, maar hij heeft me ook artikelen gemaild over de ketting. Er was een vrouw die naar de brandstapel ging. Zij had de ketting, maar ze had het niet aan toen ze werd verbrand. Dus ze had de ketting aan een ander gegeven.'

'Ik vind heks zo'n sterk woord. Tovenares klinkt beter of godin.'

Ze schudde heftig haar hoofd. 'En jij gelooft daar allemaal in.'

'Ja, er is veel meer om ons heen en in het heelal dan je weet.'

'Kan je het bewijzen?'

Verdorie, wat kon hij daarop zeggen? Hij had al veel te veel gezegd. 'Momenteel niet.'

De limo stopte voor haar huis. 'We zijn thuis. Cinderella komt terug van het bal. Maar ik ben niet een schoen verloren,' zei ze.

'Ik zal je naar binnen brengen. Wacht even.' Hij stapte uit en liep om de limo heen om haar deur open te doen. Hij lichtte haar op uit de limo in z'n armen. De limo reed weg en hij liep met haar naar de deur. Chantal had de sleutels al in haar hand en gaf ze aan hem. Uit de hoeken van z'n ogen zag hij haar schaduw aan de overkant. Echt waar? Had die vent daar de hele avond gestaan? In die kou? Had hij een doodswens? Eenmaal binnen liep hij met haar de trap op.

'Je kan me nu neerzetten hoor.'

Hij zette haar op haar voeten voor de deur van haar studio. 'Je hebt me nog niet verteld wat je schaduw uitgehaald heeft vandaag. Je noemde het een drama.'

'Kom even binnen. Ik hoef nooit op Zondag te werken dus het geeft niet als ik laat naar bed ga.' Chantal deed de deur open en hij volgde haar naar binnen.

9

Chantal deed haar mooie schoenen uit. Ze hing de cape voorzichtig op een hangertje. Zodra ze kans had, zou ze er een beschermhoes voor kopen en voor de japon ook. Ze zuchtte. Wanneer zou ze ooit weer een kans krijgen om ze weer te dragen? Misschien nooit. Zonde eigenlijk. Ze dacht even aan wat Elsa zei, een bruidsjapon. Maar trouwen was ver van haar gedachten nu.

Ze draaide om. Ezra had zijn jas uitgedaan en had zich thuis gemaakt in de fauteuil. 'Ik heb alleen wijn in huis om je aan te bieden. Is dat okay? Of wil je liever koffie?'

Hij knikte. 'Ja hoor. Koffie houdt me wakker, dus een glas wijn is lekker. Ik ben gemakkelijk.'

Ze schonk twee glazen in en gaf hem er één en ging zelf aan de kleine tafel zitten. Voordat ze hem begon te vertellen wat er met Mies was gebeurd, keek ze even naar haar telefoon die ze niet had meegenomen naar de veiling. Er waren twee teksten, beiden van Mies.

'Bram is hier. Hij staat op de deur te bonken.' Eerste tekst.

De tweede las, 'Hij heeft de deur gebroken en is binnen. Hij is woest en...'

Toen niets meer. Hij zou toch niet een tweede keer durven Mies aan te vallen? Ze keek naar Ezra. 'Ik heb eindelijk Mies gebeld omdat ze niet ophield mij te bellen. En maar goed ook.

Wat ze me vertelde was niet zo mooi. Nadat dat ik het afbrak met Bram is hij naar haar toegegaan en heeft haar overhoop geslagen en geschopt. Haar moeder vond haar de volgende morgen bewusteloos op de grond. Ze moest naar het ziekenhuis en had een hersenschudding, gebroken ribben, en nog meer.'

'Ik had een gevoel dat hij gevaarlijk kon zijn.'

'Nu zit ik in de war. Want vandaag stond hij buiten de salon. Hij dacht natuurlijk dat ik zou werken want m'n afspraak was ook om twee uur, de tijd dat ik normaal werk op Zaterdag. Hij viel me lastig toen ik naar buiten ging. Ik gooide er uit dat ik wist dat hij geweld had gebruikt tegenover Mies. Hij greep m'n arm maar toen kwam Elsa me redden en ik vluchtte naar de taxi die stond te wachten.'

Ezra fronste. 'Waarom heb je me dat niet verteld?'

'Ik wilde niet de avond verpesten en heb het zo goed en kwaad als het ging uit m'n hoofd gezet. Ik heb Mies even gebeld en haar gewaarschuwd dat ik het er uit flapte dat ik wist wat hij gedaan had en dat hij besefte dat ik met haar gesproken had.'

'Denk je dat hij haar weer zal aanvallen?'

'Daar was en ben ik bang voor. Hij was woedend dat ze het mij heeft verteld. Waarom ze niets tegen de politie heeft gezegd is me een raadsel. Ze wilde niet dat hij in de gevangenis zou terecht komen. Ik kan me niet voorstellen dat ze nog steeds gevoelens voor hem heeft. Maar nu heeft ze me twee teksten gestuurd, eerst dat hij op de deur stond te bonken, en de tweede dat hij de deur had opengebroken en die tekst hield onafgemaakt op. Toen niets meer.'

'Hij staat nu aan de overkant. Hoe laat kwamen die boodschappen door?'

Ze keek even. 'Om kwart voor twaalf. Niet zo lang geleden.'

'Waar woont ze?'

'Niet ver hier vandaan. Het is aan te lopen.'

'Verkleed je even vlug. We zullen gaan kijken.'

Chantal greep vlug haar broek en trui en ging naar het badkamertje. Ze had zich nog nooit ze snel verkleed. Ezra stond al klaar bij de deur. Ze deed haar laarzen aan, greep haar sleutels en telefoon en rende achter hem aan de trap af.

Een paar minuten later stonden ze voor het huis waar Mies een flat huurde.

'Haar voordeur opent naar de straat. Zij woont in het benedenhuis. Kijk, de deur staat een beetje open.'

Ezra rende naar de deur en wachtte niet op Chantal, maar zij was vlak achter hem. Ezra stootte voorzichtig de deur open met zijn elle boog. 'De deur is open geforceerd. Nergens aankomen, Chantal.'

'Nee, want als de politie er bij moet komen zoeken ze naar vingerafdrukken. Maar ik heb handschoenen aan.' Ze deed het licht aan en opende de deur naar de woonkamer. Een zacht gekreun kwam uit de richting van de open haard.

Ezra was er al naar toe gerend. 'Ze ligt hier en ze is geschoten. Bel de politie, Chantal.'

Met een bevende hand belde ze één-één-twee en beantwoorde de vragen. 'De politie en ziekenwagen zijn hier direct.'

Ze knielde naast Mies die nog gedeeltelijk bij bewustzijn was, maar dreef in en uit. Ze was in haar pyjama. De linkerkant van haar pyjamajasje was doorweekt met bloed maar toen Chantal goed keek, was er ook veel bloed bij haar lies. De broek was doordrenkt en er lag een grote plas bloed op de parketvloer. Ze was twee keer geschoten. De kogel had waarschijnlijk de slagader in haar dijbeen geraakt.

Chantal rende naar de badkamer en pakte een handdoek. Ze bundelde die bij elkaar en drukte stevig op de wond in haar dijbeen. Af en toe mompelde Mies een paar woorden maar het was onverstaanbaar. Ze had al veel te veel bloed verloren. Chantal keek neer op haar voormalige vriendin. Een gedeelte van haar blonde krullen was nat van bloed. Met haar vrije hand voelde ze voorzichtig maar vond geen wond op haar hoofd. Haar blauwe ogen keken glazig naar Chantal en geregeld gingen haar oogleden dicht. 'Hulp komt zo, Mies. Hou je taai,' zei Chantal zachtjes en streek over haar voorhoofd. Al haar kwaadheid tegenover haar vriendin was weg en verplaatst door intens medelijden.

'Ver...ver...geef...' mompelde Mies.

Chantal boog naar beneden en gaf haar een zoen op haar voorhoofd. 'Ja, ik vergeef je. Blijf sterk, Mies.'

'Ik...ik...heb...pas...op...hij...'

'Ssh, de ziekenwagen is onderweg,' suste Chantal haar maar haar oogleden gingen dicht en ze verloor bewustzijn. Chantal hield stevig de handdoek op de wond gedrukt en haar andere hand ruste op het voorhoofd van Mies. 'Ach, meid, wat heeft die etter je nou aangedaan. Blijf bij me, Mies.' Plots voelde zij de ketting erg warm worden.

De tien minuten eer de politie en de ziekenwagen kwamen leken wel een uur. Hoe was Bram aan een pistool gekomen? Of had hij er al één?

Binnen een paar minuten was de flat vol met agenten en de twee verpleegkundigen waren snel bezig met Mies. Een recherche ondervroeg Ezra en Chantal maar na een paar vragen zei hij, 'Zouden jullie naar het bureau kunnen komen?'

'Nu?' vroeg Ezra.

'Ja, alsjeblieft.' Hij beval één van de agenten om hun naar het politiebureau te brengen.

Op weg naar het politiebureau zei Chantal, 'Wat een einde aan een mooie avond.' Ze keek opzij naar Ezra. De uitdrukking op zijn gezicht was donker. 'Je bent kwaad.'

'Ja, jij niet? Ik hoop dat ze hem gauw te pakken hebben. Dat hij een wapen heeft is angstwekkend. Wat als hij het tegen jou gebruikt?'

'Hij zal niet naar zijn flat gaan. Waar moet hij zich verschuilen? De politie zal hem best vlug te grazen hebben. Ze weten z'n naam, adres, en ik heb hun een foto gegeven die nog op m'n telefoon stond.'

'Heeft hij veel vrienden? Familie?'

'Aardig wat.'

'Zouden die hem helpen?'

'Weet ik niet. Ik heb er wel een paar ontmoet, maar kennen doe ik ze niet. Ik denk niet dat hij naar z'n ouders zal gaan.'

Ze kwamen aan op het politiebureau en werden apart naar ondervragingskamers gebracht. Na tweeënhalf uur ondervraging, mocht Chantal eindelijk naar huis. Voordat de rechercheur haar uit de kamer liet zei hij, 'Ik vraag me af waarom je hem niet hebt aangebracht bij ons?'

'Ik dacht dat hij het achtervolgen wel zat zou worden en ik had nooit verwacht dat hij gevaarlijk kon zijn.'

'Wat hij al bewezen heeft door Mevrouw Heemstra eerder aan te vallen. We hebben zijn geschiedenis nagekeken en hij is uit het leger geschopt wegens wangedrag. Wat dat inhoudt weten we niet precies. We zullen het verder onderzoeken.'

Chantal keek hem verbaasd aan. 'Ik wist niet eens dat hij in het leger is geweest. Ik dacht dat hij altijd met computers had gewerkt.'

'Wist je dat hij z'n baan heeft verloren wegens woede-uitvallen tegenover zijn medewerkers en heldhaftig was?'

'Dat legt uit waarom hij me dag en nacht kon achtervolgen. Ik vond het al vreemd dat hij altijd thuis scheen te zijn.'

De rechercheur zuchtte. 'Ik wou dat mensen eerder aangifte deden van verdacht gedrag. Dat zou menige misdaad voorkomen. Je kan gaan maar dit is niet het einde er van. Jullie zullen beiden moeten getuigen tegen hem als we hem te pakken hebben. Je vriend wacht op je.'

'Hoe zou het met Mies gaan?' zei Chantal tegen Ezra toen ze in de politieauto stapte.

'De verpleegkundigen zeiden dat ze dankzij ons op tijd waren want ze had al te veel bloed verloren. De kogel in haar dijbeen had een slagader geraakt. Ze zal wel in de operatiekamer zijn nu.'

'Het is toch verschrikkelijk. Ze had nog een blauw oog en blauwe plekken van toen hij haar eerder aanviel en haar gezicht was nog misvormd. Ik kan het me allemaal nog moeilijk indenken, maar ik heb nu werkelijk het bewijs gezien hoe gevaarlijk hij kan zijn.'

'Totdat ze hem gepakt hebben, ga je met mij mee naar huis,' zei hij op besliste toon.

'Al m'n spullen zijn —'

'Geen tegenstrijden. Je wint toch niet. Morgen...ik bedoel Maandag, neem je de dag af, en we zullen samen kleding en zo voor je halen uit je studio.'

'Maar —'

'Het is beslist. Je kent me nu goed genoeg en ik kan niet het risico nemen dat mijn prinses wordt bezeerd.'

Zijn prinses? Had ze het goed gehoord? 'Ik dacht dat ik Bram ook goed kon.'

'Je was verliefd en liefde is blind,' zei Ezra.

Verliefd? Wat was dat eigenlijk? Terwijl ze zijn huis naar binnen gingen, dacht ze er even over na. Ze had Bram ontmoet op een feestje. Daarna was ze een paar keer met hem uitgegaan, en langzamerhand steeds meer en voelde ze zich vertrouwt met hem. Nee, ze was nooit op hem verliefd geworden zoals het beschreven werd in boeken en op de film. Na anderhalf jaar was het haast vanzelfsprekend dat ze verloofden en over trouwen spraken. Ze was gewoon aan hem gewend geraakt... Nooit had ze gevoeld wat ze meemaakte bij Ezra. Was dat verliefdheid? Werd ze verliefd op hem?

Ezra bracht haar naar een logeerkamer. 'Probeer wat te slapen, Chantal. Als je iets hoort, wees niet bang om me wakker te maken. Mijn slaapkamer is naast deze. De badkamer is op de gang.'

Ze trok haar broek en trui uit en kroop onder het dekbed. Hoe ze ook probeerde, ze kon niet slapen. Elk geluidje veroorzaakte dat ze haast uit haar vel sprong. Bram zou toch niets proberen, niet dezelfde nacht? Toen ze een harde plof hoorde, sprong ze uit bed en rende naar Ezra's slaapkamer.

Voorzichtig kroop ze in zijn bed en lag op het randje. Hij bewoog niet dus ze had hem niet wakker gemaakt. Even schrok ze toen Moppie op het bed sprong, maar toen ze zag dat het de poes was trok ze het beestje naar haar toe. Hevig knorrend knuffelde de poes tegen haar aan. Het suste haar en gaf haar een veilig gevoel.

Na een poosje begon ze eindelijk slaperig te worden. De plof was zeker sneeuw geweest dat van het dak viel...

10

zra werd wakker en keek op zijn horloge. Het was al half tien. Vaag scheen de zon door de jaloezieën. Hij ging op de rand van het bed zitten en zag tegelijk dat hij niet alleen was. Chantal lag in zijn bed met Moppie in haar armen. Ze had alleen een shirtje aan en broekje. Het dekbed had ze afgeschopt. Even stond hij op haar neer te kijken en worstelde met de drang haar in zijn armen te nemen. Hij moest al die gedachten en verlangens uit wissen. De liefde voor haar die langzaam aan het groeien was, was uit de boze. Zij was een prinses en hij een doodgewone soldaat. En ze was niet alleen een prinses, ze was speciaal. Niet voor hem bedoeld. Wat kon het leven toch soms wreed zijn. Nog nooit had hij zulke sterke gevoelens gehad voor een vrouw, was nog nooit werkelijk verliefd geweest. Waarom juist op haar?

Hij glimlachte en trok voorzichtig het dekbed wat omhoog. Wat zag ze er onschuldig uit. Iets moest haar gespookt hebben vannacht. Of misschien niets. Ze voelde zich erg alleen en had veiligheid gezocht bij hem. Dat is alles wat het was. Hij mocht zich niet verbeelden dat zij, net als hij, voor hem gevoelens kon hebben. Hemel, ze was nog niet lang geleden opgebroken met die etter…

Hij pakte een broek en T-shirt en zachtjes ging hij naar de badkamer op de gang om haar niet wakker te maken en nam daar snel een douche.

Nadat hij klaar was ging hij naar de keuken en zette koffie. Moppie kwam de keuken in gewandeld. 'Je hebt haar toch niet wakker gemaakt?' zei hij tegen de poes.

'Nee hoor. Ze slaapt nog lekker maar ze liet me eindelijk los. Ze kan lekker kroelen. Dat doe jij nooit.'

'Ik kroel niet graag, dat weet je. Vooral niet met een poes.'

'Ik wed als zij in je armen lag dat het een ander verhaal zou zijn.'

'Hoe kan je dat nou vergelijken, Moppie. Een mooie vrouw is iets heel anders dan een harig beest.'

'Waarom was je zo laat thuis? Heeft die veiling zo lang geduurd?'

Ezra sloeg een zucht en schonk koffie in z'n beker. 'Lang verhaal dat ik in het kort nu vertel. Haar ex besloot om gisteravond Chantal's vriendin te schieten. Wij hebben de halve nacht op het politiebureau gezeten.'

'Werkelijk? Is de jongedame okay? Erg gewond?'

'Ja, twee keer geschoten en een slagader was geraakt. Het was op het randje af. Ik hoop dat ze hem gepakt hebben.' Ezra zette de TV in de keuken aan. Het nieuws kwam net aan. Na wat andere berichten, was er een kort relaas over de gebeurtenis van die nacht en deden ze een verzoek aan het publiek voor informatie over Bram met een foto van hem. Er werd gewaarschuwd hem niet te benaderen, dat hij in het bezit was van een dodelijk wapen en gevaarlijk was.

'Hij zal de politie niet lang ontglippen.'

'Laten we dat hopen. Ik hoop dat hij niet hier komt opdagen. Je moet een toverspreuk op je huis zetten, Ezra,' waarschuwde Moppie.

'Chantal blijft hier voorlopig logeren zodat ik haar kan bewaken. Ja, ik zal vandaag een spreuk op het huis zetten. Maar daar moet ik voor alleen zijn. Ik heb haar gezegd dat ze morgen de dag af moet nemen van haar werk, maar misschien is het beter als ze thuis blijft totdat hij achter de tralies zit.' Hij pakte z'n telefoon. 'Kijk eens hoe schattig ze er uitzag gisteravond.'

Moppie bekeek de foto. 'O, wat was ze mooi. Een echte prinses.'

'Ja he? Alleen, ze wilde niet de ketting afdoen. En natuurlijk waren er verzamelaars die hun oog op de ketting hadden. En het was goed dat ze de ketting droeg want dat heeft haar vriendin gered. De jonge vrouw had al ontzettend veel bloed verloren. Toen Chantal haar hand op het voorhoofd van Mies legde, zag ik de ketting en haar hand gloeien. Haar geneeskrachten waren aan het werk.'

'Je moet haar de hanger geven. Dan is de ketting compleet en heeft zij haast al haar krachten.'

'Krachten waar ze nog niets van af weet. Hoe ik haar alles moet vertellen is me nog een raadsel.'

'Geef het tijd. De goden zullen helpen.'

'Goeiemorgen, Ezra. Hoe laat is het?' Chantal kwam de keuken binnen met nog verwart haar, maar ze had een broek aangetrokken. 'Had je visite? Ik zou zweren dat ik een vrouwenstem hoorde.'

'De TV. Ik zette het ding net af. Ze zijn nog op zoek naar je ex.'

'Ik hoop niet dat je het erg vindt dat ik in je bed ben gekropen vannacht maar ik hoorde een raar geluid en had moeite te slapen.'

'Het is goed hoor. Toen ik wakker werd, lag je heel vredig te kroelen met Moppie. Koffie?'

'Graag. Was er verder nog iets op het nieuws over Bram?'

'Zoals ik zei, ze hebben hem nog niet. Z'n foto was op het nieuws en het publiek werd gevraagd voor informatie en een waarschuwing om op te passen omdat hij gewapend is.'

'Zijn arme ouders. Ze mochten mij niet graag, maar ik voel

voor ze. Hij is hun enige zoon. Hij kijkt naar aardig wat aanklachten en jaren achter de tralies. Ik kan me nu niet eens voorstellen hoe ik ooit er aan heb kunnen denken om met hem te willen trouwen.'

'Je wordt eindelijk wakker... Geloof me als ik je vertel dat er nog een heel ander leven op je wacht,' zei Ezra.

Ze giechelde. 'Ja, ja. En jij kan de toekomst voorspellen.' Ze bukte om Moppie te aaien. 'Die baas van jou heeft grandioze ideeën en geloofd in magie en zulk soort onzin.'

'Miauw...Miauw...'

'Je zou zweren dat ze me verstaat,' merkte Chantal op.

'Heb je honger?' Toen ze knikte, pakte hij eieren uit de koelkast en spek. Ze bukte weer om Moppie te aaien en hij trok z'n adem in. Het kleine topje dat ze aanhad verborg niet veel. Hij kon goed haar borsten zien. Mooie, ronde, volle borsten. Hij voelde zijn penis reageren en bedwong zichzelf. O, hij verlangde naar haar. Niet alleen om haar nakend in zijn armen te houden, maar gewoon om haar lief te hebben... Maar hoe kon dat zo snel? Hij verzette zijn gedachten en concentreerde op de omelet.

Intussen was Chantal op een stoel gaan zitten bij de keukentafel met Moppie op haar schoot. Moppie reikte naar boven met een pootje en haakte haar nagels in de ketting. 'Nee, lieve poes, dat is geen speelgoed.' Ze probeerde de ketting los te maken. Ezra zag de ketting plotseling hevig gloeien. De kralen reageerden op Moppie.

Hij draaide gauw het gas naar beneden en voorzichtig haalde hij het pootje bij de kralen vandaan.

'Ik geloof dat ik allergisch ben voor de ketting,' zei Chantal. 'Hoezo?'

'Zag jij niet hoe warm de kralen werden? Dat is toch niet normaal.'

'Ik heb je al gezegd, de ketting bezit magische krachten.'

'Ja, vertel me nog wat.'

'Het betekent dat jij ook magie hebt.'

'Joh, doe niet zo griezelig.'

'Het is een gave. Ik zal de omelet afmaken. Wil je toast?'

'Graag. Maar als ik er over nadenk, Oma zei een paar vreemde dingen toen ze me de ketting gaf de avond voordat ze stierf.'

'Zoals?'

'Ze zei, gebruik het alleen voor goed, om te helpen, te genezen, om iets recht te maken wat onjuist is. En ze zei ook dat de kralen het me zullen leren. Ik had geen idee waar ze over sprak. Het was en is raadselachtig.'

'Ze sprak over de magische krachten van de ketting. Had ze langer geleefd, dan had ze het allemaal aan je uitgelegd want kennelijk wist zij de geschiedenis van de ketting. Of in ieder geval een gedeelte ervan.'

'Ik ben benieuwd hoe het met Mies gaat. Over een paar uur zal ik het ziekenhuis bellen, of beter, ik denk dat ik haar opzoek.'

'Ik ben blij dat je haar vergeven hebt maar het is misschien te vroeg om op bezoek te gaan. Ze komt misschien nog maar net uit de operatiekamer.'

'Ja, dat is waar. Ik heb nu alleen maar medelijden met haar en ik voel me schuldig. Als ik m'n mond dicht had gehouden tegen Bram dan had hij haar niet geschoten.'

Ezra fronste. 'Het is niet jouw schuld.'

'Ja, dat is het wel. Door mijn grote mond werd hij woedend op haar omdat ze me vertelde wat hij haar aangedaan had.'

'Jij moet thuis blijven totdat ze hem opgepakt hebben en hij veilig achter de tralies zit. Hij heeft dat pistool gekocht voor een rede.'

'Hetzelfde geld voor jou. Hij kan er ook op uit zijn om jou te schieten,' waarschuwde Chantal. 'Hij is stik jaloers want hij denkt dat we een stel zijn.'

'Miauw...Miauw...'

'Zie je, Moppie geeft me gelijk.'

'Dan blijven we beiden binnen en in mijn huis.' Hij zette een bord voor haar op de tafel met omelet en toast.

'Ik kan niet zomaar weg blijven van m'n werk.'

'Je hebt het telefoonnummer van je bazin of baas neem ik aan?'

'Ja, ik zou haar thuis kunnen bellen.'

'Doe dat, want totdat ze je ex gevangen hebben heb ik geen rust dat je naar je werk gaat.'

Ze pakte haar telefoon en zette het op luidspreker. 'Rosa? Sorry dat ik je lastig val op Zondag, maar er is iets voorgevallen en ik kan voorlopig niet komen werken. Misschien kunnen de andere kapsters m'n klanten over nemen?'

'Had je me niet eerder kunnen waarschuwen?' mopperde Rosa.

'Nee. Als je het nieuws hebt gezien, de man die ze zoeken is mijn ex.'

'Werkelijk? Meid, wees voorzichtig. Heb je bescherming?'

'Ja, de politie doen hun best.'

'Hou je taai en ga de deur niet uit. Hou me op de hoogte, alsjeblieft?'

'Zal ik doen.' Chantal klikte af en keek naar Ezra. 'Tevreden?' Ze nam gauw een paar hapjes van haar ontbijt.

'Beloof me dat je geen stap buiten de deur zet. Ik zal wel even naar jouw huis moeten gaan om wat kleding voor je te halen.' Hij pakte de broodplank van de tafel waarop hij wat groente had gesneden en zette die in de gootsteen.

'Kijk eerst goed of hij niet ergens verscholen staat,' waarschuwde Chantal weer. Moppie sprong van haar schoot af waar ze al die tijd stilletjes had gelegen.

'Er zijn niet veel schuilplaatsen in deze straten en de politie patrouilleert geregeld.' Hij kon moeilijk tegen haar zeggen dat de kogels hem niet zouden kwetsen. Tenminste, als z'n hart niet werd geraakt. Maar hij dacht niet dat die man nu zo stom zou zijn om op klaarlichte dag op hen te spioneren. Er waren veel agenten in de buurt en politie autos reden geregeld op en neer. 'Als je me zegt wat je wilt hebben en waar ik het kan vinden, zal ik zo even gaan.'

'Ik ruim verder wel op.' Ze dronk wat van haar koffie.

Moppie kwam de keuken weer binnen. 'Ik heb net uit het raam gekeken en ik zie geen duistere figuur rondhangen.'

Ezra sloeg z'n hand voor z'n mond en kreunde zachtjes. Chantal liet haar beker vallen die brak. Hij wachtte op haar reactie.

'Ik word gek. Ik hoorde een vrouwenstem maar het klonk alsof de poes sprak,' zei ze terwijl ze bukte om de scherven op te rapen.

Moppie vloog op een gangetje de deur uit. Ezra liet z'n hand zakken. Waar hij bang voor was geweest was gebeurt. Hoe kon hij dit goed praten? 'Misschien heb ik de TV niet goed afgezet,' mompelde hij en drukte een paar keer op de klikker zodat de TV aan en uit flitste.

Maar Chantal sprong op, deponeerde de scherven op het aanrecht en ging voor hem staan met flitsende ogen. 'Ik ben niet gek, Ezra. Die vrouwenstem kwam niet van de TV.'

Er zat niets anders op dan om haar zo veel mogelijk de waarheid te vertellen. Maar was ze daar gereed voor?

'Daar sta je nou, met een mond vol tanden. Hoe leg je dit uit?' Ze speelde met het hakmes dat nog op de tafel lag, raapte het op, maar bleef voor hem staan.

11

Chantal wachtte op zijn antwoord. Ze had de poes horen praten. Ze was er zeker van. Hoe in Godsnaam dat mogelijk was had ze geen idee van. 'Nou, en? Heb je hier een antwoord voor? Is die poes wel echt of is het een soort robot?'

Moppie kwam schuchter terug naar de keuken. Ze schuurde langs Chantal's benen. Chantal bukte en pakte haar op en ging toen met haar zitten. Ze betastte de poes overal, tilde haar op en legde haar wang tegen het buikje. Een snel kloppend hartje. 'Het beestje voelt echt, heeft een hart, tenminste, dat denk ik. Het klinkt als een hart. Maar wat gebeurt er als ik een mes in haar steek? Zien we dan vonken?' Ze pakte het mes dat ze op de tafel had gelegd.

'Chantal, hou op! Leg dat mes neer!' commandeerde Ezra. 'Jij kan geen mug kwaad doen, laat staan een poes.'

Ze had Moppie nu vast bij haar nekvel en hield dreigend het mes voor haar kopje. De poes begon tegen te spartelen.

'Laat me los! Je doet me pijn!'

'Alleen als je baas me een zinnig antwoord geeft,' zei Chantal en greep het nekvel nog iets harder. 'Zie je wel! Ze praat!'

'Ik stik! Ezra, doe iets!' Toen hij nog niets zei, riep Moppie, 'Ik ben geen robot. Ik ben echt. Of zoiets. Ezra, help me!'

'Ik zal het uitleggen als je het mes neerlegt, Chantal,' zei Ezra rustig en zakte neer op een stoel.

Ze legde het mes op de tafel maar hield Moppie stevig vast. 'Ze praat. En haar stem klinkt echt.'

Hij knikte. 'Ja, ze praat. Er is veel dat ik je moet vertellen. Maar voor ik begin, moet ik eerst iets doen.'

'Zoals?'

'Wacht even.' Hij stond op en liep naar zijn slaapkamer en kwam al vlug terug.

Hij stond achter haar en frommelde met haar ketting. Toen ze naar beneden keek zag ze de hanger rusten tussen haar borsten. 'Jij was al die tijd in bezit van de echte hanger?'

'Ja. En nu zijn de ketting en de hanger weer bij elkaar.'

Ze liet met één hand de poes los en tilde de hanger op. Plots begon de robijn, vastgeklemd door het gouden draakje, te gloeien. Zo erg, dat de gloed haar hele hand omringde.

'Geloof je nu dat je ketting magische krachten heeft?' vroeg hij.

'Het is onbegrijpelijk. Maar hierdoor zijn we van het hele onderwerp afgedreven. Moppie kan praten. Ze zegt dat ze geen robot is.'

'Nee dat is ze niet. Ik heb geen keuze en zal je laten zien wie Moppie is.'

Moppie worstelde los uit haar armen en sprong op de tafel. Chantal keek met stomme verbazing hoe Ezra een hand ophield, iets mompelde in een vreemd taaltje, en Moppie werd omringd door een gekleurde roterende massa.

Het duurde maar seconden, en toen verdween het vreemde licht. Op de tafel stond een miniatuur vrouwtje met ragfijne vleugeltjes. Ze zag er haast uit alsof ze van porselein was gemaakt. Alleen, dit porseleinen beeldje bewoog en liep naar de rand van de tafel. Ze boog voor Chantal.

'Prinses.' Ze draaide naar Ezra. 'Je hebt geen idee hoe goed het voelt om mezelf even te zijn. Ik ben het poezenleven zo langzamerhand zat, alhoewel het kroelen vind ik wel fijn. Vooral bij Chantal. Die is lekker zacht.'

Chantal had haast geen woorden. Was dit allemaal echt of kon Ezra hypnotiseren? Ze hield haar hand uit. 'Je bent een elfje?'

'Ja. Ik ben wat je noemt, een vertrouwde. Van Ezra. Ik ben al bij hem sinds zijn geboorte. Ik wou dat mijn magie krachten sterk genoeg waren dat ik mezelf kon omtoveren. Helaas, dat kan ik niet.'

Het piepkleine vrouwtje stapte op Chantal's hand en ze bekeek het van dichtbij. Ze leek wel een klein speelgoedpopje. Ze droeg een groen spanbroekje, kleine laarsjes, en een lichtgeel topje. Haar lange blonde haar was gevlochten. Chantal kon haar ogen niet goed zien, maar ze dacht dat ze blauw waren. Ze was werkelijk van kop tot teen een miniatuur vrouwtje, alleen...ze had ragfijne lichtblauwe vleugeltjes en ze was schattig.

'Ik zal je even zo laten, Moppie, maar dan moet je weer een poes worden voorlopig,' zei Ezra.

'Ik neem aan dat je me nog veel meer moet vertellen.' Chantal keek op naar Ezra die weer was gaan staan.

'Ja. Maar zou je niet eerst bellen om te horen hoe het met Mies gaat?'

'Misschien nog te vroeg? Het heeft weinig nut haar moeder te bellen. Die zal wel in het ziekenhuis bij haar dochter zijn. En volgens mij mag je geen mobiele telefoons gebruiken bij een patiënt.'

'Ja, je hebt gelijk. Wie weet hoe lang ze in de operatiekamer was. Voordat ik je alles vertel wat je moet weten, zal ik eerst spullen voor je gaan halen. En voordat ik het vergeet, alhoewel Moppie dat niet fijn zal vinden, moet ik eerst de poes terughalen.'

Nog steeds sprakeloos verstomd van verbazing luisterde Chantal weer naar het vreemde taaltje dat van z'n lippen vloeide en keek naar de draaiende licht cirkels die het elfje omringden. En daar was de mooie witte angora poes weer. Chantal reikte naar Moppie en aaide haar. 'Sorry hoor. Ik hoop dat je begrijpt dat ik geschokt was. Ik dacht echt dat je een robot of zoiets was.'

Moppie sprong van de tafel en liep de keuken uit en Ezra zette even het nieuws aan. Ze hadden Bram nog niet. Chantal slaakte een zucht. Waar zou hij zich hebben verstopt? Ze maakte een lijstje voor Ezra en gaf het aan hem en haar sleutels. 'Allemaal makkelijk te vinden. Maar pas op in vredesnaam.'

'Wees voorzichtig,' zei Moppie toen ze weer terug kwam.

Chantal kon niet helpen om te giechelen. Het klonk zo raar, een pratende poes. Ezra ging weg en terwijl ze wachtte, hield ze haar hart vast. Maar Bram zou toch niet zo stom zijn om in daglicht iets te proberen?

Haar telefoon belde. Het was Bram's moeder.

'Chantal? Wat kan jij me vertellen? Is het werkelijk waar? Heeft Bram die jonge vrouw geschoten?'

'Ja, het is waar.'

'En allemaal omdat jij de verloving afbrak. Je moest je schamen. Je hebt hem helemaal gek gemaakt.'

'Als Uw man naar bed gaat met een andere vrouw, vind U dat goed?'

'Bram zei tegen me dat het allemaal een vergissing was.'

'Geen vergissing. Ik hoop dat U hem niet helpt want hij moet boeten voor wat hij heeft gedaan.'

'Jij moet er voor boeten, vuile slet dat je bent! Net als je hoer van een vriendin. Je bent niks anders dan een stinkende rotgr —'

Chantal klikte af en blokkeerde het nummer. Het laatste

wat ze nodig had was om overhoop gescholden te worden. Ze begon de keuken op te ruimen. Moppie zat op de grond naast haar terwijl ze de vaat deed.

'Nou dat je weet dat ik kan praten, heb ik tenminste andere aanspraak behalve Ezra,' zei Moppie.

'Ik kan me niet voorstellen hoe het moet voelen om in de huid van een poes te leven. Ezra heeft heel wat uit te leggen als hij terug is. Tenminste, als dit allemaal geen droom is.'

'Geen droom. En zet je schrap, want je krijgt heel wat te verwerken,' waarschuwde de poes.

'Hemels, het is haast drie uur en ik heb nog geen douche genomen. Dat zal ik vlug even doen terwijl Ezra weg is. Kan je me de badkamer wijzen?' Chantal moest lachen. Had je ooit...een poes vragen om de weg naar de douche te wijzen?

Ze kwam net de badkamer uit met een baddoek om zich heen toen Ezra terugkwam.

'Ha, ik zie dat je je thuis hebt gemaakt. Hier heb je kleding en wat je nog meer wilde. Veel polities in jouw straat. Ik denk niet dat hij daar z'n gezicht zal vertonen.'

'Z'n moeder belde me. Natuurlijk is het allemaal mijn schuld. Ze begon me uit te schelden dus heb ik haar geblokkeerd.'

'Goed. Dat is het laatste wat je nodig hebt.' Hij gaf haar een paar tassen.

Haar baddoek, die nogal aan de kleine kant was want ze kon geen grotere vinden, slipte naar beneden tot haar taille toen ze reikte om de tassen aan te nemen. Ze kon het nog net grijpen voordat ze helemaal nakend stond, maar hij had al te veel gezien. Ze voelde het bloed naar haar wangen stijgen onder zijn rovende ogen. 'Dank je.' Ze liep snel naar de logeerkamer erg bewust van haar blote billen.

Toen ze aangekleed was en de woonkamer binnen liep, brandde de open haard. Ze ging in een diepe fauteuil zitten.

'Wil je een drankje?' vroeg Ezra.

'Ja, alsjeblieft. Volgens Moppie krijg ik heel wat te verwerken, alsof het al niet genoeg is wat ik nu gezien en gehoord heb.'

'Ja. Ik weet niet eens waar ik moet beginnen,' zei hij terwijl hij twee glazen vulde. Hij gaf haar een glas. 'Whisky. Dat zal het gemoed wat kalmeren.'

'Begin maar met jezelf. Je bezit magische krachten. Dat heb je me net bewezen door Moppie twee keer om te toveren.'

Hij ging voor de haard staan en leunde op de schoorsteenplank met zijn arm. Chantal zoog haar adem in. Zoals hij daar stond, nu in zwarte jeans en een witte trui, leek hij wel een model afgestapt van de kaft van een tijdschrift. Ze kon het niet helpen. Zelfs met al zijn mysterieus gedoe, zette hij haar nog steeds in vuur en vlam.

'Mijn echte naam is Ezralaius Caydriat en ik ben geboren op de planeet Shang'du. Daar zal je wel van gehoord hebben, neem ik aan?'

Ze knikte, en hij ging verder. 'Ik ben een vormveranderaar. Ik ben een draak.'

'Vertel me nog iets! Draken bestaan niet.'

'Op Shang'du nog wel. En val me niet in de rede. Shang'du was van ons, het drakenvolk. Maar we leven ons daagse leven gewoon als mensen en roepen alleen onze draak op als het nodig is. Toen het eerste ruimteschip met kolonisten landde uit Nederland, hebben we ze verwelkomd en geholpen om een nieuw leven te beginnen op Shang'du. Wat we niet hadden verwacht was dat er nog veel meer kolonisten zouden komen. Ze kwamen er achter dat we van vorm konden veranderen tot draken. Dat werd niet goed ontvangen. Het duurde niet lang of de mensen van de Aarde vermenigvuldigden en kregen de overhand. Onze koning en koningin besloten om het koloniseren te stoppen want er kwamen veel te veel Aardse mensen. De kolonisten kwamen in opstand tegen die beslissing en begonnen met ons uit onze hoofdstad, Beral'kazon, te drijven. Oorlog brak uit tussen de kolonisten en de draken.'

'Hoe lang geleden is dit allemaal gebeurt?'

'Het is nu tweeduizendvierhonderd en vijfenzeventig, dus iets over driehonderd jaar geleden begon de oorlog. Wij hadden niet de gesofisticeerde wapens om tegen de Aardelingen op te staan en we verloren. Het koninklijke gezin werd gevangen genomen en een Aardse koning zit nu op de troon. Gedurende die tijd zijn onze koning en koningin overgetreden naar het land van rust en vrede en het prinsesje werd gered en in veiligheid gebracht naar de Aarde. Hoe, of door wie het meisje is gered, weten we niet. Het was het werk van de goden. Het prinsesje had de ketting bij zich maar zonder de hanger.'

Chantal's hand vloog naar haar ketting. De hanger begon prompt te gloeien. 'Mijn ketting.'

'Ja. Hoe het leven is verlopen van de prinses, onder welke naam ze hier leefde, weten we ook niet. Maar volgens de goden had zij een kind, en de ketting is doorgegeven van generatie tot generatie.'

'En nu was jij hier om de ketting te zoeken. Waarom? Om het terug te brengen naar Shang'du?'

Hij dronk zijn glas leeg en vulde het opnieuw. 'Door jouw aderen vloeit het koninklijke bloed. Jij bent degene die ons zal bevrijden van de oppressie waar we nu onder leven. Je bent een prinses.'

Ze barste in lachen uit. 'Vertel me nog wat. Ik een prinses? Hoe kan dat nou. En iets klopt er niet. Volgens het artikel dat de juwelier me toezond, bestond de ketting al in de zestiende eeuw. Als de prinses driehonderd of meer jaren geleden naar de Aarde is gebracht, hoe kon die ketting in de middeleeuwen bestaan hebben?'

'Ja, dat is mij ook een raadsel. De goden hebben al een poos niet tegen me gesproken. Alleen zij weten het antwoord daar op.'

'Jij praat met goden?'

'Ja, en af en toe met een godin.'

Ze haalde haar schouders op. 'Ik kan dit allemaal moeilijk verwerken. En jij hebt magische krachten?'

'Daar ben ik mee geboren. Het gebeurt zelden onder de draken dat een baby gezegend wordt met magie.'

'Dus je bent speciaal, uniek. Wat kan je allemaal doen?'

'Heel veel, maar ik gebruik het niet hier op Aarde. Stel je voor als ze er achter kwamen. Hetzelfde met van vorm veranderen. Ga eens na als er opeens een machtige draak werd gezien in Nederland...'

'Hoe is het koninklijk stel gestorven? Hebben de Aardse mensen hun gedood?'

'Als draken een hoge leeftijd bereiken dan kunnen ze kiezen om naar het land van rust en vrede te trekken. Wij kunnen zelf ons hart stilzetten en slapen rustig in.'

'Maar ze lieten het prinsesje achter. Ik kan me niet voorstellen dat ze het kind zo maar verlieten.'

'Van wat ik allemaal werd verteld door de oudere generatie, werden de koning en koningin in een aparte kerker gevangen gehouden en er werd dagelijks op hen geëxperimenteerd. De wetenschappers van de kolonisten wilden er achter komen hoe wij zo lang kunnen leven en hoe we van vorm kunnen veranderen. Die experimenten waren erg pijnlijk. De koning en koningin hadden geen magie en konden zich niet verdedigen en ze werden volgespoten met drugs en dat voorkwam dat ze hun draken konden oproepen. En het prinsesje was nog te klein. Zij was gezegend met speciale krachten bij haar geboorte, maar haar magie werd pas ingeschakeld toen ze volwassen was, dus zij kon haar ouders ook niet helpen.'

'Je zei als jullie een hoge leeftijd bereiken, maar waren ze zo oud? Ze hadden nog een heel jong kind.'

'Eerst was er een kroonprins. De prins is omgekomen gedurende de oorlog. Hij was toen zeshonderd jaar. Nadat hij stierf is het prinsesje geboren.'

Zijn telefoon ging. 'Het is de politie.' Hij antwoorde en zette het op luidspreker. 'Met Ezra van Houten.'

'Ezra, met rechercheur Bruggeman. We hebben de verdachte nog niet kunnen vangen. Ik bel even om zeker te maken dat jij en Mevrouw Bosch uitermate voorzichtig zijn.'

'Dank je. Chantal logeert voorlopig in mijn huis en we gaan niet naar buiten.'

'Een agent zag je haar huis binnen gaan.'

'Ja, ze had kleding nodig. Maar totdat jullie hem gepakt hebben, blijven we veilig hier. Bedankt voor het telefoontje.' Hij klikte af.

Chantal zei peinzend, 'Misschien is hij wel over de grens gewipt. Dat is niet zo moeilijk. Hij kan nu wel in Frankrijk of ergens zitten.'

'Ze zullen zijn auto wel in beslag genomen hebben.'

'Dat is waar, en in dit weer op de voet?'

'Ja, het sneeuwt weer. Zeg, heb je honger?'

'Nog niet. We hebben laat ontbijt gegeten.'

'Hou je van Chinees?'

'Ja, lekker.'

'Goed, dan zal ik straks bestellen. Ze hebben het altijd druk op het weekend dus het zal wel een poosje duren eer het bezorgd wordt.'

'Heb je me nu alles verteld?'

'Zo'n beetje wel, maar in het kort. Er is nog veel meer, maar dat komt allemaal wel later.'

'We hebben wel op school geleerd over de ontdekking van nog een Melkweg met bewoonbare planeten, en ook over de kolonisatie van ze. Dus ik weet van Shang'du en de andere planeten. Maar geen woord over de oorlog die daar geheerst heeft of over draken.'

'Dat is erg stil gehouden.'

Hij zette z'n glas op de koffietafel en kwam naast haar zitten en reikte naar haar kin. Teder tilde hij haar kin op en keek diep in haar ogen. Het was alsof die diepblauwe ogen haar hart konden lezen, haar ziel, en haar gedachten.

'Heb ik je overweldigd?'

'Eh...ja...enigszins.' Ze pakte haar lege glas. 'Mag ik nog wat van dat spul? Ik tril nog van binnen.'

Hij liet haar kin los. 'Ja, natuurlijk, maar pas op. Het is nogal sterk en als je er niet aan gewend ben...'

Een dronken vrouw is een engel in bed... Ze flapte het er haast uit. 'Dank je,' zei ze timide toen hij haar glas half vol schonk. 'Heb je veel fotos van Shang'du? Toen we er over leerden op school lieten ze wel een paar fotos zien, maar niet veel. En je hoort er nooit nieuws over.'

'Er is nooit veel nieuws te rapporteren, behalve dat het kasteel nog steeds bezet is maar dat is niet bekend in Nederland en ook niet dat Shang'du regeert wordt door de kolonisten. En ja, ik kan je fotos laten zien op m'n computer.'

'Woonden er ook al mensen of draken op de vier andere planeten die gekoloniseerd zijn? Even nadenken...door Rusland, China, Engeland, en Amerika?'

'Nee, die waren onbevolkt behalve dieren. Zo ver ik weet, zijn wij de enige draken in dat heelal en was Shang'du de enige planeet die bevolkt was.'

'Hadden de drakenmensen geen ruimteschepen?'

'Nee, toen niet. We hadden geen interesse om andere planeten te bezoeken of door het heelal te reizen.'

'Wat deden jullie dan met al het goud en de edelstenen?'

'We gebruikten veel van het goud zelf en de edelstenen, en de koninklijke schatkisten zijn boordevol. Als je de kluis zou zien in het kasteel...er was haast geen ruimte meer in de dagen van onze koninklijke regering, laat staan nu.'

Ze keek bedachtzaam in haar glas en speelde met de goudkleurige vloeistof door het rond en rond te draaien. 'En je zegt dat ik zogenaamd degene ben die jouw mensen kan verlossen van de oppressie.'

'Dat hebben de goden me verklaard.'

'Ik zou die goden van jou wel eens zelf willen spreken. Het is allemaal te gek om waar te zijn. Hoe zou ik, in m'n eentje, dat voor elkaar moeten spelen?'

'Het zal best nog gebeuren dat je met ze kunt praten. Als je eenmaal went aan je krachten —'

'Hou op. Ik heb geen krachten. Hoe heet de poes, of elfje, in werkelijkheid? Toch geen Moppie.'

Hij lachte zachtjes. 'Ze heet Moperia. Op Shang'du had ik het al verkort naar Moppie. Past toch ook goed bij een poes?'

'Hebben alle draken een elf? Of hoe noemde jij het...een vertrouwde?'

'Nee, alleen een draak geboren met magische krachten heeft dat voorrecht. Het prinsesje was ook geboren met magische krachten en zal ook een vertrouwde gehad hebben. Maar misschien wel een godin.'

'De vragen tollen door m'n hoofd. Het is al donker. Hoe laat is het?'

'Bij zessen. Ik zal direct bellen om eten te bestellen.' Hij moest even proberen om gehoor te krijgen. 'Ja, hetzelfde, maar voor vier personen dit keer.'

'Vier personen?' vroeg Chantal toen hij ophing.

'Voor morgen ook. Ziende dat we binnen moeten blijven. Dinsdag kijken we wel weer. Ik hoop dat ze hem dan gepakt hebben.'

De whisky had haar aardig gekalmeerd. Ze voelde zich rustig nu, behalve dat, al had hij haar zo'n vreemd verhaal verteld, zijn nabijheid haar nog stoorde, en op een goeie manier. Ze zou niets liever willen dan om tegen hem aan te kruipen.

'Hoe ben jij naar Nederland gekomen? Gevlogen?'

Hij grinnikte. 'Op een ruimteschip. We kunnen niet door het heelal vliegen. Geen zuurstof.'

'Een reisbiljet kost een fortuin. Ben je zo rijk?'

'De draken zijn rijk, ja. Tot groot ongenoegen van de kolonisten zijn de goud en edelsteen mijnen van ons. Die hebben ze nooit van ons kunnen afnemen. Ze durfden niet hun wapens te gebruiken want dan hadden ze de mijnen verwoest. Tot nu toe heeft ons leger ze kunnen bewaken en zeker gemaakt dat ze niet in de handen van de kolonisten kunnen vallen. Alhoewel ze vereisten een groot gedeelte van het goud en de juwelen.'

'Je zei dat jullie uit de hoofdstad zijn gedreven. Waar wonen de draken nu?'

'In de bergen, niet ver bij de mijnen vandaan.'

De bel ging. Moppie sprong van de vensterbank af. 'Eten is hier.'

Ezra kwam al snel terug en zette alles op de koffietafel en twee borden met bestek en een schoteltje voor Moppie waar hij wat rijst op schepte en een paar kruimels kip gerecht. 'Ga je gang.'

Het was heerlijk. Zelf verwende ze zich nooit op die manier en Bram wilde nooit Chinees. Bram...ze moest werkelijk ophouden om alles met hem te vergelijken. Ze had meer honger dan ze dacht en nam nog een portie.

Toen ze klaar waren, pakte Ezra alles weer in en bracht het naar de keuken. Toen hij terugkwam ging hij weer naast haar zitten. Het was ondertussen al na negen uur. Haar telefoon ging. Ze keek wie het was. 'De moeder van Mies,' zei ze tegen Ezra en zette de luidspreker aan.

'Mevrouw Heemstra. Hoe gaat het met Mies?'

'Ze is goed door de operaties heen gekomen maar ze is nog erg slaperig. Ze vroeg me je te bellen en je te waarschuwen. Weet jij of ze die klereleier al te pakken hebben?'

Nog nooit had Chantal haar zulk soort taal horen gebruiken. 'Ze hebben hem nog niet.'

'Mies is bang want hij dreigde dat jij de volgende zou zijn, met je nieuwe vriend.'

'Gewoon een vriend, Mevrouw Heemstra. Maar Bram denkt dat er meer gaande is. Ik ben blij dat Mies goed door de operaties is gekomen. Ik wens haar snelle beterschap.'

'Wist jij dat ze in verwachting is?'

'Ja, ik weet het. Is ze het niet verloren door al dat trauma?'

'Nee, het is wonderlijk maar de baby is okay. Mies ligt op een privékamer en er staat een agent op wacht bij haar deur.'

'Heeft ze beslist of ze de baby houdt?'

'Ja. Ze houdt het kindje. Als ze beter is wil ze verhuizen en haar naam veranderen zodat hij haar en haar dochtertje nooit meer kan vinden.'

'Een meisje? Leuk. Als hij eenmaal achter tralies zit, dan hoeft ze niet meer bang te zijn. Ik hoop dat hij veel jaren krijgt. Mag ze bezoek hebben?'

'Nee, alleen degenen die toegestaan zijn, en in dit geval alleen ik.'

'Zeg haar alsjeblieft dat we aan haar denken. Bedankt voor het belletje.'

Chantal klikte af. 'Gelukkig is Mies okay.'

'Dat hoorde ik. Het is jammer dat je niet op bezoek bij haar kan gaan want met je genezingskracht zou je haar kunnen helpen snel te genezen.'

Ze leunde dichter naar hem toe en hij deed zijn arm om haar schouders en trok haar naar hem toe. 'Zoiets zei m'n Oma ook tegen me, dat ik de ketting moest gebruiken voor genezing.'

'Daar heb je niet de ketting voor nodig. Nu de hanger eraan hangt heeft de ketting alleen al de meeste van je krachten geactiveerd.'

'Maar wist Oma hoe of wat? Had zij ook magie zonder dat wij het wisten?'

'Nee, alleen jij. Maar, zeg, ik dacht dat ik iets meer was geworden dan alleen een vriend...'

O ja, zo veel meer... Ze keek op en in zijn ogen. 'Het is zo vlug. Er is zo veel gebeurt in net over een week.'

Hij tilde haar kin op en waar ze zo naar verlangde, zijn lippen streelden teder over de hare. Haar hart dreigde uit haar borst te barsten, zo hard bontste het tegen haar ribben. Ze opende haar mond en hij kuste haar, heel zacht, heel teder, totdat ze haar tong de vrijheid gaf en ze zijn mond onderzocht.

Ze voelde zijn hart net zo hard kloppen, hoorde het, en toen zijn vrije hand onder haar trui kroop naar haar borsten, spartelde ze niet tegen. Tegendeel. Hij nam een borst in zijn hand, kneedde zachtjes, speelde met haar tepel, en zocht toen naar haar andere borst.

Chantal liet haar hand tussen zijn riem in gleien, voelde voor de prijs die ze daar zou vinden, en pakte net stevig zijn harde penis toen Moppie hun stoorde.

'Ezra...vergeet jezelf niet.'

12

Chantal trok haar hand terug alsof ze zich had gebrand, en Ezra leunde weg van haar, maar zijn ogen waren gefixeerd op haar naakte borsten. Nog even streelde hij ze, en trok toen haar trui omlaag.

'Sorry. Ik ging te ver,' zei hij zachtjes.

'Ik stopte je niet. Maar Moppie deed me er wel aan herinneren dat we een toeschouwster hadden.'

'Ja, en mij dat de goden zouden fronsen.'

'Ik heb geen toestemming nodig van jouw goden als ik wil flikvlooien met een man.'

Hij trok haar naar zich toe en plantte een kus op haar wang. 'Is dat was jij het noemt? Flikvlooien?' Hij keek diep in haar ogen. 'Chantal, ik heb gevoelens voor je die verboden zijn. En ik denk dat jij die gevoelens beantwoord. Maar het is niet voor ons weggelegd.'

'Hebben je goden dat gezegd?'

'Nee, maar vergeet niet dat jij de toekomstige koningin bent van Shang'du. En ik ben een gewone soldaat.'

'Joh, doe niet zo gek. Hoe kan dat nou? Er vloeit geen koninklijke druppel bloed door m'n aderen. En je bent een generaal. Iets meer dan een soldaat.' Ze schoof wat naar achteren. 'Nog een vraag, kan ik ook van vorm veranderen? En ik ben van de Aarde, een Nederlandse, dus eigenlijk de

102

vijand. Jouw vijand.'

'Ik weet dat allemaal nog niet. Net als jij, heb ik nog vele vragen en is er nog veel een raadsel. Maar het wordt laat. Ben je niet moe?'

'Ik heb lang geslapen vanmorgen, alhoewel alles dat je me hebt verteld wel vermoeiend is. M'n hersens tollen nog steeds. Vind je het erg als ik weer naast je slaap?'

'Kindje, dat is onder de huidige omstandigheden nogal gevaarlijk. Je hebt geen idee hoe ik naar je verlang.'

'Nee hoor. Jij blijft aan jouw kant van het bed, en ik de mijne. Ik ga m'n tanden poetsen.' Terwijl ze naar de badkamer liep dacht ze aan wat er net was gebeurd. Waarom moest Moppie hun storen? Aan de ene kant wel goed, want nu ze wist dat de poes eigenlijk een miniatuur mensje was, voelde ze zich beschaamt dat Moppie alles had gezien.

Ze keek in de spiegel. Zij een prinses? Zogenaamd een toekomstige koningin? Het was allemaal te ongelofelijk. Ze ging snel naar de logeerkamer en trok een topje uit de zakken die Ezra opgehaald had uit haar studio. Alleen haar G-string dragend en het topje, ging ze naar zijn kamer en kroop onder het dekbed, zorgvuldig dicht bij de rand van het bed blijvend.

Het duurde nog even eer Ezra naar bed kwam. Ze hoorde hem klappen om het licht uit te doen en voelde hem in bed stappen. Even later sprong Moppie op het bed en kroop tegen haar aan. Goed. Dat zou voorkomen om aan haar verlangens in te geven om naar hem toe te rollen en in zijn armen te kruipen.

Ze kon niet slapen. Alles wat hij verteld had stroomde door haar hoofd alsof ze een cassetterecorder in haar hersens had tijdens de conversatie. Ze verlangde naar hem. Nog nooit had ze dit gevoeld bij Bram, het intense verlangen om naakt in zijn armen te liggen, om zijn handen op haar lichaam te voelen, tussen haar benen, zijn vingers spelend met haar clitoris. Ze was geil. Harstikke geil. Ook dat had ze nooit gevoeld. Het was iets nieuws voor haar. Het was daardoor dat ze altijd makkelijk Bram kon stoppen om verder te gaan want ze had geen behoefte aan seks gehad met hem.

Oma's woorden speelden door haar hoofd. *Geef jezelf niet te snel... Wacht op de juiste man...* Had ze die nu ontmoet? Deze vreemdeling van een andere wereld? Een man die zichzelf in een draak kon veranderen? Een man die kon toveren? Had hij haar betoverd? Nee...hij zei dat zijn gevoelens voor haar verboden waren door zijn goden.

Ze woelde en draaide, de scheuten van hartstocht die door haar lichaam vlogen haast te intens. Plots was er een luide knal. Het klonk als een schot. Ook Moppie schrok er van op en sprong van het bed. Chantal wachtte even maar hoorde verder niets. Haar hart hamerde tegen haar ribben. Voorzichtig schoof ze naar Ezra toe. Hij lag op zijn zij met zijn gezicht naar haar. Ze tuurde maar het leek of hij sliep. Toen ze vlak bij hem was, zo dichtbij dat ze hem haast kon kussen, rolde hij zo dicht naar haar toe dat hun lichamen elkaar raakten.

Snel ademend kroop ze tegen hem aan. Hij was naakt en toen ze voorzichtig zijn penis aanraakte, reageerde die snel en werd stijf. Toch sliep hij nog...of deed hij alsof? Voorzichtig pelde ze het topje af zonder hem te storen. Hoe ze het waagde was onvoorstelbaar maar voor de eerste keer in haar leven voelde ze werkelijke hartstocht, verlangde naar de man die naast haar lag, zijn lippen, om dat gespierde lichaam tegen haar aan te voelen. Haar kutje klopte, haar bloed raasde door haar aderen toen ze zich tegen hem aan drukte.

Hij bewoog plotseling. Chantal lag doodstil. Zijn arm ging om haar heen en toen lag hij weer stil. Zijn penis was nu erg stijf en drukte tegen haar buik. Ze trok een been naar boven en reikte naar beneden totdat ze zijn penis in haar hand had.

Voorzichtig plaatste ze het tussen haar dijbenen en klampte toen haar benen bij elkaar.

Ezra mompelde iets, en draaide plotseling om. Ze zuchtte en moest tevreden zijn met z'n gespierde rug. Eindelijk voelde ze nattigheid tussen haar dijen en wat verlossing. Nu ze zo dicht bij hem lag, een arm over z'n taille, voelde ze zich helemaal veilig en dommelde eindelijk in.

Het was opgehouden met sneeuwen en de zon scheen door de jaloezieën toen de telefoon haar wakker maakte. En ook Ezra. Gedurende de nacht was hij omgedraaid en ze lag in zijn arm.

Stomverbaasd ging hij zitten en keek op haar neer terwijl hij z'n telefoon greep. 'Ezra van Houten.' Hij luisterde even. 'Dank je wel. Ja, we blijven binnen.'

Hij legde de telefoon op het nachtkastje en zonder een woord draaide hij naar haar toe en nam haar in zijn armen. 'Je weet niet hoe moeilijk je het voor me maakt,' zei hij met hese stem dicht bij haar oor. 'Dat was de politie. Bram is in deze buurt gezien vannacht.'

Hij rolde van haar weg en ging op de rand van het bed zitten. 'Ga je aankleden,' zei hij bruusk zonder naar haar te kijken.

Ze gooide al schaamtegevoel aan de kant en kroop uit bed en ging voor hem staan. 'Het kan me niet schelen wat die goden van jou bevelen. Ze zijn niet *mijn* goden.' Ze pakte zijn handen en legde ze op haar borsten.

Voor een kort moment kneedde hij ze, voelde haar tepels, maar sprong toen uit bed. 'Nee, Chantal. Het mag niet. En ze zijn *wel* jouw goden.' Hij liep met grote stappen naar zijn badkamer.

Verloren stond ze daar even en voelde teleurstelling en ook schaamde ze zich dat ze haarzelf zo stoutmoedig had gedragen. Hij verlangde net zo erg naar haar, dat wist ze zeker. Ze zuchtte, zocht haar topje op en trok het aan, en ging naar de logeerkamer.

Ze nam vlug een douche. Toen ze klaar was vroeg ze zichzelf af, *Wat bezielt me eigenlijk? Ik heb nog nooit m'n eigen zo sletterig gedragen. Wat zal hij nu van me denken?*

Ze trok gauw jeans aan, een topje, een trui, sokken, en ging naar de keuken waar hij al bezig was.

'Koffie?' vroeg hij. 'Zal ik weer een omelet maken?'

Hij deed alsof er niets was gebeurd. Maar ze voelde de aantrekkingskracht zo duidelijk, en ze was zeker dat hij het ook voelde. Was dit liefde? Werkelijke liefde? Kon dat zo snel een mens overvallen? Of was het alleen maar hartstocht?

'Ik zal wat boodschappen moeten halen. De eieren zijn haast op,' zei hij toen hij een bord voor haar op de tafel zette.

'Je hoeft toch niet elke morgen eieren klaar te maken? Ik ben tevreden met alleen toast of een boterham hoor.'

'Het brood en beleg is ook haast op.'

'Is het wel veilig voor je om naar buiten te gaan als hij in deze omgeving is gezien?'

'Hij zal niets proberen op de dag. Ik ben over een uurtje terug.'

Chantal keek naar buiten en keek hem na, maar ze stond ver genoeg van het raam. Moppie zat op de vensterbank. 'Moppie, jij bent een vrouw. Wel…een vrouwtje. Kan ik tegen jou praten?'

'Ja, Chantal. Wat is er?'

'Is het mogelijk om zomaar verliefd te worden op iemand die je nog maar pas hebt ontmoet?' Het was toch te gek. Hier stond ze romantisch advies te vragen van een poes…

'Daar ben ik niet zeker van. In de elven wereld gaat het allemaal anders. Voor sommige van ons is het niet weggelegd als we de opdracht krijgen om vertrouwelingen te zijn. Dat wordt dan ons levenswerk. Je bent verliefd op Ezra. En ik geef je groot gelijk.' Ze zuchtte. 'Als ik een mens was, dan wist ik het wel want ik ben heimelijk ook een beetje verliefd op hem.'

'Ja, ik geloof dat ik verliefd op hem ben. Ik heb nog nooit zulke sterke gevoelens meegemaakt,' gaf ze toe.

'Als het voor jullie weggelegd is door de goden, dan zal het allemaal wel goed komen. Maar de goden hebben Ezra niet gezegd om jou te beminnen. Je pad is voor je uitgestippeld vanaf de dag dat je geboren bent. Alles gebeurt zoals het geschreven staat.'

'Jij praat ook al zo raadselachtig.'

Moppie sprong op de grond. 'Er wacht een grote taak op jou.'

'Zoiets zei Oma ook toen ik de ketting kreeg. Hoe kon mijn grootmoeder dat weten?'

'Misschien had zij een gave? Voorspelde ze weleens iets?'

'Ja, maar behalve ik luisterde niemand naar haar.'

'Waarschuwde je oma je niet over je ex voordat ze overleed?'

Chantal was verbaasd. 'Hoe kan jij dat weten?'

'Ezra is terug.'

'Moppie, dit gesprek blijft onder ons he?'

'Ja hoor, geen zorgen.'

13

Chantal was het binnen zitten spuugzat. Er was een week voorbij gegaan en nog hadden ze Bram niet gevonden. Hoe kon dit zo doorgaan? Ze zou haar baan niet gauw verliezen, maar wel sommige van de klanten. Volgens de politie waren er geen verdere berichten binnen gekomen dat iemand hem in de buurt gezien had. Hij was waarschijnlijk al ver weg.

'Ezra, ik moet naar buiten. Ik word gek van het binnen zitten.'

Hij keek op van zijn boek dat hij op zijn computer aan het lezen was. 'Ik hoor je, maar je weet wat de politie heeft gezegd.'

'Ja, maar hij is niet meer gezien. Hij zal de benen wel genomen hebben.'

'Heb je nog iets over Mies gehoord?'

'Nee, niet sinds haar moeder me belde. Volgende week zal ik Mies zelf bellen.' Ze zag dat hij verder ging met lezen. Sinds de morgen dat ze haarzelf zo schaamteloos aangeboden had, was alles verandert tussen hen. Hij was teruggetrokken, op afstand, en behandelde haar meer als een gast. De camaraderie die ze eerder bij hem voelde, was weg. Of, misschien niet helemaal weg, maar hij verborg zijn gevoelens erg goed.

Ze voelde zich vreselijk alleen. In zijn bed kruipen hielp ook niet, want als hij dacht dat ze sliep, ging hij naar de woonkamer en vond ze hem de volgende morgen op de bank of in zijn stoel.

'Wanneer praat je eindelijk eens met je goden?' gooide ze er plotseling uit.

Hij keek haar aan met een frons. 'Als het de juiste tijd is nemen zij contact met mij op.' Hij deed z'n laptop dicht. 'Ik moet nodig boodschappen halen.'

'Ik ga met je mee.'

'Absoluut niet.'

'Dan ga ik naar buiten als je weg bent. Dus, ik ga met jou mee, of alleen. Moppie kan me niet tegenhouden.'

'Je bent hardnekkig.'

'Het is klaarlichte dag. Denk je werkelijk dat hij iets zou proberen als hij nog in de buurt is?'

'Ik weet het niet. Maar het is beter om voorzichtig te zijn.'

'Ik ga mee. Ga je op de fiets?'

'Ja, de straten zijn schoon en het vriest nu alleen. Maar ik moet ook nog ergens anders heen.'

'Waar?'

'Naar het bos.'

'Ben je gek of moet je het worden? Als het ergens gevaarlijk zou kunnen zijn is het in het bos. En wat moet je in vredesnaam daar doen?'

'Jij vroeg wanneer hij met zijn goden zou praten en nu wil hij proberen om contact met ze op te nemen,' verklaarde Moppie.

'Kan hij dat thuis niet doen?'

Ezra antwoorde. 'Hee, ik sta hier. Nee, het is te onrustig thuis. Ik moet de vrije natuur om me heen hebben en rust. Er zullen geen mensen in het bos zijn nu. Het is te koud. En ik denk niet dat je ex z'n eigen daar zou verschuilen. Hij zou doodvriezen.'

'Een aardige fietsrit. Ik ga toch. Tenzij je me vastbindt.' Ze liep naar de gang, deed haar jas aan, muts op, een sjaal om, handschoenen, laarzen aan, en pakte haar tas. 'En probeer niet om me vast te houden met je magie,' waarschuwde ze.

Ezra keek donker maar trok ook zijn jas aan. 'Beloof me dat je vlak bij me blijft.'

'Pas in vredesnaam op, jullie,' waarschuwde Moppie. 'Wat moet ik hier op Aarde doen als er iets met jullie gebeurt? Dan ben ik eeuwig verdoemd om in dit poezenlijf te wonen.'

'Ik heb nog altijd m'n magie, Moppie,' troostte Ezra de poes.

'Die je niet kan gebruiken hier en als er iets met je gebeurt, dan heb ik weinig aan je magie en Chantal weet nog niet hoe om het hare te gebruiken. En wat als er met jullie beide iets gebeurt? Stel je voor dat die kerel je volgt en jullie allebei doodschiet. O, ik moet er niet aan denken...altijd een poes!'

'Geloof me, er is geen sterveling in het bos. Alleen gekken gaan in dit weer fietsen of wandelen. Zoals wij.' Hij deed de buitendeur open, keek in de rondte, en ging toen zijn fiets halen. Chantal liep snel naar hem toe.

'Ik zie hem niet,' zei ze toen ze naar haar huis liepen om haar fiets te halen.

'Nee, maar hij is hier wel geweest. Kijk naar je fiets.'

Chantal keek met leedde ogen naar haar fiets. Twee lekke banden en de wielen waren misvormd alsof er flink tegen was geschopt en het stuur hing te bengelen, was er af gerukt.

'Spring er maar op bij mij. We gaan een nieuwe fiets kopen bij de fietsenhandelaar om de hoek.'

Chantal ging op de bagagedrager zitten en hield hem stevig vast. De fietsenwinkel was niet ver van haar huis

'Een gebruikte fiets hoor. Nieuwe fietsen worden veel te veel gestolen,' zei ze tegen hem toen ze de winkel binnen gingen.

Maar hij kocht een mooie witte fiets voor haar, hoe ze ook protesteerde.

Terwijl ze wachtten totdat ze die fiets op maat voor haar maakten, zei hij zacht, 'We zetten de fiets in mijn schuur en ik zet een beschermspel op de schuur.'

De nieuwe fiets reed heerlijk. De rit naar het bos duurde net onder een uur en ze was blij toen ze eindelijk af kon stappen. 'Het is verbazend hoe snel je lichaam er aan went om lui te zijn. Ik zal morgen m'n spieren voelen.'

Ze zag hem in de rondte kijken.

'Ik zie geen sterveling. Ik loop even een eindje alleen verder. Blijf bij de fietsen,' zei hij.

Chantal keek hem na totdat ze hem niet meer zag. Na even gekeken te hebben of er niemand in de buurt was, ging ze achter hem aan. Hij stond in het midden van een vrij lege plek met mos en rode paddenstoelen, hier en daar wat sneeuw, omringd en overdekt door dennenbomen. Een plaatje uit een sprookjesboek. Chantal verwachtte elk moment elfjes te zien...alleen, die waren er niet op de Aarde. Alleen Moppie...

Er lag zo goed als geen sneeuw in het bos, maar toen ze een klein plekje zag, bukte ze en at een hand vol ervan. Ze stikte van de dorst. Ezra stond doodstil met twee armen opgeheven en hij keek naar boven. Ze zag zijn lippen bewegen en wou dat ze kon horen wat hij zei.

Plots, hoorde zij een mannenstem, een diepe, rustige stem. Ze keek in de rondte, maar er was niemand.

'Ezralaius, mijn zoon, wat kunnen wij voor je doen?'

Nu kon zij horen wat er gezegd werd. Ze wachtte heel stilletjes.

'Ik heb de prinses gevonden.'

'Dat weten wij. Je weet wat je nu moet doen.'

'Ja, haar meenemen naar Shang'du, maar ze heeft te veel vragen waar ik geen antwoord op weet. Ik denk niet dat ik haar zo ver kan krijgen om met me mee te gaan.'

'Ze moet haar taak volbrengen en de enige manier daarvoor is voor Chantal om de troon te eisen. De ouderlingen kunnen sommige van haar vragen beantwoorden en haar vertrouwde en je moet met haar naar de tempel.'

Plotseling kon Chantal de stem niet meer horen, noch Ezra. Maar hij bleef er nog staan. Sprak hij nog steeds met de goden? Als ze het niet had gehoord, had ze het nooit geloofd. En had zij het goed gehoord? Hij moest haar meenemen naar zijn planeet? En ze had een vertrouwde? Ook een elfje?

Een rilling gleed van bovenaan haar ruggengraat naar beneden. Het idee om met een ruimteschip het heelal in te gaan was niet iets waar ze ooit voor had gewenst of zelfs over had gedroomd. Hij stond er nog steeds, heel stil. Zouden de goden nog steeds tegen hem praten? Zonder dat zij het kon horen? Na een poosje besloot ze om terug te gaan naar de fietsen en hoopte dat hij niet wist dat ze hem had gevolgd.

De fietsen leunden nog steeds veilig tegen de boom en er waren geen mensen in zicht.

Het duurde nog minstens tien minuten eer hij terugkwam. Ze keek op haar horloge. Zijn communicatie met zijn goden had haast een uur geduurd. Waarom kon zij ze plotseling niets meer horen? Wat hadden ze tegen hem gezegd dat ze niet mocht weten?

'Sorry dat het zo lang nam,' zei hij. 'Heb je het koud?'

'Ja, ik sta hier te verkleumen.'

'De rit terug zal je gauw opwarmen.'

En hij had gelijk. Maar de hele rit ging zonder erg voorbij want haar hersens waren nog steeds bezig en verstoord over wat ze had gehoord.

Ze deden de nodige boodschappen en toen ze thuis kwamen was het al lang donker. Een agent kwam op hun afstevenen.

'Jullie spelen met je leven,' waarschuwde hij. 'Totdat we hem te pakken hebben is het niet goed om je op straat te vertonen. Je kunt boodschappen bestellen en laten bezorgen.'

'We hebben goed opgepast,' antwoorde Ezra. 'Ik denk niet dat hij nog in de buurt is.'

'Daar zou ik niet zo zeker van zijn. Hij is een psychopaat en is van alles toe in staat,' waarschuwde de agent weer, tikte zijn pet, en liep verder.

'Waarom vertelde je hem niet over m'n kapotte fiets?' vroeg Chantal.

'Ik vond het beter om m'n mond daar over dicht te houden. Misschien had ik het beter kunnen vertellen, want het betekent dat die vent nog steeds in de buurt is.'

Chantal en Ezra brachten eerst de boodschappen naar binnen en gingen toen terug om de fietsen in de schuur te zetten.

'Jullie zijn lang genoeg weggeweest,' mopperde Moppie toen ze weer binnen kwamen.

'Het is een behoorlijke fietsrit naar het bos, Moppie,' antwoorde Chantal.

'En, heb je met de goden gesproken?' vroeg de poes nieuwsgierig.

'Straks. Ik stik van de honger en ik denk Chantal ook,' zei Ezra.

'Wat eten we vanavond?' vroeg Chantal.

'Boerenkool met worst van Albert Heyn. Het is kant en klaar. We moeten het alleen even opwarmen.'

Om een uur of vijf werd er gebeld. 'Wie zou dat zijn,' mompelde Ezra en ging kijken.

Even later kwam hij terug. 'Het was de koerier met de

spullen die ik op de veiling heb gekocht.' Hij deed een lade open van het wandmeubel en legde de grote dikke envelop er in. 'Eerst eten nu voordat het koud wordt.'

Terwijl ze aten dacht Chantal aan de komende feestdagen. Kerstmis was nabij. Ze gingen altijd naar de boerderij op eerste Kerstdag. Zou ze Ezra vragen mee te gaan? 'Ezra, heb je zin om met me mee te gaan naar de boerderij om Kerst te vieren?'

Ze wachtte op zijn antwoord maar tot haar verbazing, knikte hij. 'Ja, ik wil graag je familie ontmoeten.'

Wat hadden de goden tegen hem in stilte gezegd dat de muur van ijs die hij om zichzelf had gebouwd de laatste week langzaam aan het dooien bracht? Of was dit een deel van zijn plan om haar te overtuigen om mee te gaan naar zijn wereld?

14

zra stookte de open haard. Nu ze gezellig bij het vuur zaten met een glas wijn, was het tijd om Chantal te vertellen wat de goden hadden gezegd.

Hij wist dat ze hem gevolgd had en even had geluisterd, dus nu was ze er ook goed van bewust wat de goden wilden van haar. Ze had er niets over gezegd, maar hij voelde dat er een strijd in haar woelde. De goden waren gestopt met hardop te praten zodat alleen hij hen kon horen en hij hoefde alleen zijn vragen en antwoorden te denken.

De goden hadden eindelijk het mysterie opgelost over de ketting, hoe die in de zestiende eeuw op Aarde was, daarna jaren spoorloos verdwenen, en toen in het bezit kwam van Chantal's voorouders. Niet alleen hadden de goden daarover gesproken, maar ze hadden ook duidelijk gemaakt dat hij verkoren was om haar te begeleiden als ze eenmaal gekroond was, als haar levensgenoot.

Hij kon haar daarmee niet overvallen, vooral niet omdat hij hun relatie zo had gekoeld de laatste week. Ze zou kunnen denken dat hij van gedachten was veranderd alleen om haar te overwinnen om met hem mee te gaan naar Shang'du.

'Chantal, vandaag in het bos heb ik met de goden gesproken.' Hij nam een slokje van zijn wijn.

Ze keek op van haar laptop. 'Dat weet ik. Ik was je

achtervolgd en hoorde je, maar toen stopte de stem en jij werd ook stil.'

'De goden waren niet stil, en ik ook niet. We gebruikten telepathie. Maar ik heb een antwoord voor je waarom de ketting is gezien in de zestiende eeuw.'

'En dat is?'

'Ik heb je verteld dat er ook godinnen zijn.'

'Ja, maar je praat altijd over de goden.'

'Omdat het haast altijd een mannenstem is die ik hoor. Ik heb maar ooit één keer een vrouwelijke stem gehoord en dat is jaren geleden.' Hij ging op de grond zitten. 'In de zestiende eeuw was er een godin, Jaliana, die ongehoorzaam was en verkoos om een menselijk gedaante aan te nemen en onder de mensen te leven. Ze begon met de Aarde.'

'Is dat mogelijk? Ik bedoel dat de goden of godinnen zichzelf kunnen veranderen en er hetzelfde uitzien als wij?'

Hij glimlachte. Er was zo veel wat ze nog moest leren over het heelal, van de goden en godinnen, over de draken, over de krachten die ze nu had en niet besefte. 'Ja, maar wat de godin Jaliana deed was tegen de wetten van de Allerhoogste. Haar straf was dat ze voor jaren als een mens moest leven en tot een paar honderd jaar geleden niet mocht terugkeren naar het heelal van de goden en godinnen. De Allerhoogste vergaf haar eindelijk.'

'Wat heeft dat allemaal met de ketting te maken?'

'Zoals ik zei, koos ze eerst de Aarde. Maar gedurende haar tijd op de Aarde gebruikte ze dikwijls haar krachten om mensen te helpen, te genezen, soms hun toekomst te voorspellen. De vrouwen en meisjes die verbrand zijn gedurende de vijftiende en zestiende eeuw waren geen heksen, zoals je weet.'

Chantal knikte. 'Ja, echte tovenarij bestond niet. Die arme drommels hadden gewoon geleerd, dikwijls van voorouders, om wilde kruiden, besjes, en wortels klaar te maken als geneesmiddelen.'

'Het laatste dat de ketting is gezien is in de zestiende eeuw toen er een zogenaamde heks verbrand werd die de ketting in haar bezit had. Zij droeg de ketting toen ze naar de brandstapel werd geleid. Maar op de brandstapel was de ketting weg. Daarna is het niet meer gezien. Die zogenaamde heks was Jaliana.'

'Maar als ze verbrand is, hoe—'

'Ze is niet verbrand. Ze heeft haar krachten gebruikt en wat de toeschouwers zagen was een soort replica van haarzelf. Jaliana is naar andere planeten gegaan, met de ketting.'

'Hoe kan dat nou? Ruimteschepen waren ongehoord in die tijd. Mensen hadden geen idee wat er buiten de Aarde bestond in het heelal.'

'Jaliana kon haarzelf heel makkelijk verplaatsen van de ene wereld naar de volgende. Ze reisde naar verschillende planeten totdat ze terecht kwam op Shang'du een paar honderd jaar geleden. Dat is ook toen de goden besloten haar te vergeven en zij mocht weer terug keren naar het heelal van de goden en godinnen, waar ze tot vandaag woont.'

'En de ketting?'

'Haar laatste goeie daad was om het drakenprinsesje te redden uit de kerkers. Ze heeft ze zich vermomd als een bewaker om de kerkers te kunnen benaderen. En als er geen andere bewakers in de buurt waren, dan was ze haarzelf en speelde met het meisje. Ze heeft de kleine prinses de ketting gegeven om mee te spelen. Toen de koning en koningin naar het land van rust en vrede trokken, heeft Jaliana het prinsesje uit de kerkers gehaald en naar de Aarde gebracht waar ze is gevonden en is aangenomen door een kinderloos stel. De ketting is bij Prinses Herretyath gebleven en de hanger bij de ouderlingen. De prinses was toen vier jaar oud. Haar nieuwe ouders gaven haar de naam Annemarijn en zij werd Anne genoemd.'

'Ook toevallig. Mijn Oma heette Anna en m'n overgrootmoeder was Marijntje.'

'Annemarijn is getrouwd met een Aardeling en kreeg een kind. Maar omdat wij draken lange levens hebben, besloten de goden om de levensloop van de prinses te verkorten want anders had zij een wereldwonder geworden op de Aarde door eeuwig jong te blijven.'

'Dat was een lang verhaal. Dus nu weten we zo'n beetje de geschiedenis van mijn ketting.'

'Ja, en geen vragen over wat je hebt gehoord?'

'Nee, want er is geen kwestie van dat zoiets ooit gebeurd. Je krijgt me nooit zo ver om één voet op een ruimteschip te zetten. En dat is het laatste dat ik daar over zeg.'

Ezra besloot om er verder niet op in te gaan. Nog niet. Hij veranderde van onderwerp. 'Wat doen jullie met Kerstmis? Ik bedoel, hoe vier je het?'

'Stilletjes. We besteden een gezellige middag met elkaar, dan het Kerstdinér, en dan volgt Oud en Nieuw een paar dagen later dat we allemaal op onze eigen manier vieren. Vroeger kwamen we ook die avond bij elkaar, maar de laatste jaren niet meer.'

'Wat deden jij en je ex op die avond?'

'Niets bijzonders. Ik kocht oliebollen en appelflappen en we keken naar een film. Na twaalf uur ging Bram naar zijn eigen flat.'

'Over twaalf uur gesproken, ik ben moe.'

'Ik ga m'n spieren voelen. Ik wou dat alles weer z'n gewone gangetje ging. Kan je daar geen toverspreuk voor uit je mouw schudden? Of een spreuk dat ze Bram pakken?'

'Ik mag niet voor alles magie gebruiken. Het leven verloopt zoals het geschreven staat. Er komt een einde aan alles, ook aan dit.'

Ze slaakte een zucht. 'Niet gauw genoeg naar mijn zin. Ik ga ook naar bed. Ga je mee, Moppie?'

'Miauw...nee, ik blijf lekker bij het open vuur liggen.'

Ezra had z'n tanden gepoetst en deed de lichten uit. Toen hij in bed stapte zag hij dat Chantal al aan de andere kant lag, netjes op haar gedeelte van het bed. Hij moest de muur die hij zelf opgebouwd had tussen hen steen voor steen afbrokkelen, en daar zou hij nu mee beginnen.

Nadat hij even stil had gelegen, draaide hij om en schoof dichter naar haar toe. Ze bleef nog steeds doodstil liggen, maar ze was koppig. Of ze sliep al... Terwijl hij geduldig wachtte, dacht hij aan haar krachten. Ze moest nog zo veel leren. Hij wou dat de goden hem leidraad gaven, maar ze hadden daar nog niets over gezegd. En er was niemand op Aarde wie hem daarmee kon helpen.

Chantal draaide om in haar slaap en haar arm rustte over zijn heup. Hij schoof nog iets dichterbij zonder haar te storen.

Niet op aarde, maar ik kan helpen.

Het was een vrouwenstem.

Wie is dit?

Ik ben Jaliana. Je moet Chantal naar Noord-Holland brengen naar het graf van Prinses Herretyath waar Chantal's DNA voltooid zal worden.

Dat graf bestaat toch niet meer?

De prinses ligt diep begraven samen met het boek dat Chantal nodig heeft. Maar ik kan je leiden. Breng Chantal naar het graf en daar zal ik haar helpen haar krachten te gebruiken. Het is in de buurt van Bergen. De zeer oude begraafplaats is niet open momenteel voor het publiek. Maar jij moet haar daar brengen gedurende de nachturen.

Het zal afgesloten zijn.

Je hebt je krachten. Je kan die gebruiken om het hek te openen en sluiten.

Ik gebruik ze zo zelden dat ik het soms vergeet.

Het is belangrijk dat Chantal al haar krachten heeft en leert te gebruiken voordat ze naar Shang'du gaat en de troon eist. Daar heeft ze het boek voor nodig.

Wanneer moet ik dit doen? Het is gevaarlijk voor ons op het ogenblik.

Je hebt een vervoermiddel nodig. De man die jou en Chantal kwaad zou willen doen is op de voet. Ik zal je begeleiden als je eenmaal op het kerkhof bent.

De stem vervaagde. Hij zou een auto kunnen huren. Wat zou Chantal van dit alles zeggen als hij het aan haar vertelt? In haar slaap kroop ze nog dichter naar hem toe en hij nam haar in zijn armen. Na die ene keer droeg ze een T-shirt en pyjamabroek naar bed. Hij wenste dat hij haar lichaam tegen het zijne kon voelen, maar dat kon gevaarlijk zijn want zijn libido werd steeds moeilijker te beheersen. Zijn penis was stijf en hij had pijn van het inhouden...

Hij mocht haar niet de zijne maken totdat ze op Shang'du waren, totdat ze volgens de wetten van de draken man en vrouw waren. Een golf van opwinding schoot door hem heen met die gedachte. De goden hadden hem verrast toen ze zeiden dat hij haar levensgenoot was... Chantal was zijn zielsverwant. Het was haast niet te geloven...

15

Chantal schoof wat dichter naar Ezra. Ze voelde zijn armen stevig om haar heen. Veilig... In zijn armen voelde zij zich beschermt.

Klaarwakker plotseling, schoot ze uit zijn armen en naar de kant van het bed, haar hart nog op hol. Was hij wakker? Nee, hij sliep nog. Voorzichtig stapte ze uit bed en ging vlug naar de badkamer op de gang.

Eventjes leunde ze op het badkamerkastje en keek in de spiegel. Haar lange zwarte lokken leken wel een vogelnest. Ze moest nodig haar haar wassen, maar eerst goed borstelen. Terwijl ze borstelde, kwam de herinnering naar boven van Oma, hoe die altijd graag haar haar borstelde terwijl Chantal op de grond voor haar zat. De laatste tijd kwamen er steeds meer herinneringen terug, dingen die haar oma had gezegd die Chantal nu pas begon te begrijpen. *Je bent mijn prinses, liefje, maar als je groot bent dan word je een werkelijke prinses... Ik wou dat ik dat nog kon meemaken, maar dat is een reis voor jou alleen...de grootste reis van je leven...* Her was haast of Oma het nu in haar oor fluisterde. Kon Oma werkelijk de toekomst voorspellen? En er was iets dat haar ook plaagde, waarom juist zij? Waarom niet haar oudste zus? Waarom niet één van de voorouders?

Terwijl ze onder de douche stond dwarrelden de vragen

nog steeds door haar hoofd. Zou Ezra antwoorden weten? Ze wilde liever niet meer er over praten met hem, niet na wat ze gisteren had gehoord.

Aangekleed, haar natte haar gevlochten, ging ze naar de keuken en vond Ezra al bezig met ontbijt. 'Goeiemorgen, Prinses. Heb je zin in een gekookt ei? Zacht of hard?'

'Heb je koffie?'

Hij gaf haar een beker. 'Al klaar. Ik heb een auto gehuurd. Vanavond gaan we naar Bergen.'

'In Noord-Holland? Wat moeten we daar doen? Is er een rede?' Wat was zijn stemming verandert. Ze voelde niet meer de afstand tussen hen. Wat had dat veroorzaakt?

'Vannacht sprak een godin tegen me. Ze heet Jaliana. Zij verzocht me jou naar het graf te brengen van Prinses Herretyath, of in andere woorden, de rustplaats van Annemarijn.'

'Bestaat dat nog na zoveel jaren?'

'Kennelijk wel.'

'Interessant. Wat moeten we daar doen?'

'De godin zei dat zij zal je daar helpen je krachten te gebruiken, en bij dat graf wordt je DNA voltooid.' Hij zette toast op de tafel en gekookte eieren. 'Het graf is niet gemerkt, dus niet bekend, maar de godin weet waar het is.'

Chantal dronk wat van haar koffie. 'Klinkt allemaal nogal mysterieus.'

'Ze had het ook over een boek dat begraven is met Annemarijn. Een boek dat je moet lezen want het zal je leren hoe je je magie moet gebruiken.'

Chantal trok haar neus op. 'Wil je daarmee zeggen dat we dat op moeten graven? Ja, ik zie ons al... En de grond is bevroren en er ligt nog sneeuw. Plus, het zal best bewaakt zijn en voor we het weten zitten we op het politiestation.'

Ezra haalde zijn schouders op. 'We gaan in de nacht. Als je

gegeten hebt, kijk even op m'n laptop. Ik heb het kerkhof opgezocht op het internet. Er zijn ook plaatjes bij.'

Nadat ze haar ontbijt op had, ging ze naar de woonkamer en keek op zijn laptop. Ze las de bijlage over de begraafplaats. Dus als Annemarijn daar was begraven zou ze bij het graf staan van de eerste van haar voorouders... Want de rest van haar voorouders kwamen van Shang'du. Behalve de mannen. Gek, de goden spraken helemaal niet over de manlijke kant. Annemarijn moest toch een man hebben gehad want ze kreeg een kind.

'En?' zei Ezra achter haar.

'Kan wel interessant zijn. Een nachtelijk avontuur. Maar ik hou jou verantwoordelijk als de politie ons pakt.'

'Ja, ja. We moeten voorzichtig zijn. Ten eerste niet de auto vlakbij parkeren. En ik zal mijn magie gebruiken in geval er een alarm op het toegangshek is. Je moet donkere kleding dragen. En Bergen is geen groot dorp. Misschien wordt de begraafplaats niet bewaakt. En als ik naar de plaatjes kijk op het internet is het omringd door bomen en struiken.'

'Wel een beetje griezelig om midden in de nacht naar een begraafplaats te gaan.'

'Miauw...liever jij dan ik.' Moppie wreef langs haar benen.

'O ja? Ik vind dat we jou mee moeten nemen. Jij kan de spoken wegjagen. Wat zeg jij, Ezra? Spoken zijn als de dood van een pratende kat! Vooral een witte!'

Moppie vloog de woonkamer uit.

'Ze dacht dat ik serieus was?'

Ezra lachte. 'Ik zal vanmiddag de huurauto ophalen. We gaan om een uur of acht weg. Het is iets meer dan een uur rijden, maar ik reken op twee uur ongeveer. Als we wachten tot middernacht om naar de begraafplaats te gaan, dan slapen de meeste mensen. Er is meer dan één begraafplaats. Degene die wij moeten hebben is aan de Ruïnelaan. Het adres staat op het internet.'

Net na tienen reden ze het dorp Bergen binnen. 'Het is nog te vroeg. Ik zie een open café. Zin om iets te eten en te drinken?' vroeg Ezra.

'Ja, een kroketje en patat zou wel lekker zijn. We hebben vroeg avondeten gegeten.'

Ezra parkeerde. Er zaten niet veel mensen in het café. Op de deur hadden ze al gelezen dat het om twaalf uur sloot. 'Bier?' vroeg Ezra.

'Nee joh. Dat gaat dwars door m'n lichaam. Je denk toch niet dat ik met m'n blote billen in die kou tussen wat struiken ga zitten?'

Hij grinnikte. 'Ik ben gereed om daar een foto van te maken. Ik heb gezien dat je mooie billetjes hebt. Je kan toch hier de toilet gebruiken voordat we gaan.'

Ze voelde het bloed naar haar wangen stijgen aan de herinnering van de baddoek die afviel. 'Ja, maar het is geen weer voor bier. Een wijntje graag.'

Ezra bestelde voor beide kroketten met patat en een fles wijn. 'Wat er over is nemen we mee.'

'Er is geen maan. Het zal harstikke donker zijn in dat kerkhof.'

'We hebben zaklantaarns.'

'Die we niet kunnen gebruiken want stel je voor dat er gekken zijn die midden in de nacht een wandeling maken en ons zien. En je hebt een schop meegebracht. Je denkt toch niet dat we dat boek moeten opgraven?'

'Lieve schat, ik weet net zo veel als jij.'

Ze hadden nog een halve fles wijn over toen ze gegeten hadden en teruggingen naar de auto. Ezra sprak het adres in en het duurde niet lang of ze waren op hun bestemming. 'Stap jij maar vast uit. Ik parkeer de auto een eindje hier vandaan,' zei Ezra.

Chantal wachtte ongeduldig op hem. Er was geen sterveling te bekennen en het was griezelig stil. Gelukkig kwam hij eindelijk op een holletje aan. Hand in hand liepen ze naar de ijzeren hekken.

Ezra hield beide handen op en mompelde een spreuk. 'Zo, het hek is nu open en als het gealarmeerd is, werkt dat niet meer.'

Het hek piepte een beetje toen Ezra het opendeed, net ver genoeg zodat ze erdoor konden glippen. 'Jaliana, als je bij ons bent, is het nu een goeie tijd om ons te leiden,' zei hij hardop.

Chantal zag opeens kleine blauwe lichtjes op de grond. 'Kijk, Ezra.'

'Ja, ik zie het. Kom, we moeten tussen de graven lopen naar de achterkant.' Hij greep haar hand. In zijn andere hand droeg hij de schop.

Het was koud. Haar adem kwam in wolkjes uit haar mond. Haar hart klopte snel van de spanning. De lichtjes stopten bij de bosrand. 'En nu?'

Chantal hoorde plots een melodieuze vrouwenstem. 'Ontmoet je dubbelganger, Chantal.'

'Dat is de godin Jaliana,' zei Ezra zachtjes.

Het stukje gras waar ze bij stonden verdween plotseling en een diepe put verscheen in de vorm van een graf. De binnenkant van de put was opeens verlicht. Chantal stapte iets dichterbij en keek naar beneden. Op de bodem stond een doodkist, maar van glas, ook helder verlicht. Er in lag de gedaante van een jonge vrouw in een lange witte jurk, en op haar borst ruste een heel oud groot boek. Haar beide handen hielden het vast. Zwart haar omringde een beeldschoon gezicht en lag gedrapeerd om haar heen. Het lichaam was helemaal gaaf. De jonge vrouw zag er uit alsof ze vredig lag te slapen.

Ezra greep haar hand weer. 'Ik zou zweren dat ik naar jou kijk, Chantal.'

'Ja, ik heb er rillingen van. Griezelig.' Ze voelde zich plots omringd door een sterke kracht. Iets trok haar haast het graf in. Ze vocht er tegen, voelde haar hand uit die van Ezra slippen en was bang dat ze in het graf zou vallen, maar ze bleef staan, op het randje.

De gedaante in de glazen kist ging zitten en rees toen langzaam naar boven. Chantal voelde een duizeling en wankelde even toen het spectrum op haar afkwam. Haar adem stokte voor een moment toen het haar lichaam raakte en ze voelde haar hele lichaam tintelen van haar hoofd tot haar tenen, en toen een zware druk op haar borst. Even later hapte ze naar adem en het vreemde gevoel was weg.

'Chantal, ben je okay? De glazen kist is leeg. Ik neem aan dat het Annemarijn was, in andere woorden, de prinses, en ik zag haar samenvoegen met jou. Het was fantastisch. En kijk, je hebt het boek vast.'

Het graf ging weer dicht en het was alsof het gras nooit was verstoord. Behalve dat er nu een ijzeren beeld op stond van een draak.

'Dat zal de mensen die het hier bijhouden iets geven om over te praten,' zei Ezra. 'Ik wed dat de draak niet verwijderd kan worden.' Hij stapte er naar toe, trok eraan, probeerde het op te tillen, zonder resultaat. 'Het ziet er ook erg oud uit. Kijk, onderaan staat, *Hier rust Annemarijn*.'

Chantal tuurde naar het boek met de zaklantaarn. Ze opende de oude slootjes en sloeg de kaft open. 'Blanke paginas.'

'Je kan hier toch niets zien,' zei Ezra.

'Je bent nog niet klaar, Chantal,' klonk de stem van de godin weer. 'Ezra, stap weg van haar.'

Ezra liep een klein stukje weg. Chantal wachtte af, het boek nog steeds open in haar handen. Plotseling scheen er een fel licht dat een bol vormde. Kleine lichtjes flitsen door de bol. De bladeren van het boek begonnen te wapperen. Met elke pagina kwam er een scheut licht uit de grote witte bol en trof Chantal in de buurt van haar hart. Het voelde alsof ze geschoten werd...het deed pijn. Maar het ging zo snel, dat het over was voordat ze tijd had te protesteren. En het ging door tot de laatste bladzijde.

'Chantal, je hebt nu het volle DNA van Prinses Herretyath. Je bent nu één met haar en bezit al haar krachten, haar herinneringen en wetenschap, plus je eigen. Prinses Herretyath is herboren. Ik ben aangesteld als je vertrouwde en om je verder door je leven te begeleiden. Je kan mij ten alle tijden oproepen. Ga in vrede. Ezra, pas goed op haar. Bescherm haar. Haar welzijn ligt in jouw handen.'

Chantal stond bevroren, het boek nog steeds vast geklemd in haar handen. Eindelijk vond ze haar stem. 'Is dit werkelijk allemaal gebeurd?'

'Ja, ik wou dat ik het op video had kunnen zetten. Het was fantastisch.' Hij stapte naar haar toe. 'Je bent ijskoud. Kom, ik geloof dat we klaar zijn hier.'

Toen ze zich nog niet bewoog, pakte hij haar op in zijn armen, legde de schop op haar, en droeg haar naar de hekken waar hij haar even op haar voeten zette. 'Ik zal de auto gaan halen.'

Chantal schrok op en zag hem snel weglopen. Ze hield stijf het grote boek vast. Het was het bewijs dat wat er net was voorgevallen werkelijkheid was.

Ezra kwam al snel terug en nam haar bij de arm. 'Kan je nu lopen?'

'Ja. Ik ben okay. Alleen harstikke koud. Ik voel m'n voeten niet meer.'

'Maar goed dat we die wijn bij ons hebben en de auto is

snel warm.'

Ezra gooide de schop achterin, sprak zijn huisadres in, zette de auto op automatisch, en ze reden net weg toen er een politiewagen langzaam langs de begraafplaats reed. 'Zou iemand iets gezien hebben?' zei Chantal.

'Ik denk het niet. Waar we stonden was beschermd door bomen. Ze houden een oogje op historische plekken. Vandalisme gebeurt zo dikwijls tegenwoordig. Vooral snachts.'

Hij had de fles wijn opengemaakt en gaf het aan haar. Ze dronk een paar slokjes en voelde eindelijk het bloed terugstromen in haar handen en voeten.

'Ezra, denk je dat het werkelijk waar is dat Herretyath mijn lichaam, of ziel, binnendrong? Het was zoiets vreemds. Ik zag haar rijzen uit het graf en ik voelde haar mijn lichaam ingaan, maar ik voel nog steeds hetzelfde nu.'

'Ja, ik zag het toch. Jaliana zei dat je al de herinneringen van de prinses nu bezit. Het zal door de tijd allemaal helderder worden.'

Ze waren niet ver van huis toen Chantal plotseling een vreemde drang voelde. Een verlangen om naar huis te willen, maar niet naar haar studio…

Ze wilde terug naar Shang'du…

16

De auto draaide de straat in en niet ver bij Ezra's huis vandaan zag Chantal een schaduw. *Bram? Nee toch.* Ze keek op haar horloge. Het was bij vier uur in de ochtend. 'Ezra, ik geloof dat ik Bram zag.'

'Ja, ik zag hem ook. Wat doet hij?'

Chantal zag hem voorbij het huis sluipen. Hij goot iets uit een grote rode jerrycan. Ezra had net de auto geparkeerd toen ze zagen dat Bram een aansteker aanstak en in seconden was de onderkant van het huis in vlammen en ook rond de ramen waarvan het glas gebroken was en het vuur drong al naar binnen. De gordijnen vatten vlam.

Ze sprong ziedend uit de auto. Het was alsof er een vlammetje binnenin haar was dat groeide totdat het een zee van vuur was.

'Chantal! Stop! Chantal!'

Ze hoorde Ezra roepen maar de intense woede in haar laaide nog meer op en terwijl ze hard naar het huis rende hield ze beide handen op en een sterke wind blies de vlammen weer uit. Ze keek naar Bram die op een afstand nog stond te kijken. 'En dit is voor jou!' riep ze. Met een zwaai van haar hand vloog hij de lucht in en belandde aan de overkant en viel met een plof op de straat, en zijn hoofd smakte tegen een stenen muur.

Of ze hem bezeerd had kon haar niet schelen. Haar woede had haar krachten naar boven gebracht en zonder erg wist ze wat ze moest doen. 'Bel de politie!' riep ze over haar schouder naar Ezra.

Ze hoorde Bram kreunen en ze zag dat hij probeerde om moeilijk op te staan. Bloed stroomde van zijn hoofd. Maar een spreuk vloeide van haar lippen en een koord van licht hield hem gebonden, een koord dat alleen zij en Ezra konden zien. Hij viel weer op de straat. De sneeuw onder zijn hoofd kleurde langzaam rood van zijn bloed. Worstelend tegen de onzichtbare kracht dat hem vasthield, lag hij kronkelend en kreunend op de sneeuw.

De politie kwam al snel en namen Bram gevangen. Ze pakten de gevallen jerrycan op en vroegen of Ezra en Chantal de volgende dag naar het politiebureau wilden komen om een verslag af te leggen.

'We waren net op tijd,' zei Ezra terwijl hij de voordeur opende.

'Ja, vijf minuten later en je hele huis had in vlammen opgegaan. Ik moet er niet aan denken.' Ze trok haar jas uit, haar laarzen, en deed haar muts af.

Moppie kwam als een raket naar hun toegerend. 'Een paar minuten later en je had een geroosterde poes gevonden,' riep ze.

Chantal bukte om haar te aaien. 'Het is goed afgelopen, Moppie.'

'Het boek.' Ezra hield het uit naar haar. 'Ik zal eerst karton over de gebroken ramen gaan doen en het glas opruimen. En ik zal nieuwe gordijnen moeten kopen.'

Toen hij klaar was, stookte Ezra de nog gloeiende sintels in de open haard en gooide meer hout op ze. Binnen een paar minuten brandde er een gezellig vuur dat snel de woonkamer verwarmde. Gelukkig had het vuur geen kans gehad om binnen schade te veroorzaken behalve de gordijnen maar het stonk naar benzine.

Ezra mompelde iets en maakte een beweging met zijn hand. 'Wat doe je?' vroeg Chantal.

'Die stank verwijderen. Het is nu weg.'

'Ik ben blij dat jullie net thuiskwamen,' zei Moppie. 'Zag ik het goed, Chantal? Jij doofde de vlammen en overweldigde die kerel. Je gebruikte magie.'

'Zonder dat ik er erg in had.' Ze legde het boek op de tafel en ging zitten. 'Dit is eeuwen oud.' Ze sloeg de kaft open en begon te bladeren. 'En het is nog steeds leeg. Allemaal blanke paginas.'

Toen ze stopte en over een leeg blad streek begon haar hand te gloeien en verschenen er plotseling woorden geschreven in een antiek handschrift. 'Kijk, als ik m'n hand op een bladzijde leg dan staan er woorden geschreven.'

'Ik kan me voorstellen wat dit op zou brengen op een veiling,' merkte Ezra op.

'Met lege bladzijden? Gek, het is bij vier uur en ik voel me helemaal niet moe of slaperig.'

'Geef het even tijd. Je hebt heel wat meegemaakt vannacht.'

'Wat allemaal?' vroeg Moppie nieuwsgierig.

'Een heel verhaal, Moppie. We vertellen het wel als we wakker worden, maar ondertussen mag je dit weten, Prinses Herretyath zit bij ons aan de tafel.'

'Je meent het.' Moppie sprong op de tafel en liep knorrend naar Chantal. 'Hoe voel je jezelf nu?'

'Nogal verward want ik heb allerlei herinneringen van een leven heel lang geleden.'

Ezra liep om de tafel heen en sloeg een arm om Chantal's schouders. 'Ze is het sprekende evenbeeld van de prinses.'

'Ik snap nog niet hoe het allemaal mogelijk was. De prinses was nog helemaal intact, alsof ze net ingeslapen was. Er had niet veel meer van haar over moeten zijn na een paar honderd jaar,' vertelde Chantal.

'Je hebt haar gezien?' vroeg Moppie.

'Ja, ze lag in een glazen kist die diep was begraven en het boek dat ze met beide handen vast had, lag op haar borst.'

'Hebben jullie dat opgegraven?' vroeg Moppie.

'Nee, het graf opende automatisch. Ik heb de godin gehoord. Jaliana was bij ons. Ze vertelde me dat zij mijn vertrouwde is voor de rest van mijn leven.'

Ezra ging zitten. 'Ik ben er nog onder de indruk van. Als je het gezien had... De prinses kwam uit het graf en voegde samen met Chantal.'

Nu ze warm werd van het vuur voelde Chantal de moeheid eindelijk. 'Ik geloof dat ik nu wel kan slapen. Ik ga naar bed.' Ze liep naar de slaapkamer, haar trui uittrekkend terwijl ze liep. Ze trok haar broek uit, sokken, en klom in bed. Toen Ezra ook in bed stapte, rolde ze naar hem toe en kroop in zijn armen alsof het de natuurlijkste zaak van de wereld was.

Binnen een paar minuten, sliep ze, maar in haar dromen was zij niet meer haarzelf. Ze was een klein meisje in een huis dat ze kon, een huis waar ze opgegroeid was... Een vader en moeder die gek op haar waren. Ze had geen zusters of broers, maar wel vriendinnetjes en vriendjes waar ze mee speelde. En op oudere leeftijd was er een jongeman, Franciscus, die ze Frank noemde, en waar ze stapelgek op was... Frank, haar grote liefde... Maar Frank was een Aardeling...

Chantal wreef haar ogen en keek hoe laat het was. Twee uur in de middag. Ezra was al uit bed. Even lag ze na te denken over de dromen die ze had gehad over een heel ander leven. Een leven dat helder in haar geheugen was gegrift alsof ze het werkelijk had meegemaakt.

En weer voelde ze het verlangen naar een heel vroegere tijd, naar een andere wereld, naar ouders die ze al zo jong verloren had. Ze herinnerde een stenen kamer met tralies, een mooie jonge vrouw die haar regelmatig opzocht en met haar speelde, een vrouw met heel lang blond haar en die een prachtige lange witte japon droeg. Een lieve vrouw die haar de ketting had gegeven om mee te spelen nadat haar ouders haar verlieten... Jaliana.

De beelden van een tijd lang geleden bleven door haar hoofd flitsen alsof ze een serie fotos aan het bekijken was. Toen ze naar de woonkamer liep waar ze Ezra hoorde praten tegen Moppie realiseerde ze zich opeens dat zij nu ook een vrouwelijke draak was en dat ze misschien net als Ezra, kon veranderen in een draak. Hoe heette dat eigenlijk? Ze dacht hard na. Een drakaina? Ze had eens zoiets gelezen.

'Goeiemiddag,' begroette ze Ezra en Moppie. 'Hoe laat werd jij wakker?' vroeg ze aan Ezra.

'Een uurtje geleden. Jij lag nog lekker te snorken. Intussen zijn ze al geweest om nieuw glas in de ramen te zetten.'

'Ik snork niet!' antwoorde ze heftig.

Ezra lachte. 'Zeg jij. Heb je honger?'

'Ja. Heb jij al gegeten?'

'Nog niet. We kunnen iets gaan halen. Nou dat die vent achter de tralies zit hoeven we niet meer voorzichtig te zijn.'

'O, ja. Dat was ik haast vergeten. We moeten vandaag toch naar het politiebureau om ons verslag te geven van gisteravond?'

'Ja, maar dat zal niet te lang duren. Wat is er te vertellen?'

'O, het zou een heel verhaal kunnen worden als we zeggen hoe het werkelijk is gegaan.'

'Ja, dat jij een heks bent en je blies het vuur uit en je hebt die kerel met een toverlasso gevangen,' zei Moppie.

Chantal giechelde. 'Doe niet zo eng. Het woord heks

brengt allerlei griezelige beelden in me op.' Toen ze dat zei moest ze denken aan dat andere leven dat nu constant in haar opkwam. 'Ik voel m'n eigen in tweeën gespleten. Aan de ene kant ben ik gewoon mezelf. Aan de andere kant weet ik alles over het leven van de prinses, tot aan haar dood toe.'

'Hoe oud was ze toen ze stierf? En waaraan is ze overleden? Weet je dat?' vroeg Ezra.

'Ze is niet overleden. Tenminste, niet dood zoals wij dat observeren. Zij is ingeslapen toen ze vijfentachtig was en liet een dochter na en een kleindochter. Ze is begraven in een normale kist in een andere begraafplaats in Bergen. Nadat ze insliep heeft Jaliana haar in de glazen kist gelegd waar ze al die jaren heeft gewacht op degene die haar zou verlossen van de eeuwige slaap. Ze was al jong weduwe en haar man heette Frank.'

'Hoe voelt het om je lichaam te delen met een andere vrouw?' vroeg Moppie.

'Heel vreemd. Het zal een lange tijd duren eer ik er aan gewend ben. Maar als je nagaat dat ze maar vier was toen ze naar Nederland kwam, is het interessant dat ze nog veel herinneringen heeft van voor die tijd, van Shang'du.'

Wat ze hem niet vertelde was de drang die haar nu geregeld aanviel om naar Shang'du terug te willen gaan, over al de jaren dat de prinses aan heimwee leed, het verdriet over de ouders die haar verlieten, het verlangen naar een wereld zo heel anders dan Nederland...een kasteel dat ze in haar gedachten kon zien...een prachtige meisjeskamer, helemaal in wit en roze, een bed met een wit kanten dekbed en veel poppen die er op zaten... Lange gangen waar ze door heen rende als klein meisje, een troonzaal, en nog meer... De herinneringen van de prinses waren zo helder alsof het allemaal gisteren was gebeurd.

17

Haar familie was stomverbaasd met Kerstmis toen Chantal binnenkwam met Ezra.

'Je had me kunnen waarschuwen dat je een gast meebracht,' mopperde haar moeder zachtjes toen Chantal haar een zoen gaf.

'Wat maakt het uit, één meer of minder. Er is altijd te veel eten, Mamma.' Ze gaf de mand gevuld met haar deel van het eten aan haar moeder. Een favoriet voorgerecht van de kinderen was altijd de kerstkrans van knakworstjes en bladerdeeg die ze bereid had. Voor de volwassenen had ze garnalen om cocktails te maken. Voor het hoofdgerecht had ze varkenshaas gekocht, maar dat moest ze ook daar klaarmaken. De grote schaal aardappelpuree had ze van tevoren klaargemaakt dus die kon gelijk in de oven. En voor het nagerecht had ze trifle gemaakt.

Ezra zette zijn tas met vier flessen rode en witte wijn en vier flessen champagne op de tafel. 'Ik hoop dat dit genoeg is, Mevrouw. Er zijn ook een paar flessen frisdrank in voor de kinderen.'

Na een paar uur in de keuken bezig geweest te zijn met haar moeder en zusters, was alles eindelijk klaar. Tijdens het bereiden van al het vlees en groenten moest ze natuurlijk veel vragen beantwoorden, over Bram, en over Ezra.

'Je mag blij zijn dat die etter gevangen is,' zei Irene. 'Maar het verbaast me dat je al zo snel een andere man hebt gevonden. Hoe heb je hem ontmoet?'

'Zijn poes vloog de deur uit voor m'n fiets en ik viel. Ezra kwam tot m'n redding. Dat was begin December, net voor Sinterklaas.'

'Nou, hij zou best mij kunnen redden,' mompelde Saskia.

'Sas, jij hebt een harstikke fijne man,' waarschuwde haar moeder.

'Dat betekent niet dat ik geen andere mannen mag bewonderen. Vooral die man. Hij kon wel een filmster zijn.'

'Hee, zusje, waar heb je die hanger gevonden aan Oma's ketting?' vroeg Irene.

'Die heb ik van Ezra gekregen.'

'Past er trouwens prachtig bij. En het staat mooi bij dat topje wat je aan hebt. Je ziet er leuk uit.'

Chantal had haar nieuwe zwarte lange rok aan met een glinsterend rood topje. Ze brachten het eten naar de tafel en iedereen nam plaats.

Terwijl ze aten werd er veel gepraat over van alles en nog wat. Haar vader was erg geïnteresseerd in Ezra's historische artefacten waar hij over praatte. Plotseling vroeg haar moeder, 'Ezra, waar ben je geboren? Of heb je altijd in Utrecht gewoond?'

'Ik ben op Shang'du geboren en ben een inboorling van de planeet,' antwoorde hij eerlijk. 'Ik woon al een paar jaar in Nederland.'

Dat veroorzaakte een barrage van vragen, ook door de kinderen die alles wilden weten over een andere wereld.

Ze waren haast klaar met het nagerecht toen Chantal haar bom liet vallen. 'Als alles achter de rug is, de rechtszaak en zo, dan ben ik van plan om met Ezra Shang'du te bezoeken.'

Alles was even doodstil, totdat Irene riep, 'Je meent het!'

'Jazeker. Ik moet natuurlijk een paspoort aanvragen, en de nodige papieren invullen. Maar we kunnen pas gaan als de rechtszaak achter de rug is en dat kan nog ettelijke maanden duren, dus er is zat tijd zat om het allemaal te regelen.'

De mannen ruimden af zoals altijd en Ezra hielp mee. Toen de vrouwen alleen in de woonkamer zaten zei haar moeder, 'Weet je wel wat je doet, Chantal? Je kent die man hoe lang? Minder dan een maand? En je bent al van plan om op stap met hem te gaan? En dan zo'n grote reis.'

'Je mag het gek vinden, maar ik heb hem beter leren kennen in minder dan vier weken dan ik ooit Bram heb gekend. Geloof me, hij zal goed op me passen daar.'

'Het is een hele reis. Hoe lang blijf je daar?' wilde Saskia weten.

'Dat weet ik nog niet. Minstens zes maanden. Misschien langer.'

Op weg naar huis in de air auto die Ezra had gehuurd zei hij, 'Je had me kunnen waarschuwen. Ik was net zo geschokt als je familie toen je aankondigde dat je van plan bent om met me mee naar Shang'du te gaan.'

'Dat merkte ik. Sorry. Ik flapte het er zomaar uit.'

'Wat me nu dwars zit, was dit Chantal, of was het de prinses die de overhand had over die beslissing?'

'Ik heb er al mee geworsteld sinds die bewuste avond in her kerkhof. Mijn verlangen naar Shang'du werd opeens erg sterk.'

'Maar besef goed wat je te wachten staat.'

'Ook daar heb ik goed over nagedacht. Ik weet nog niet hoe ik Shang'du kan verlossen van de oppressie en de troon moet terugeisen, maar Jaliana zal me er bij helpen.'

'Het verbaast me dat je in zo'n korte tijd van gedachten bent veranderd. Eerst geloofde je nergens in, en nu—'

'En nu heeft Jaliana bewezen dat het werkelijkheid is. Wat ons te wachten staat op Shang'du weet ik nog niet, maar ik voel me erg rustig over m'n beslissing.'

'Ik wist haast niet al de vragen van je vader en zwagers te beantwoorden toen we de vaat deden. Je vader maakt zich er zorgen over. Hij vroeg of we van plan waren te trouwen voor je vertrek.'

Chantal keek opzij maar hij was gefixeerd op de weg. 'Wat zei je daarop?'

'Je zwager, Paul, hielp me daar onderuit. Hij zei om niet te vergeten dat je net door een gebroken relatie heengegaan was en hij voelde dat we goeie vrienden waren en dat vriendschap tussen een man en een vrouw niet altijd betekend dat er meer tussen hen is.'

'En wat zei Pappa daar op?'

Ezra lachte zacht. 'Zijn antwoord was dat hij een band tussen ons bemerkte, iets dat hij nooit had gezien of gevoeld tussen jou en je ex. Toen veranderde gelukkig het gesprek en begon je vader over de verkoop van de boerderij. Ze hebben een groot aanbod gekregen maar de helft van je familie is er op tegen. Het zijn vastgoed ontwikkelaars die plannen hebben om een futuristisch winkelcomplex te bouwen en flatgebouwen.'

'Dat bedoelde Pappa natuurlijk toen hij zei toen we weggingen dat er iets was waar hij over met me moest praten. Ik wist hier nog niets van af. Wie zijn erop tegen? De beslissing rust bij m'n moeder. De boerderij is van haar. Ze is niet verplicht om onze toestemming te vragen. Tenminste, zoiets stond niet in Oma's testament.'

'Misschien niet, maar uiteindelijk zijn je zusters en jij de erfgenamen en het is een deel van je voorgeslacht. Als je moeder het verkoopt, dan gaat de boerderij en het huisje waar je grootmoeder haar laatste jaren heeft doorgebracht, plat.

Hoe denk jij er over? Saskia en je vader zijn er op tegen.'
'En hun reden?'
'Dat oud Nederland zo langzamerhand verwoest wordt.'
'De overbevolking heeft daar mee te maken. Ik geef Pappa
en Saskia gelijk. Op het laatst staat Nederland vol met
futuristische blokkendozen op elkaar gebouwd en is er geen
natuur meer over. Kijk naar Utrecht, hoe veel oude huizen er
geregeld plat gaan die vervangen worden door modern. Op
het laatst is er niets meer over van onze geschiedenis.'
'Ik heb een suggestie.'
'O ja?'
'Als ik er bij mag zijn als je met je vader er over praat, dan
zal ik zelf een aanbod maken op de boerderij, hoger dan van
die makelaars. Je hebt gelijk. Langzaam maar zeker
verdwijnen er te veel oude boerderijen van het platteland.
Jullie boerderij staat op dertig hectaren. Dat is een aardig stuk
land.'
'Hoe kan jij een oog er op houden als je op Shang'du
woont?'
'Dat zou ik allemaal uit moeten zoeken voordat ik wegga.
Ik zou de hoeve restaureren en het huisje van je oma. Ik moet
trouwens ook restauratie beginnen aan mijn huis. Het is iets
aan het zakken. Hoe dat allemaal moet weet ik nog niet. Maar
dat moet ik in orde hebben voordat we weggaan.'
'Maar als jouw huis aan het zakken is, dan zakken de
andere huizen toch ook? En hoe kunnen ze dat repareren?'
'Lieve schat, ik ben niet alleen de eigenaar van mijn
woning, maar van al de huizen aan mijn kant van de straat.
Al die huizen hebben historische waarde en dat wil ik
beschermen.'
'In andere woorden, je bent schatrijk. Ik vermoede wel dat
je er goed bij zat, maar had geen idee hoe goed.'
'Ik had veel goud bij me toen ik naar Nederland kwam. Een

groot gedeelte er van heb ik langzamerhand verkocht en geïnvesteerd. Ik koop de boerderij in jouw naam. Op die manier blijft het altijd in de familie. Wie weet willen één van je neven of nichtjes het land bewerken in de toekomst. Ondertussen kunnen we het verhuren.'

'Je hebt heel wat plannen. Zei Pappa ook hoeveel het aanbod was van die makelaars?'

'Ja, net over drie miljoen Euro.'

'Goeie mensen! Wel, dan heeft Mamma haar wens, om een moderne woning te kopen en te reizen voordat ze te oud zijn. Pappa zei dat hij me begin Januari zal bellen.'

'Ik heb allang informatie ingewonnen om de fundering van mijn huizen te herstellen. Dat zal nog een heel project worden maar ik heb geluk dat mijn panden niet op houten palen zijn gebouwd.'

'Wist je dat al toen je ze kocht? Heb je de huizen laten inspecteren?'

'Ja, natuurlijk. Ik heb alles grondig onderzocht voordat ik besloot de huizen te kopen.'

'Weten de buren dat jij de eigenaar bent?'

'Nee. Alles is in de handen van een makelaar. Ik wil de huur zorgen en klachten niet aan m'n hoofd hebben.'

De auto parkeerde en ze stapten uit. Er lag weer een goed pak sneeuw. Dankzij klimaatverwarming werden de winters steeds kouder met geregeld meer sneeuw en ijs en het was erg warm in de zomer. Gelukkig was het voorspelde verdwijnen van Nederland niet gebeurt. Zoals altijd hadden de Nederlanders een oplossing gevonden.

Moppie begroette ze. 'Hee, eindelijk.'

Ezra klapte de lichten aan en deed de woonkamerdeur open. 'Brrr, koud. Ik zal gauw de haard stoken.'

Moppie ging naast hem zitten. Toen het vuur lustig brandde, vroeg ze, 'En, hoe was het?'

'Het was gezellig, Moppie. Maar ik heb een verassing voor je. We gaan volgend jaar naar huis terug.'

'Werkelijk? Maar wat van Chantal?'

'Gaat mee. Zij kondigde het aan vandaag nadat we gegeten hadden.'

Moppie sprong op de tafel en liep naar Chantal en ging voor haar zitten. 'Wie besloot dit? Jij of de prinses?'

Chantal glimlachte. 'Dat vroeg Ezra ook. Beide. Maar er is nog veel te regelen voor die tijd.'

'Ga je nu weer in je eigen huis wonen nou dat die vent in de gevangenis zit?' wilde Moppie weten.

'Geen denken van,' antwoorde Ezra. 'Ze blijft bij ons.'

'Gelukkig. Anders had ik niemand meer om mee te kroelen.'

'Ik ben zo terug,' zei Ezra en verliet de woonkamer. Even later kwam hij terug met twee glazen wijn.

Hij zette de glazen op de tafel, draaide haar stoel naar hem toe en knielde op de grond. Hij haalde iets uit z'n zak, pakte haar hand, en vroeg, 'Chantal, ik hou zielsveel van je. Wil jij m'n vrouw worden in Nederland voordat we naar Shang'du gaan?'

Chantal keek in zijn ogen, toen naar de gouden ring die hij uithield naar haar. De ring was bezet met een prachtige robijn omringt door kleine diamantjes. Ze had dit nog niet verwacht. Ja, ze wist nu dat ze voor elkaar bestemd waren maar dacht dat ze pas op Shang'du het officieel zouden maken.

'Zeg eens wat,' zei Moppie die ongeduldig heen en weer liep op de tafel.

'Ik dacht dat…moeten we niet op Shang'du…' aarzelde ze.

'Ja, lieve schat, op Shang'du ook, maar ik vind om je ouders gerust te stellen dat we het ook officieel moeten maken in Nederland. En het zal ook helpen om een visa te krijgen. Bezoekers zijn niet welkom op Shang'du en worden geweigerd.'

'Ja...ik hou ook van jou,' zei ze zachtjes. 'Net zo veel. Misschien nog meer.'

Ezra deed de ring aan haar vinger, sprong op, en trok haar van de stoel af en in z'n armen. 'Ik ben de gelukkigste man in het heelal!' Hij tilde haar op en zwaaide haar in de rondte voordat hij haar een stevige kus gaf en haar weer op haar voeten zette.

Ze pakte haar glas en hield het op totdat hij het zijne pakte en met hun armen gehaakt namen ze een slokje. Chantal zakte neer op haar stoel. 'M'n hersens tollen nu al met wat er allemaal te doen is eer het zover is dat we naar Shang'du gaan.'

'Ja, we moeten beginnen met een verblijfsvergunning aan te vragen voor je,' opperde Ezra.

'Dan moet ik eerst een paspoort aanvragen. Maar ik heb gehoord dat dat niet zo lang neemt.'

'Misschien is het beter dat we wachten want als we eenmaal getrouwd zijn, krijg je automatisch een verblijfsvergunning voor Shang'du. En met het paspoort zou het ook beter zijn te wachten tot nadat we getrouwd zijn met oog op je naam. Tenzij je je eigen naam wilt houden. Het maakt mij niet uit want van Houten is niet mijn eigen naam. Heb je een datum in gedachten?'

'Ja, als hopelijk de rechtszaak achter de rug is dacht ik in April of begin Mei? En laten we het klein houden? Alleen mijn familie?'

'Jazeker, want we moeten het nog een keer doen op Shang'du, en dat zal niet zo klein zijn!'

18

De tijd vloog voorbij. Nooit had Chantal in kunnen denken dat ze ooit zo gelukkig kon zijn. Maar waar ze het meest naar verlangde, om één te worden met hem, dat gebeurde niet. Ze sliepen in hetzelfde bed, ze kroelden, maar al probeerde ze nog zo hard om hem te verleiden, Ezra bleef sterk.

'De goden hebben verboden dat we één worden totdat we officieel met elkaar gebonden zijn op Shang'du,' zei hij geregeld. Hij had er zelfs op gestaan dat ze haar pyjamabroek en een T-shirt naar bed aandeed. Als ze het niet deed, dan sliep hij in de logeerkamer of op de bank.

'Liefje, ik raak je niet meer aan want ik denk niet dat ik m'n eigen dan meer kan beheersen. Het laatste dat we nodig hebben is dat de goden kwaad worden want dan staan we overal alleen voor,' had hij gezegd. Hij gehoorzaamde de goden tot de letter.

Diep van binnen moest ze hem gelijk geven. De taak die haar te wachten stond was reusachtig. Ze probeerde om er niet aan te denken want zelfs met de hulp van de goden en Jaliana zag ze niet eens hoe ze het kon volbrengen.

Ezra had de boerderij gekocht en haar ouders waren verhuisd naar een futuristische flat in een supermodern complex. Het restaureren van de hoeve en de andere gebouwen op de boerderij was al begonnen in Februari nadat de verkoop compleet was en haar ouders verhuisd waren en alles schoot snel op.

Haar ouders wilden niet horen over een kleine bruiloft, maar Chantal kon hun niet vertellen dat ze nog een keer moesten trouwen volgens de wetten van Shang'du en de goden. Dan hadden ze te veel moeten uitleggen en dat konden ze niet. Nog niet. Misschien later...

Voor de bruiloft had Ezra het Kasteel de Haar geboekt. De ceremonie zou in de Kapel gehouden worden en het diner in De Grote Laverie. De receptie zou in het Koetshuis gehouden worden. Samen waren ze wezen kijken en hadden alles beslist.

Nooit had Chantal zich zo'n sprookjesbruiloft kunnen indenken. De uitnodigingen waren verstuurd naar honderdvijftig mensen, tantes en ooms, nichten en neven, vrienden en kennissen van haar ouders, veel meer dan ze hadden gewenst. De kleine bruiloft was lang zo klein niet meer.

Het was haast eind April, en de datum kwam steeds dichterbij. Er was één punt waar Chantal op vast stond, en ze ging dwars tegen de argumenten in van haar moeder en zussen die wilden dat ze een witte bruidsjapon zou dragen. Ze zou de mooie jurk dragen die Ezra voor haar had gekocht. Uren had ze op het internet besteed om een sluier te vinden. Het lukte niet, maar ze vond wel ragfijn tule in de kleur van de jurk en prachtig met pareltjes bezet kant in dezelfde kleur. De naaister zou er een sluier van maken voor haar. En er was altijd nog de cape, want het kon nog koel zijn begin Mei.

Irene en Saskia waren haar bruidsdames en de tweeling haar bruidsmeisjes. Ze had smaragd kleurige lange satijnen japonnen voor haar zussen laten maken en ook lange jurkjes voor de twee meisjes van dezelfde stof en kleur.

Er was een week begin April welke even een donkere wolk over hun geluk had gebracht—de rechtszaak van Bram. Zij hadden beiden moeten getuigen. Bram werd tot twintig jaar veroordeeld zonder voorwaardelijke vrijlating.

Mies was de voornaamste getuige. Het deed Chantal pijn toen ze haar voormalige vriendin zag en hoorde. Eventjes had ze haar gesproken en Mies vertelde haar dat zodra de rechtszaak achter de rug was, ze nog steeds van plan was om van achternaam te veranderen en te verhuizen maar ze zou Chantal een e-mail sturen met haar nieuwe adres en telefoonnummer. Dat ze de baby hield was goed zichtbaar. Ze was minstens zeven maanden in verwachting. Toen Mies opgeroepen werd was de uitdrukking op het gezicht van Bram een plaatje waard. Chantal was blij dat hij zo lang achter de tralies ging want zijn uitdrukking ging van stomme verbazing snel over naar woede… Ze voelde een koude rilling over haar ruggengraat gaan toen ze zijn zwarte ogen zag en verwrongen gezicht.

Gelukkig was haar eigen getuigenis kort en noch zij of Ezra hoefden meer voor te komen. Bram had zijn schuld bekend en dat had voorkomen dat het een langdurige rechtszaak werd.

Eindelijk was het Zaterdag, drie Mei, en het was een glorieuze zonnige dag. Ezra was de avond ervoor naar Saskia gegaan. Saskia en Irene's echtgenoten waren zijn best man en jonker. Haar vader zou haar weggeven en haar opwachten op het kasteel.

De kapsalon was gesloten die Zaterdag en alleen open voor de bruidspartij want Chantal had Rosa en de kapsters uitgenodigd. Vroeg in de morgen, om half negen, reed er al een limousine voor met haar moeder, zussen, en de twee bruidsmeisjes.

Het was net alsof, sinds ze Ezra had ontmoet, de band tussen haar en haar familie sterker was geworden. Het was een hele optocht die de salon overviel. De opwinding van ieder was goed merkbaar. Behalve Chantal…

'Je blijft zo kalm en rustig, Chantal,' zei Elsa terwijl ze de laatste speldjes in haar haar stak.

'Het is allemaal net een droom. Ik heb het gevoel dat ik één dezer dagen wakker word.'

'Ik kan me dat best voorstellen. Het is net een sprookje. En wanneer gaan jullie naar Shang'du?'

'Het ruimteschip vertrekt volgende week Zaterdag.'

'Dan al? Zie je er naar vooruit?'

Chantal moest even nadenken. 'Ja en nee. Het is zo ver weg. Je kan niet zomaar op een vliegtuig stappen om even je familie te bezoeken. Het is drie weken reizen.'

'Net als een cruise. Behalve je bent niet op zee. Ja, een zee van sterren. Het lijkt me machtig. Als ik ooit genoeg geld heb zou ik best op vakantie willen gaan om een kijkje te nemen.'

'We houden contact via e-mail en je bent altijd welkom.' Ach, als ze wisten wat haar nog te wachten stond… Chantal probeerde om daar niet aan te denken. Tijd genoeg als het zo ver was.

Toen ze allemaal klaar waren bracht de limousine hun terug naar Ezra's huis waar ze zich verkleedden. Chantal was het laatst.

Haar moeder en zus hielpen haar voorzichtig in de jurk te stappen en toen om de sluier vast te maken aan het diadeem bezet met glinsterende robijntjes en rijnsteentjes. Het paste bij de ketting met bloedrode kralen.

'Waarom moet je die ketting dragen, Chantal,' vroeg Irene. 'Iets met blauwgroene steentjes had beter bij de jurk gepast, of zelfs witte, of gewoon een gouden ketting.'

'Het laat me voelen dat Oma bij me is. Ik wou dat ze dit

mee had mogen maken.'

'Ze kijkt op je neer, schat,' zei haar moeder.

'Denk je dat?'

'Ik weet het wel zeker.' Haar moeder frommelde nog een beetje aan de sluier. 'Je ziet er uit alsof je zo uit een film komt lopen.'

'Alles is net uit een film,' zei Irene. 'Ik ben harstikke jaloers.'

De bel ging. 'De bloemen,' zei Saskia. 'Ik zal wel gaan.'

'Waar is je poes? Ezra vertelde me dat hij een poes heeft,' vroeg Marijke, één van de tweeling.

'Te veel mensen. Ze heeft zich verstopt.'

Wat niet waar was. Toen Saskia de boeketten binnen bracht van vergeet-mij-nietjes en witte rozen, zag niemand, behalve Chantal, het miniatuur poppetje dat tussen de bloemen kroop van haar bruidsboeket. Ezra had daarvoor gezorgd voordat hij wegging zodat Moppie het allemaal mee kon maken met de belofte dat ze zou schuilen tussen de bloemen en geen woord zou zeggen.

Kasteel de Haar was ongeveer een half uur rijden. De ceremonie begon om vijf uur dus ze moesten minstens om kwart over vier vertrekken.

Chantal nam de cape mee in geval het koeler zou zijn als ze naar huis gingen. Haar vader wachtte haar op. Toen ze zijn arm nam en ze naar de Kapel liepen, begon Chantal eindelijk wat opwinding te voelen. Over een uur zouden ze man en vrouw zijn.

De Kapel zat vol en sommige mensen moesten zelfs staan. Ze liepen langzaam naar voren waar Ezra op haar wachtte. Ze zoog haar adem in. Hij zag er zo knap uit in zijn witte smoking met zijn overhemd dat haast dezelfde kleur was als haar japon.

147

De ceremonie ging in een waas voorbij, zo ook het diner en de receptie in Het Koetshuis. Chantal moest zorgvuldig op haar boeket passen. Eventjes, toen Irene het vasthield met het overhandigen van de ringen, fluisterde haar zus iets.

'Er zit een libelle in je bloemen, zus.'

Chantal reageerde niet. Maar later op de avond kwam Irene naar haar toe en boog over het boeket dat op de tafel lag. 'Ik weet zeker dat er een libelle in je bloemen zit.' Ze begon tussen de takjes te rommelen.

Chantal pakte snel haar arm. 'Joh, hou op. Je breekt ze. Er zit niets tussen de bloemen. Je hebt het je verbeeld.'

'Ik zag het toch. Schattig beestje anders, maar het is zo teer en gaat dood in het boeket.'

'Ik zal de bloemen buiten goed uitschudden,' beloofde Chantal.

Om twee uur in de ochtend was het afgelopen. Ezra en Chantal gingen het eerst naar huis. Toen ze in de limousine zaten en ze leunde haar hoofd op zijn schouder, kwam Moppie even vanuit de bloemen kijken.

'Wat een avond, Chantal! Wat ben ik blij dat ik het mee mocht maken,' zei ze.

Chantal raakte het elfje aan met de punt van haar vinger, een tedere liefkozing. 'Ik ben blij dat je er bij was. M'n zus zag je heel even toen ze het boeket vasthield. Ze dacht dat je een libelle was.'

Moppie giechelde. 'Ja, dat hoorde ik.'

'Hoe voel je je nou? Ben je moe?' vroeg Ezra aan Chantal.

'Ja, erg moe. Het was een droom. Morgen word ik wakker in m'n studio.'

Hij kuste haar op haar wang. 'Geen droom! Je bent nu volgens de Nederlandse wet Mevrouw van Houten.

'Op papier.'

'Lieve schat, je weet —'

'Ja, ja. De goden… Dat betekent niet dat ik het met hen eens ben.'

'Geduld…onze bruiloftsnacht komt nog, en het zal er één zijn die je van je leven nooit zal vergeten.'

'En dat belooft nu een heel lang leven te zijn…' zei ze met een diepe zucht. Het vooruitzicht dat ze nu net zo oud kon worden als Ezra was haast niet te geloven… Op Aarde was het al heel wat als een mens honderd jaar bereikte, laat staan tweeduizend of meer…

19

De drie weken aan boord van de ss *Nostranicus* duurden lang. Er was elke dag wel iets te doen maar Chantal verlangde naar buitenlucht, naar een wandeling, bomen, bloemen, haar nieuwe fiets. Het uitzicht was elke dag hetzelfde, een zee van sterren en nog meer sterren en af en toe een kleurrijke nevelvlek.

'Nog een half uurtje en we zijn thuis,' zei Ezra en sloeg een arm om haar heen. 'Als je goed kijkt dan kan je de stad zien, en in de verte het kasteel. Jouw kasteel.'

'Nog niet het mijne...en wat ik van die stad kan zien, veel te futuristisch. Waar is het oude gedeelte waar de draken vroeger woonden? Of hebben ze dat afgebroken terwijl je weg was?'

'Dat ligt achter het nieuwe gedeelte. Je kan het hier vandaan niet zien. Ik weet niet wat ze de laatste paar jaar gedaan hebben. Toen ik wegging, stond wat er is overgebleven van de stad nog en het was flink verwaarloosd. Een gedeelte is vroeger verwoest door hun wapens. Die bergen in de verte is waar wij nu wonen, in een dal.'

Dat was waar zij het eerste heen gingen. Chantal was benieuwd wanneer zij gebonden zouden worden op Shang'du. Het kon niet vlug genoeg voor haar. Ze waren nu vier weken getrouwd, en in al die tijd had hij haar met geen vinger aangeraakt. Een kus, kroelen, ja. Maar verder...niets. Ze waren nog steeds geen man en vrouw in de werkelijke zin van het woord.

Ze naderden de aanlegplaats en een stem kwam over de luidsprekers om plaats te nemen en hun veiligheid riemen aan te doen. Ook om hun paspoort en verblijfsvergunning gereed te hebben voor de douane.

Ezra had al een spreuk gezegd zodat ze niet het kleine elfje in zijn zak zouden ontdekken. Moppie was uitgelaten blij dat de reis achter de rug was want ze moest meestal in de hut blijven.

'Hoe gaan we naar waar jij woont?' vroeg Chantal zachtjes.

'Ik heb een aeromobil.'

'Werkelijk? Een vliegende auto? Ik heb er wel eens één gezien thuis, maar tenzij je schatrijk bent zijn die nog onbetaalbaar in Nederland.'

'Hier is het normaal. Vergeet niet, er zijn nog zo veel andere transporteer middelen op de weg in Nederland en andere landen op Aarde dat het erg moeilijk zou zijn om lucht verkeer te regelen. Dat zal nog wel ettelijke jaren duren op de Aarde eer ze zo ver zijn.'

'Heeft de stad dezelfde naam behouden? Beral'kazon? Ik heb het allemaal nagezocht op het internet. Er staat niet al te veel over Shang'du maar ik las dat Beral'kazon de hoofdstad is.'

'Nee, niet volgens de kolonisten. Ze hebben het nieuwe gedeelte Nieuw Amsterdam genoemd en volgens hen is dat nu de hoofdstad. Wat er op het internet staat is vrij oud.'

'Hoe origineel,' zei Chantal sarcastisch.

Ezra lachte. 'Ja, vooral omdat het helemaal niet op Amsterdam lijkt. Er is geen water te bekennen in de stad, geen kanalen zoals op Aarde.'

Een paar kleine schokjes en het schip had aangelegd. Zij

gingen naar hun hut om Moppie en de koffers te halen en handbagage. 'Waar staat jouw luchtgeval geparkeerd?'

'In een speciale opslaggarage niet ver hier vandaan. Het is aan te lopen.'

'Ik voel opgewonden, maar ook een beetje zenuwachtig. M'n opwinding komt door de prinses. Ze is zo blij om weer terug te zijn.'

'Ik hoop dat ze beseft dat er veel veranderd is. Ze was nog zo jong toen ze naar de Aarde is gebracht. Haar herinneringen zullen het meest van het kasteel zijn.'

'Ze heeft ons horen praten. Jij bent een generaal, maar dat weet de douane toch niet? Wat denken ze dat je doet? Wat voor werk?'

'Hetzelfde als in Nederland. Je weet dat ik in het nieuwe gedeelte een antiekwinkel heb, en dat is ook onder de naam Ezra van Houten. Ik heb vervalste documenten en ben zogenaamd een kolonist. En dat heeft allemaal ook een bedoeling. Onder andere, spioneren.'

'Er zijn nog zo veel dingen die ik niet weet.'

'Geen wonder. We hebben het behoorlijk druk gehad totdat we vertrokken,' zei hij terwijl hij de bagage op een karretje zette.

'Tijdens de reis hebben we veel gepraat, maar veel onderwerpen zijn nog niet opgekomen in onze gesprekken,' antwoorde Chantal.

Ondertussen stonden ze in de lange rij voor de douane inspectie die erg langzaam opschoot want ze inspecteerden veel koffers. 'Ik snap het niet. De koffers worden geïnspecteerd door de douane voor vertrek, waarom nu weer?' zei Chantal geïrriteerd.

'In geval ze iets gemist hebben. En zoals je zag, ze maakten toen zo goed als geen koffers open. Shang'du is drugvrij maar er zijn mensen die toch drugs proberen te smokkelen, of zaad, of zelfs wapens,' legde Ezra uit.

'Wat gebeurt er met zulk soort mensen?'

'Die worden teruggestuurd op het volgende schip naar de Aarde waar ze gestraft worden en op de lijst gezet dat ze nooit toegang meer krijgen naar Shang'du.'

'Dan is hier weinig misdrijf?'

'Lang zo veel niet als op de Aarde maar er zijn ook veel minder mensen.'

Terwijl ze langzaam door schuifelden zag Chantal een man en vrouw die weggeleid werden door officieren. Een officier volgde met de opengemaakte koffers op een karretje. Ze werden naar een andere toonbank geleid. Eén van hun koffers werd op de toonbank gezet en leeg gemaakt. Toen sneed een officier de voering eruit en hij hield triomfantelijk een wit pakje omhoog.

De andere koffers volgden met hetzelfde resultaat. Ezra had er ook naar staan kijken. 'Zoals je ziet, drugs.'

'Maar zien ze dat niet op de scanner?'

'In handbagage wel. Ik weet niet of al de koffers door scanners gaan. In dit geval hadden de koffers een dubbele bodem. De douane weet waar ze op moeten letten. Als een koffer breder is dan de kleding, dan is het duidelijk dat er een valse bodem is.'

'Maar ze maken niet al de koffers open.'

'Nee, van meer dan duizend passagiers zou dat veel te lang duren. Resultaat is dat er toch nog drugs op Shang'du terecht komen.'

Zij waren aan de beurt en hun koffers werden geopend. Maar al snel weer gesloten. Er zat niets in wat niet geïmporteerd mocht worden. Al Ezra's artefacten waren in de grote bagage verpakt en hij had een vergunning om artefacten te importeren van Nederland.

Toen ze eenmaal buiten stonden zei Ezra, 'Als jij hier wacht met de bagage zal ik mijn aeromobil halen.'

Terwijl ze op hem wachtte, keek Chantal naar de oranje lucht, de twee rode zonnen, en kleurrijke bomen die aan beide kanten van de weg stonden. De reuze bladeren waren dieprood en er hingen trossen witte bloemen aan die een beetje op seringen leken alleen waren ze groter. De geur van de bloemen was overweldigend sterk.

Kleding was zo'n beetje hetzelfde als op Aarde. Dat had ze al gezien op het schip want haast al de passagiers waren terugkerende zakenmensen of mensen die teruggingen na vakantie. Er waren geen emigranten aan boord want emigreren naar Shang'du was nu verboden. Wat voor soort kleding de draken bevolking droeg wist ze niet. Ze had nooit er aan gedacht het aan Ezra te vragen.

Ze keek haar ogen uit naar de aeromobil taxis die passagiers ophaalden. Ze leken wel een beetje op kleine helikopters maar met twee kleine ronde wielen bovenop in plaats van de grote rotorbladen van een helikopter.

Een mooiere zilverkleurige aeromobil stopte vlak bij haar. Het was Ezra. Hij stapte uit en laadde snel de koffers en handbagage in en deed toen een deur voor haar open.

In een paar seconden vlogen ze hoog boven het ruimtedok. 'Ik zie de bergen in de verte,' zei Chantal.

'Ja, in een half uur zijn we thuis. Thuis voor mij... Ik heb de aeromobil op turbo gezet.'

'Ik kan niet uit over de kleuren hier. De bomen bij het ruimtedok waren dieprood, maar als ik naar beneden kijk zijn er ook blauwe bomen en gele, en zelfs witte bomen met rode bloemen. Ik zie niet zo veel groen. Zelfs het gras is roodachtig.'

'Anders he?'

'Ja. Ik begrijp niet waarom er niet meer fotos op het internet zijn.'

'Dat kan nog komen. Ik denk dat het met politiek heeft te maken, met de onrust dat hier heerst tussen de draken bevolking en de Aardelingen. Als jij koningin bent en Shang'du is weer van ons, dan zal dat allemaal veranderen.'

'Zien ze niet dat jij naar de bergen vliegt? Vertelde je me niet dat de draken niet welkom zijn in de hoofdstad en omgeving? En omgekeerd, de drakenbevolking willen geen Aardelingen toegang geven zonder speciale toestemming? En wat van de grote bagage? Gaat dat naar je winkel?'

'Ja, dat wordt daar bezorgd. Er heerst een gewapende vrede. Maar ik vlieg onder de radar van beide. De kolonisten zowel als de draken kunnen me niet zien op hun radarschermen. Niet totdat ik gezien wil worden, en dat is zo meteen. Op die manier reis ik ook tussen hun stad en de mijne. Er is een flat boven de winkel en ik woon daar ook dikwijls.' Hij stopte even met praten en drukte op een knopje. 'Toegang verzocht naar Che'luka.'

'Wie verzoekt er toegang?' klonk een mannenstem.

'Dit is Generaal Ezralaius Caydriat.'

'Welkom thuis, Generaal Caydriat. De hekken gaan open.'

Chantal tuurde. 'Ik zie geen hekken en hoe kunnen er nou hekken in de lucht zijn?'

Hij grinnikte. 'Een onzichtbaar schild. Ze noemden het hekken als een grapje en het is nog steeds zo.'

'Wat gebeurt er als ze geen toegang geven?'

'Dan ontploffen we. Onze wetenschappers hebben jaren geleden het onzichtbare schild ontworpen om een plotselinge aanval te voorkomen.'

'Je vertelde me dat ze niet aan zouden vallen want ze willen de mijnen niet beschadigen.'

'Dat betekent niet dat ze nooit meer zullen proberen om

deze stad, Che'luka, aan te vallen zonder hun laser wapens te gebruiken, en dat ze weer een poging zullen maken om de draken uit te roeien. We hebben al geruchten gehoord in die richting voordat ik naar Nederland ging.'

'Hebben ze dat al eens eerder hier geprobeerd?'

'Ja. Jaren geleden hebben ze een poging gemaakt, maar de oorlogsschepen werden onmiddellijk verbrijzeld door het schild. En net zo goed als dat wij spionnen in Nieuw Amsterdam hebben, kunnen zij ook spionnen in Che'luka hebben.'

'Maar hoe kan je dan je edelstenen en goud verkopen? Zonder toegang tot de hoofdstad kan je toch geen zaken doen?'

'Dat zei ik al, ik vlieg onder de radar en de winkel staat onder van Houten geregistreerd. Wat handel aangaat, wij zijn zelfvoorzienend in alle opzichten. Eindelijk hebben onze wetenschappers jaren geleden een klein ruimteschip gebouwd bedoeld voor handelingen met andere planeten. Onder andere, de vier bewoonde planeten in deze Melkweg.'

'Maar komen de kolonisten spionnen hier er niet achter dat jullie een ruimteschip hebben?'

'Nee, het is niet iets wat algemeen bekend is. Het is geen groot schip en kan geen langdurige reizen maken door het heelal. Het is gebouwd alleen om de vier andere planeten te bereiken, en goud en juwelen te transporteren. De kolonisten willen zelf niets te maken hebben met de andere planeten en hebben ze toegang verboden op Shang'du.'

'Ja, dat heb je me verteld en ik vind het vreemd. Zoiets kan toch niet geheim blijven? Zou dat geen oorlog kunnen veroorzaken met Amerika en zo?'

'Tot nu toe nog niet. Wij, de drakenbevolking, zonder dat de kolonisten het weten, doen zaken met alle vier, de Amerikanen, Russen, Chinezen, en Engelse handelaars. Die vier planeten gaan goed met elkaar om. Het is alleen hier dat ze afgezonderd willen blijven. De andere planeten hebben het geaccepteerd en zijn tevreden met de zaken die ze doen met ons. Het zal best wel bekend zijn op de Aarde dat de Nederlanders op Shang'du zich zo hebben afgezonderd.'

'Ik kan me niet voorstellen dat de Nederlandse regering hiermee akkoord gaat.'

'Ik denk niet dat ze precies weten wat ze hier allemaal uitspoken.'

'Ook dat kan ik me niet voorstellen.'

'Nee, ik ook niet. Nou begrijp je misschien wat een onvoorstelbare taak er je te wachten staat.'

'M'n maag kruipt naar m'n keel als ik er aan denk. Wat van al de zakenmensen die hier wonen en werken? Wat denken die er van?'

'Ik beweeg me niet veel in die cirkels dus daar heb ik geen antwoord op. Ik neem aan dat ze alles wel goed vinden want anders zou er opstand komen.'

'Wat is de populatie van de Nederlanders tegenover de draken? Iets wat me ook opviel, al de mensen aan boord waren allemaal blank terwijl Nederland zo'n diverse bevolking heeft.'

'Ja, dat besloten ze in het begin, om een puur Nederlandse kolonie op te bouwen. Geen gemengd bloed. Dat weet de regering in Nederland dus wel want van al de vroege kolonisten werd hun achtergrond grondig nagezocht.'

'Dat laat me aan Hitler denken en discriminatie. Wat van de andere vier planeten? Hebben die hetzelfde standpunt als de kolonisten op Shang'du?'

'Nee. Daar wonen allerlei mensen. Er is ook veel meer bekend op het internet over die planeten en de bewoners. Kijk, daar is Che'luka.'

'Thuis, we zijn thuis,' riep Moppie die enthousiast op

157

Ezra's schouder op en neer sprong.

'Ik had niet verwacht om zo veel flatgebouwen te zien,' zei Chantal.

'Het dal is niet zo groot en om iedereen een woning te geven moesten ze wel torens bouwen.'

'Welk land vond deze Melkweg?'

'Nederland, en die hebben gelijk hun zegel op Shang'du gezet, voordat ze het nieuws deelden met de Wereldse Space Federatie.'

'Ik weet nog lang niet genoeg, maar van wat je me allemaal hebt verteld, als het aan mij lag, zou iedereen behalve de draken, gedeporteerd moeten worden, verbannen.'

'Dan kan toch niet. Denk aan de kinderen die hier geboren zijn. En niet alle kolonisten zijn het eens met hun regering. Vooral niet de jongere generatie.'

Chantal zei koppig, 'In ieder geval de regering en iedereen die voor ze stemt. Ze zijn corrupt.'

'Je begint alles een beetje te begrijpen.' Ezra was geland op het dak van een hoog gebouw. 'En nu gaan we eerst naar het kantoor van de ouderlingen die ongeduldig op ons wachten.'

'Nu al? Ze weten dat we aangekomen zijn?'

'Natuurlijk. Zodra we door de hekken zijn gevlogen.'

Chantal's hart klopte sneller. Ze had niet verwacht dat ze al zo snel de ouderlingen zou ontmoeten.

20

e vergaderingskamer was achthoekig. De grote ronde tafel in het midden deed Chantal denken aan verhalen van Koning Arthur en Lancelot, en al de ridders van de ronde tafel. Alleen, deze twaalf mannen en vrouwen waren normaal gekleed maar het kantoor was gemeubileerd zoals uit die tijd. Zelfs de ronde tafel zag er erg antiek uit. Zwaarden hingen aan de muren en schilderijen van draken, en van mannen en vrouwen gekleed in historische kostuums.

Het grootste schilderij was van een koning, koningin, en een klein meisje. Ze zoog haar adem in want dat meisje was een sprekend evenbeeld van haar toen ze klein was. Hadden ze die schilderijen meegenomen toen ze zijn gevlucht of waren ze sinds die tijd geschilderd, vroeg ze zich af.

Ze telde acht mannen en vier vrouwen aan de tafel. Allen, behalve één man, zagen er uit alsof ze een jaar of veertig of vijftig waren maar Chantal wist dat ze waarschijnlijk over de duizend waren.

En nu hier, in deze kamer, of kantoor, begon de weg die de goden voor haar uitgestippeld hadden... Het was allemaal indrukwekkend en ergens voelde ze zichzelf erg klein.

'Welkom op Shang'du, Prinses Herretyath. Generaal Caydriat, welkom terug en gefeliciteerd met het succes van je missie. Neem plaats aan onze tafel, alsjeblieft,' zei een lange man met haast wit haar tot op zijn schouders. 'Ik ben Kringleider Zerakunda Bregelad. Koninklijke Hoogheid, je hebt geen idee wat het voor ons betekend dat Generaal Caydriat je hebt gevonden. Het is al jaren door de goden voorspeld maar leek voor ons een onmogelijkheid.'

Chantal voelde zich erg geïntimideerd. 'Alstublieft, ik word in Nederland Chantal genoemd en voor mij is het allemaal te fantastisch en nog moeilijk te geloven.'

Zerakunda ging zitten. 'Generaal, we willen graag horen hoe het allemaal verlopen is.'

Ezra trok een stoel uit voor Chantal en ging toen zelf zitten. 'Het is een lang verhaal. Ik zal met mijn aankomst in Nederland beginnen,' zei Ezra.

Terwijl hij sprak kwam er iemand binnen met een serveerwagentje met glazen, flessen wijn, en borden vol met lekkere hapjes. Chantal voelde haar maag rammelen. Het was intussen al middag.

Ezra stopte even om een teug van zijn glas wijn te nemen en ging toen weer verder. Eindelijk kwam er een eind aan zijn verhaal en stond de kringleider weer op.

'Dank je wel, Generaal. Zoals wij het nu begrijpen hebben de goden je aangesteld als de levensgenoot van de prinses. Dat betekent dat je direct met haar naar de tempel moet gaan en we moeten een bruiloft organiseren. Zo vlug mogelijk.'

'Wij zijn in Nederland getrouwd. Volgens de wet zijn we al man en vrouw,' zei Chantal en zag de kringleider fronsen.

'Niet volgens onze wet en niet volgens de goden. Zijn jullie al gebonden?' vroeg hij aan Ezra.

'Nee. Ik ken onze wetten en de goden maakten het duidelijk. Maar het was gemakkelijker om Chantal mee te brengen naar Shang'du als mijn vrouw. Anders hadden ze haar misschien een visa en verblijfsvergunning geweigerd. We hadden er genoeg moeite mee en kregen de vergunning pas nadat we trouwden.'

'Prinses Chantal,' Zerakunda gaf haar een strakke blik. 'Heeft de generaal uitgelegd wat je taak is?'

'Ja, het meeste wel,' antwoorde ze in een klein stemmetje. 'Maar hoe dat allemaal moet, dat weet ik nog niet. De godin Jaliana zal me helpen.'

Zerakunda knikte tevreden. 'Goed. Het zal niet lang duren totdat we terug kunnen gaan naar Beral'kazon, en jij, de prinses, naar het kasteel. Als je eenmaal bent gekroond, dan zijn de twaalf ouderlingen die je hier ziet, je kroonraad. Als koningin maakt jij beslissingen alhoewel ze altijd moeten goedgekeurd worden door ons, het laatste woord is altijd van de Vorstin. Nu zullen al de ouderlingen hun eigen voorstellen, alhoewel het wel even zal duren voordat je al de namen herinnerd.'

'Wonen er nog mensen in het oude gedeelte?' vroeg ze.

'Nee, dat is verboden, en het is afschuwelijk verwaarloosd. Maar we mogen blij zijn dat ze het niet platgelegd hebben. De reden daarvoor weten we niet.'

'Ezra zei dat er een groot gedeelte is verwoest. Zijn er dan wel genoeg woningen voor iedereen?'

'Ja, want door de oorlog zijn veel van ons omgekomen. In het begin waren er over vierhonderdvijftig duizend draken bewoners. Nu zijn er nog maar zesentachtig duizend. Wij vermenigvuldigen niet zo snel als de Aardelingen.'

'En hoe veel Aardelingen wonen er op Shang'du?'

'Ongeveer tweehonderdzeventig duizend.'

'Wonen die allemaal in de nieuwe stad?'

'Nee, er zijn de boeren op het platteland die onze boerderijen hebben overgenomen. Maar laten we deze vergadering nu sluiten zodat de generaal met je naar de tempel kan gaan. We beginnen onmiddellijk met de preparaties voor je welkom feest, bruiloft, en binding met

Generaal Caydriat.'

Eén voor één stelden de ouderlingen zich voor en verlieten de kamer. Zoals Zerakunda had gezegd, het zou wel even duren voordat ze al hun namen kon herinneren.

Ze waren weer alleen. Chantal nam nog gauw een broodje en dronk de rest van haar wijn. 'En nu moeten we al gelijk naar de tempel?' vroeg ze aan Ezra.

'Ja, de tempel van de goden en godinnen.'

'Wat moeten we daar doen?'

'Weet ik niet. De goden weten dat we hier zijn. Liefst ging ik naar mijn huis. En ik wil je aan mijn ouders voorstellen maar dat kan wachten tot morgen.'

'Waar is de tempel?' vroeg ze terwijl ze naar het dak gingen naar zijn aeromobil.

'Buiten de stad in de bergen. De tempel is door de goden gebouwd in een grot.'

'En waar zijn de mijnen in verband met de tempel?' Ze stapte in.

'Tussen de bergen. Ik zal er zo meteen langs vliegen.'

'Is de tempel altijd daar geweest?'

'Ja, vanaf het begin. De tempel is alleen zichtbaar voor degenen die naar binnen mogen. Niet iedereen mag de tempel binnen treden. Alleen degenen toegestaan door de goden. Kijk, daar zijn de mijnen.'

'Zerakunda zei dat ze al jaren wachten dat de voorspelling van de goden waarheid zou worden. Jij bent tweeëntachtig. Wie spreekt er nog meer met de goden?'

'Twee van de heel oude ouderlingen die nog in leven zijn. Zerakunda is er één van. De voorspellingen bestaan al een paar honderd jaar, sinds de oorlog. En maar goed ook, want dat gaf de drakenbevolking kracht en hoop voor de toekomst.'

'Daardoor wist hij dat wij direct naar de tempel moesten

gaan.' Chantal keek naar de vallei tussen de bergen, naar al de machines en werklui. 'Welke mijn is dit?'

'Dit is één van de goudmijnen. De andere mijnen liggen verderop tussen de bergen. En daar is de tempel.'

Ze keek, maar zag niets behalve een steile rotswand. Maar toen ze nader kwamen zag ze plots twee stenen beelden van draken en tussen hen een opening. Een roodachtige gloed verlichtte de ingang. 'Ik zie het. En niemand kan die twee draken zien?'

'Haast niemand.' Hij zette neer op een klein plateau voor de opening. 'Moppie, jij blijft weer hier.'

Ze vloog naar het instrumentenbord en ging er op zitten. 'Mag ik niet buiten vliegen?'

'Ja, maar ga niet te ver.' Hij stapte uit en liep om de aeromobil heen.

Chantal stapte uit en nam zijn hand. 'Dus die drakenbeelden zijn al eeuwen oud?'

'Ja, want de tempel was er al toen de draken op Shang'du kwamen wonen. Doe je laarzen uit.'

Chantal bukte om haar laarzen uit te trekken. Tezelfdertijd voelde ze haar ketting erg warm worden. 'De ketting reageert op de grot.'

Ezra nam haar hand en op hun sokken stapten ze door de opening. Chantal voelde een vreemde gloed door haar lichaam vloeien en de ketting werd nog warmer. Het nam even voordat haar ogen gewend raakten aan de duisternis.

'We moeten door die tunnel om in de tempel te komen,' zei Ezra en trok haar naar een spleet. 'We kunnen niet naast elkaar lopen. Het is te smal. Ik zal eerst gaan.'

Chantal rilde en had visioenen van grote spinnenkoppen en slangen. Het was erg donker in de tunnel en een beetje dampig. 'Ik wou dat ik een zaklantaarn had,' mompelde ze.

'We zijn er haast.'

Doordat hij zo lang was, kon ze niets zien, maar plotseling stapte hij opzij en stond ze voor een opening naar nog een grot. Deze was erg licht. Aarzelend nam ze een stap naar voren. Ze keek omhoog. Ver boven hen zag ze zonnestralen naar beneden schijnen. Geen zonnestralen zoals op aarde. Deze waren oranjeachtig, maar gaven toch veel licht af.

De grond onder haar voeten was warm en niet van steen. Toen ze naar beneden keek zag ze dat ze op zulk fijn zand stond, het leek wel zout. Ze bukte en deed haar sokken uit en zag Ezra hetzelfde doen.

Prachtige gekleurde stalagmieten hingen boven hen en stonden overal. Ze greep Ezra's hand. 'Kijk eens naar die waterplas, hoe klaar helder het water is.' Er omheen groeiden gele varens, blauwe struikjes met ragfijne bloemetjes die op klokjes leken. En hier en daar groeiden lange bloemen met grote rode kelken. Ze leken een beetje op lelies. Aan de achterkant van het water stroomde een watervalletje naar beneden. Schelpjes lagen op het zand in allerlei kleuren. Net voor de waterval stond een marmeren beeld van een mooie vrouw met in haar armen een waterkruik. Ook daar stroomde water uit. Iets verderop stond er een beeld van een gouden draak.

'Ik heb geen woorden,' zei Chantal zachtjes. 'Dit is zo wonderschoon. Wat glinstert daar op de bodem? En het water is veel dieper dan het lijkt.'

'Dat zijn edelstenen. Sommige zal je nooit van hebben gehoord, maar er liggen diamanten, smaragden, robijnen, en nog meer. Deze keer heb ik niets bij me, maar normaal als we de tempel bezoeken nemen we een hand vol met edelstenen mee en gooien die in het water. Een gave aan de goden en godinnen.'

'Wonderbaarlijk. Ik heb het gevoel alsof ik in een sprookje terecht ben gekomen.'

'Je moet je uitkleden en in het water stappen,' zei Ezra. 'Het meertje heeft magische krachten.'
'Hoe weet jij dat?'
'Ik kom regelmatig hier om met de goden te praten.'

21

Chantal trok haar jeans en topje uit gevolgd door haar G-string. 'Moet jij je kleren niet uittrekken?' vroeg ze Ezra. 'Nee, jij stapt alleen in het water. Je kan het beschouwen als een soort dopen. Ik ben dus jaren geleden al gedoopt. Het is het sacrament van de goden en godinnen om je in hun cirkel te verwelkomen.'

Het heldere water lokte en Chantal begon er voorzichtig in te waden. Ze liep tot aan het beeld van de godin. Het water kwam nu tot haar oksels. Het voelde heerlijk, lauw, zoel, alsof er olie in was gegoten. De kleuren van de stalagmieten weerspiegelden op de oppervlakte. Het leek haast of het water gekleurd was.

De melodische stem van Jaliana weerklonk plotseling door de grot.

'Welkom, Prinses Herretyath, toekomstige koningin van Shang'du. De goden juichen en gezang en trompetgeschal klinkt door het heelal. Ben je gereed voor de taak die je te wachten staat? De bevrijding van Shang'du?'

'Nog lang niet...wat mag ik U noemen?'

'Gewoon Jaliana.'

'Dat klinkt zo oneerbiedig.'

'Ach, kind, ik ben je vertrouwde voor de rest van je leven. Ik hoop dat je me begint te beschouwen als een vriendin. Ik ben altijd bij je, ook al zie of hoor je me niet. Maar als je me roept, dan antwoord ik.'

'Een onzichtbare vriendin,' zei Chantal zachtjes.

'Ik zal niet altijd onzichtbaar zijn. En nu je de herinneringen hebt van Prinses Herretyath, weet je hoe ik er uit zie.'

'Bent U die mooie blonde vrouw die de prinses opzocht in de kerker toen ze klein was?'

'Ja. Ik heb haar de ketting gegeven om mee te spelen maar om naar binnen te gaan moest ik me vermommen als een bewaker. Maar als de bewakers een spel zaten te spelen, was ik bij het prinsesje als mezelf.'

'Dat weet ik nog...'

'En nu, Prinses Herretyath, of heb je liever dat ik je Chantal noem?'

'Ja, Chantal alsjeblieft.'

'Chantal, laten we nu praten over de taak. Eerst moet je onder water duiken en de kroon en scepter pakken welke ik daar verscholen heb.'

'Waar?'

'Achter wat grote gekleurde stenen. Door de edelstenen op de bodem zie je de kroon niet.'

Chantal zoog haar adem in en dook naar beneden. Eerst kon ze de kroon niet vinden en moest twee keer naar boven en weer duiken. De derde keer zag ze wat grote stenen liggen met wit riet om ze heen. Ze zwom er naar toe en toen ze het riet opzij duwde zag ze goud glinsteren. Ze pakte de kroon en scepter op en zwom weer naar boven. Triomfantelijk hield ze de kroon en scepter boven haar hoofd.

'Er lag maar één kroon. Ezra is m'n man. Betekend dat dat hij niet koning wordt als ik gekroond ben?'

'Alleen als jij hem die titel schenkt. Eerst moeten jullie gebonden zijn en jij gekroond. Dan zal ik zijn kroon halen. En vergeet niet, gedurende officiële vergaderingen en als je de kroon draagt, moet je ten aller tijde je ketting dragen.'

'Over die onbegonnen taak. Hoe kan ik de troon eisen en de regering overwinnen? In m'n eentje? Dat zie ik echt niet zitten.'

'Ezra zal je bijstaan. Je hebt je krachten en het boek dat je al veel hebt bestudeerd. Kringleider Zerakunda zal een vergadering eisen met de kolonisten en de man die zich nu koning noemt. Ezra en jij zullen naar die vergadering gaan. Jij moet de kroon dragen en je hebt de scepter nodig. Je zal automatisch weten wat je moet zeggen en doen. Tenminste, dat is het plan. Het kan natuurlijk nog veranderen.'

'Van wat ik heb gehoord zijn er veel kolonisten corrupt. Als ik koningin ben willen we zulke mensen niet op Shang'du hebben. Hoe moet ik ze verbannen? En hoeveel corrupte kolonisten zijn er in totaal?'

'Je zal ze herkennen door de groene uitstraling die hen omringd. Je verbant ze terug naar Nederland. Als je eenmaal de troon hebt dan neem je contact op met de Nederlandse regering en opent hun ogen over wat er allemaal hier is gebeurd en nog gaande was.'

'Maar als die mensen kinderen hebben, dan—'

'Die kinderen gaan met hen mee terug naar Nederland en die families en hun nakomelingen zullen voor altijd verbannen zijn van Shang'du. Maak je eigen daar geen zorgen over. Alles gebeurt zoals het geschreven staat.'

'Ik ben als de dood voor oorlog. Ze hebben al eerder zo veel draken gedood.'

'Dit keer komt er geen oorlog. Niemand kan tegen jou op.'

'Jaliana, je laat het allemaal zo gemakkelijk klinken, maar van binnen tril ik van de zenuwen er over. Wat als de Nederlandse regering aan de kant van de kolonisten is? Ze moeten toch wel iets weten over wat er op Shang'du is gebeurd en nog gaande is?'

'Je zal verbaasd staan over de steun welke je van de tegenwoordige Nederlandse koning en koningin zal ontvangen. En nu is het tijd dat jullie teruggaan naar Che'luka. Maar voordat je de tempel verlaat, neem eerst plaats bij het beeld van mij.'

Chantal ging naar het beeld en stond aan de voeten van de godin. Plots stroomde er geparfumeerde olie uit de kruik over haar hoofd.

'Laat de zalving met deze olie je koninklijke eer en titel vermeerderen en je voor altijd installeren als de wettelijke Vorstin van Shang'du,' zei Jaliana.

De stem vervaagde. Chantal wachtte even, maar Jaliana zei niets meer dus begon ze naar de oever te waden. Ze dook nog een keer onder om de olie uit haar haar te spoelen, maar toen ze haar haar voelde, was het niet glibberig. Het voelde gewoon zacht, normaal.

Ezra lag op het zand met zijn handen onder zijn hoofd. Hij ging zitten toen ze het water uitliep. 'Kleed je gauw aan want ik moet alle kracht in me gebruiken om niet op te springen en je in mijn armen te nemen,' waarschuwde hij.

Ze hield de kroon uit naar hem. Nu ze uit het water was bekeek ze het en de scepter. Het was moeilijk in te denken dat de kroon zo veel jaren onder water had gelegen. Het glinsterde en glom als nieuw. De kroon zag er meer uit als een diadeem en was bezet met diamanten en in het midden een grote robijn omringd door een draakje net als de hanger aan de ketting. De scepter voelde zwaar alsof gemaakt van solide goud en was ook bezet met diamanten en robijnen.

Ezra nam de kroon over en bekeek het. 'Prachtig. Wat zal je er koninklijk uitzien.'

'Heb je alles gehoord?'

'Ja, woord voor woord.'

'Het is allemaal erg indrukwekkend en beangstigend. Jaliana laat het allemaal veel te eenvoudig klinken.' Ze had zich snel aangekleed en raapte de scepter op. 'Wie zit er momenteel op de troon?'

'De nakomeling van de eerste zogenaamde koning, Johan Christiaan van Wateringen, die geen druppel koninklijk bloed in zijn lichaam had. Hij was een gewone zakenman. Christiaan Michel van Wateringen draagt nu de kroon. Hij is niet lang geleden getrouwd met Nora Greta Bakker, maar hij heeft haar tot nu toe niet de koninklijke titel geschonken.'

'Hoe ontstaat een koninklijk gezin eigenlijk? Niemand wordt toch geboren met adellijk bloed.'

'Ik weet niet precies hoe dat in Nederland is ontstaan. Dat zou jij moeten weten van de geschiedenis. Maar op Shang'du was er een draken koning en koningin vanaf het begin verkozen door de goden.'

Chantal dacht even na. 'Het Koninkrijk der Nederlanden is ontstaan in de negentiende eeuw. De eerste vorst was Willem de eerste. Hij riep zichzelf uit tot koning, dus net zoiets als er hier gebeurd is onder de kolonisten. Dat is alles wat ik van geschiedenis kan herinneren. Nederlandse geschiedenis is erg ingewikkeld. We moesten het leren op school, maar ik weet alleen nog maar stukjes en beetjes.'

'Gelukkig is de geschiedenis van Shang'du niet zo ingewikkeld en onze werkelijke koningen of koninginnen leven een paar duizend jaar, zoals je weet. Ben je gereed om naar huis te gaan?'

'Ja, graag. Ik zou niet moe moeten zijn maar ik ben versleten, en ik heb een donker gevoel dat ik maar niet van me af kan schudden.'

Hij pakte haar vrije hand en kuste haar vingers. 'Ik kan het me voorstellen. Je hersens moeten veel bevatten en verwerken in een korte tijd.'

Chantal deed haar ogen dicht terwijl ze naar zijn woning gingen en probeerde alles uit haar hoofd te zetten... voorlopig. Net voor hij landde op het dak van een hoge toren kwam er een stem over de luidspreker.

'Ezra?'

'Ja, Kringleider Bregelad.'

'We zijn begonnen om de binding tussen jullie te regelen gevolgd door de kroning. Iedereen is al in rep en roer.'

'Dat is al vlug. Dat geeft ons niet veel tijd om bij te komen van de reis.'

'Ja, jammer genoeg is er weinig tijd om bij te komen. Eén van onze spionnen in Nieuw Amsterdam nam contact met ons op vanmiddag. De kolonisten zijn van plan om binnen een paar dagen weer aan te vallen, en dit keer op een slinkse manier. Hun wetenschappers hebben een vergif ontwikkeld dat onmiddellijke dood veroorzaakt en ze hebben hun spionnen hier die het aan ons drinkwater zullen toevoegen.'

'Dat betekent niet dat het ons zal schaden.'

'We kunnen dat risico niet nemen. Heeft de prinses een plan? Het is belangrijk dat zij zo snel mogelijk de troon eist en een einde maakt aan de bezetting.'

'Zijn die spionnen die hier zijn draken?' vroeg Chantal.

'Dat weten we niet. Zoals je hebt gezien is er geen buitenwaarts verschil tussen de kolonisten en de draken,' antwoorde de kringleider.

Ezra keek bedachtzaam. 'Ik dacht dat onze bevolking allen geregistreerd waren. Het is haast niet voor te stellen dat er meer dan één spion hier woont.'

'Ze zijn slinks. We hebben bewakers ingesteld bij beide bronnen, dag en nacht.'

Chantal herinnerde wat Jaliana had gezegd, hoe ze de corrupte kolonisten kon herkennen. 'De godin heeft me verteld hoe ik de corrupte mensen kan uitzonderen.'

'Prinses, dat is fantastisch, maar al is onze bevolking niet groot, over tachtigduizend mensen kan je onmogelijk zo snel scannen.'

'Dat is waar. Alles gebeurt me te vlug. We zijn hier nog maar net aangekomen. Het geeft me een beklemmend gevoel,' antwoorde Chantal. 'Hoe zijn die spionnen door jullie inspectie geglipt? En hoe gaan ze door de hekken?'

'Hetzelfde als de onze in Nieuw Amsterdam. Valse namen en documentatie.'

'En er zijn geen corrupte draken die aan de kant van de kolonisten staan?' vroeg Chantal.

'We hopen van niet. Onze bevolking is al zo klein. Het is moeilijk in te denken dat er verraders onder ons zijn,' zei de kringleider.

Ezra bracht nog een punt op. 'Die spionnen zullen ook wel gerapporteerd hebben dat de prinses terug is.'

'Dat zal best wel, maar ze weten niet van haar krachten, haar magie, en dat zij een leger van goden en godinnen achter haar heeft staan en de steun van de Allerhoogste. En al weten de kolonisten dat wij van vorm kunnen veranderen, ze hebben altijd gelachen over magie en onze goden en godinnen. Dus zelfs al is er iets uitgelekt, waar ik aan twijfel want wat er op de vergaderingen besproken wordt mag niet doorverteld worden, dan halen ze hun schouders op,' antwoorde de kringleider.

'Wij kunnen de bronnen beschermen,' stelde Ezra voor. 'Zodra we gegeten hebben zal ik naar beide bronnen gaan.'

'Goed plan. Maar dit heeft wel bewezen dat ze nog steeds bezig zijn met plannen om ons voorgoed uit te roeien en het arriveren van de prinses heeft het geëscaleerd. Morgen beginnen de preparaties voor jullie binding. Goeienacht.'

Chantal stapte uit toen Ezra de deur opendeed en nam zijn

hand. 'Ik zal blij zijn als alles achter de rug is. Ik ga met je mee naar die bronnen.'

Hij gaf haar een snelle zoen. 'Eerst wat eten. Ik heb zo langzamerhand honger. Jij niet?'

22

Chantal was verbaasd. Ezra's flat was niet veel groter dan haar studio in Nederland. Er was een klein keukentje, een woonkamer met een bank, een bed, en een klein tafeltje met twee stoelen. Vergeleken bij zijn huis in De Bilt was dit miniatuur. 'Zijn alle flats zo klein?'

'Veel wel. Voor een getrouwd stel hebben de flats één slaapkamer, en als ze een kind hebben, twee slaapkamers, maar ook beknopt. Dat moest wel door gebrek aan bouwruimte.'

'Er is toch wel plaats tussen de bergen om meer woningen te bouwen?'

'Vele valleien zijn nogal beknopt en ver van elkaar. Dit dal was vrij groot en ze wilden al onze mensen bij elkaar houden dicht bij de mijnen en ze wisten vanaf het begin dat het tijdelijk zou zijn. Dat is ook één van de redenen waarom ze er mee akkoord gingen om onze kinderen naar de scholen van de kolonisten te laten gaan. Een paar scholen hadden veel te veel plaats ingenomen. Dit is het enige dal dat eigenlijk genoeg ruimte had om een stad te bouwen, al moesten het flatgebouwen worden.'

'Wanneer denk je dat ze de binding en kroning zullen houden?'

'Dat zullen we gauw horen. De kringleider zal het ons laten

weten.'

'Alles gaat zo snel. Ik verwachte dat ons huwelijk en de kroning hier op Shang'du later zou gebeuren als alles achter de rug is.'

'Ja, ik dacht ook dat onze binding en kroning in het kasteel zou worden gehouden.'

'Waar gebeurt het nu?'

Hij haalde z'n schouders op en opende een klein koelkastje. 'Ik denk misschien in het park en het paviljoen. En stom van me. Ik had er geen erg in dat ik natuurlijk niets in huis heb. Waar zijn m'n hersens? Laten we eerst naar de bronnen gaan en dan gaan we ergens iets eten. Morgenochtend moet ik eerst wat boodschappen doen.'

'Waar zijn de bronnen?'

'Net buiten de stad. We zijn er in vijf minuten met de aeromobil.'

'Is dit de rede van het donkere gevoel dat ik geregeld heb? Een waarschuwing?'

'Schat, ik weet het niet. Vraag het aan Jaliana.'

'Ik blijf hier,' zei Moppie en fladderde blij in de rondte.

Ze waren haast op hun bestemming toen de kringleider weer contact opnam. 'Generaal, dankzij de recente ontwikkelingen heeft de ouderlingenraad een urgente vergadering gehad en besloten dat we een tijdelijke kroning houden in de vergaderingskamer. We zullen het later over doen voor het publiek, maar deze beslissing is genomen door de laatste ontrustende berichten. De spionnen zien veel activiteit van soldaten in de straten van Nieuw Amsterdam maar weten niet waarom. Het is beter dat de kolonisten er nog niet achter komen dat wij de prinses beschouwen als de wettelijke Vorstin van Shang'du.'

'Ik ben het daarmee eens,' zei Ezra. 'Als ze het al niet

weten.'

'Goed. Het is ook belangrijk ten opzichte van de veiligheid van de prinses. Het is al jammer genoeg dat we haar aankomst niet hebben stilgehouden. Vooral omdat Chantal als een gewone Nederlandse emigrant wordt beschouwd door de kolonisten en ze houden het niet voor mogelijk dat zij de prinses zou kunnen zijn want hoe zou het prinsesje op Aarde terecht zijn gekomen? Dat zijn de geruchten die de rondte doen in Nieuw Amsterdam volgens onze spionnen. En wat er nog meer gaande is zijn onze mensen nog niet achter gekomen. De geruchten zijn dat ze voorbereiden op oorlog.'

'De goden beschermen mij,' viel Chantal in de rede.

'Prinses, we kunnen geen risico's met je leven nemen. De goden verwachten dat wij je beschermen.'

'Intussen zijn we gearriveerd bij de eerste bron. Dank U, Kringleider,' zei Ezra.

Er stonden twee soldaten op wacht bij het kleine gebouw waarin de machines waren die het water door de stad pompten en Chantal zag een groene gloed rondom één van de soldaten. 'Ezra, wacht. Die ene soldaat is niet één van de drakenbevolking.'

'Je meent het. Hoe is het mogelijk dat ze ons leger hebben geïnfiltreerd?'

'Is het denkbaar dat er zelfs verraders onder de drakenbevolking zijn?' Ze keek naar zijn gezicht en de strakke lijn van zijn lippen.

'Alles is mogelijk, maar in het leger? Ben je er zeker van, Chantal?'

'Ja hij is omhult door een groene gloed. Hoe groot is je leger?'

Hij gaf een sarcastisch lachje. 'Je bedoelt hoe *klein* is mijn leger. Minder dan tweeduizend soldaten. Als er één verrader is, kunnen er meer zijn. Ik moet dit voorzichtig aanpakken.'

'Je kent ze natuurlijk niet allemaal.'

'Nee, alleen die met een hogere rang. De meeste van de soldaten zijn vrij nieuw en van de jongere generatie. Toen de draken moesten vluchten was er zo goed als niets over van het oude leger.'

'Vertelde je me niet dat draken niet makkelijk gedood kunnen worden?'

'Alleen als het hart geraakt wordt, en we hadden geen weerstand tegen hun wapens, zelfs niet met onze vuur en ijs adem. Hun laser wapens veroorzaakten dat een draak uit elkaar barste met één schot. Van wat me is verteld, was het verschrikkelijk.'

Beide soldaten sloegen een vuist op hun borst toen Ezra hen benaderde.

'Generaal Caydriat,' groette de ene soldaat.

Chantal merkte op dat de soldaat met de groene gloed niet reageerde alhoewel hij wel met zijn vuist op zijn borst stond. Ze voelde zijn ongemak. Was hij een draak of een kolonist? En was hij in bezit van het gif dat aan het water toegevoegd moest worden? Of moest dat nog bezorgd worden door een andere verrader?

'Sergeant.' Ezra sloeg ook met zijn vuist op z'n borst. 'Alles rustig?'

'Tot nu toe wel, Generaal.'

'Ik wil even de bron inspecteren.'

De sergeant en de soldaat volgden hem naar de deur.

'Alleen,' beval Ezra.

Ezra keerde en keek haar aan en fronste, en ze wist dat ze bij de soldaten moest blijven. Hij kon alleen de beschermingsspreuk op de bron uitspreken als zij de twee mannen bezig hield. Toen Ezra de deur open deed en naar binnen ging vroeg ze, 'Sergeant, is het niet saai om hier uren te staan? Is dit altijd jullie taak? Ik vraag me altijd af wat soldaten eigenlijk doen als er geen oorlog is.'

'We trainen, Mevrouw,' zei de sergeant. 'Normaal worden de bronnen niet bewaakt. Dit is een extra voorzorgsmaatregel want er gaan geruchten in het rond dat we een aanval kunnen verwachten. Stel je voor dat de bronnen het doel zijn. Gebrek aan water zou een opschudding veroorzaken want waar zouden we zo snel water vandaan halen voor al de bewoners.'

Chantal haalde haar schouders op en deed alsof ze niets wist. 'Er zal nooit geen oorlog meer komen.'

De soldaat schuifelde ongemakkelijk. De sergeant antwoorde. 'Laten we hopen van niet.'

Wisten ze eigenlijk wel wie ze was? Beide mannen lieten er niets van merken.

'Tot hoe laat? Ik bedoel, wanneer word je afgelost?'

'Om elf uur vanavond,' antwoorde de sergeant.

'Hoe lang zijn jullie in het leger?'

'Ik tweehonderdzestig jaar. Harondius is vrij nieuw. Hij heeft niet lang geleden zijn training voltooid.'

Dat kon betekenen dat de soldaat een kolonist of een draak kon zijn. Ze wilde nog meer vragen en kijken of ze er achter kon komen op een slinkse manier, maar Ezra kwam terug.

'Inspectie voltooid. Zullen we gaan?' Hij sloeg z'n vuist op z'n borst, knikte naar de twee soldaten en greep haar hand.

Op weg naar de tweede bron vroeg Chantal, 'Waarom heb je die soldaat niet gearresteerd?'

'Dan zouden de kolonisten er achter komen dat we weten wat ze van plan zijn. Nu, zodra ze het gif toevoegen aan het water, verandert het in schadeloos suiker. Jij weet wie de verraders zijn. We kunnen ze later arresteren als alles achter de rug is.'

'Maar het had jullie niet kunnen doden. Dus wat gaf het eigenlijk?'

'Het had ons misschien wel goed ziek kunnen maken.

Gelukkig kwamen de ouderlingen er achter dankzij onze spionnen. We zijn er.'

'Ik zie geen groene gloed rondom deze soldaten. Ik wacht wel op je,' zei Chantal.

Ezra beval de soldaten buiten te wachten en ging alleen het gebouwtje naar binnen. Hij was al snel klaar en kwam terug naar het aeromobil. 'En nu naar het restaurant.'

Alles was zo kort bij, of misschien kwam het omdat zijn aeromobil zo'n snelheid had, maar ze waren in vijf minuten bij het restaurant. Ezra parkeerde en ze gingen naar binnen.

'Dat donkere beklemmende gevoel plaagt me nog steeds. Ik denk niet dat het met de bronnen te maken had. Wat voor menu hebben ze hier?'

'Zet het van je af. Het zijn je zenuwen die de overhand krijgen. Ze serveren een mengelmoes van Chinees, hamburgers met patat, tot biefstuk met groente en aardappels. We hebben maar twee restaurants. Ik hoop dat er plaats is.'

'Wat serveren ze in het andere restaurant?'

'Zo'n beetje hetzelfde.'

Het was behoorlijk druk maar ze gaven Ezra speciale attentie door een tafeltje te halen met twee stoelen. 'Dat had je niet hoeven te doen. Niet eerlijk tegenover de wachtende rij mensen,' zei Ezra tegen de herbergierster.

'Voor U, Generaal, en voor de prinses, natuurlijk. Niemand neemt ons dat kwalijk.' Ze keek naar Chantal en boog.

Chantal ging zitten. 'Ik zal aan dat buigen moeten wennen. Het laat me ongemakkelijk voelen.'

Hun eten kwam snel. Ze merkte pas hoe veel honger ze had toen ze aan haar biefstuk begon.

Nadat ze klaar waren, bestelde Ezra eten om mee te nemen. 'Hamburgers met patat voor ontbijt,' zei hij en knipoogde. 'De winkels zijn nu dicht.'

'Jij mag het bed hebben. Ik slaap op de bank,' zei Ezra. Hij nam haar in z'n armen en hield haar even stevig vast.

'Je kan best naast me slapen. Dat hebben we toch al geregeld gedaan zonder probleem?'

Hij grinnikte. 'Ik zou niet zeggen zonder probleem, liefje. Onze tijd nadert. Zodra de officiële kroning en binding achter de rug zijn.'

Ze gaf hem een pruillip. 'Dat is morgen.'

'Nee, morgen is de tijdelijke kroning. En onze echte binding komt nadat jij de troon terug hebt.'

'Ik snap er niets van.'

'Hoeft ook niet.' Hij kuste haar innig maar trok terug. 'Welterusten, lieveling.'

'Hoe laat moeten we voor de ouderlingen komen voor de tijdelijke kroning?'

'Weet ik niet. We horen het morgen wel.' Na nog een zoen liet hij haar los en liep naar de bank.

Chantal ging schoorvoetend naar het lege bed... Ze kleedde zich uit en kroop onder het dekbed maar kon niet slapen. Zoals altijd, de laatste weken, verlangde ze naar zijn armen, z'n lippen, z'n handen... Maar zelfs als hij naast haar lag, deed hij niets anders dan knuffelen, kroelen, en wat ze ook deed om hem te verleiden, niets brak door zijn voornemen heen. Of...voornemen? Zijn gehoorzaamheid tegenover de goden. Zou het hetzelfde zijn voor alle stelletjes op Shang'du? Nee, dat zou wel niet want die spraken niet met de goden. Wat was de wet voor een normaal stel? De herinneringen van de prinses konden haar daar niet bij helpen want ze was te klein toen ze nog op Shang'du was.

Ze kon aan Ezra's ademhaling horen dat hij al sliep. Hij was anders sterk...want hoe kon hij zijn hartstocht zo bedwingen?

Ze tolde, en draaide, en door even met haarzelf te spelen vond ze wat verlichting en met haar hand stijf tussen haar dijbenen dommelde ze eindelijk in...

23

Chantal schrok wakker van Ezra's stem. Uitgerust voelde ze zich niet. Ze had een rusteloze nacht gehad geplaagd door donkere dromen. 'Ja, Kringleider, dank je wel,' hoorde ze hem zeggen.

Slaperig stapte ze uit bed. Het was al half elf. 'Ik kan niet geloven dat ik zo lang heb geslapen,' zei ze. 'En ik ben blij dat je koffie hebt.'

'Ja, maar geen koffiemelk. O, ik heb geloof ik poedermelk.' Hij rommelde in een kastje en hield triomfantelijk een zakje omhoog. 'Smaakt niet hetzelfde, maar beter dan niets.'

'Hoe laat moeten we naar de vergaderingszaal? Ik neem aan dat de kringleider daarom belde.'

'Ja, om twee uur. Je moet de kroon en scepter meenemen.'

'Hoe officieel is dat? Moet ik me speciaal aankleden? M'n lange jurk?'

'Nee, het is privé. Alleen de ouderlingen zijn aanwezig.'

'Terwijl ik er aan denk want ik vergeet het geregeld te vragen, kan ik nu ook in een draak veranderen?'

'Dat is een vraag voor Jaliana.'

'Wanneer ben jij voor de eerste keer van vorm verandert?'

'Ik was een jaar of zestien toen ik voor het eerst de aandrang voelde. Maar we moesten al jong leren het te beheersen.'

'De prinses was te klein, neem ik aan, want zij herinnert zich er niets over.'

'Ja, en ze is grootgebracht op de Aarde en de goden zullen de drang wel weggenomen hebben toen ze haar DNA veranderd hebben zodat zij een normale Aardse leeftijd zou bereiken.' Hij zette een beker koffie voor haar op het tafeltje en pakte een koekenpan en legde de hamburgers en patat er in.

'Het verbaast me dat jullie alles hebben wat nodig is, zoals vlees, melk, en zo. Toen de draken zijn gevlucht, hebben ze ook vee meegenomen? Kippen, koeien, en zo?'

Hij deed de hamburgers op een bord, de patat, en gaf het aan haar. 'Heb ik nooit over nagedacht hoe ze aan alles zijn gekomen. Nu je het opbrengt, we hebben geen koeien, geen kippen, of varkens, zoals de kolonisten. Onze dieren komen uit de bergen, uit het wild. Er zijn beesten die op koeien lijken, en veel gevogelte. En wat jij varkens noemt, in de bergen zijn er wilde zwijnen. Zaad voor groente en zo zullen ze wel meegenomen hebben. En ik neem aan dat er ook veel gesmokkeld is. Het resultaat is dat we alles hebben om zelfstandig te kunnen leven.' Hij laadde zijn eigen bord op en kwam aan het tafeltje zitten. 'Al de dieren op de boerderijen rondom de hoofdstad komen van de Aarde. Toen de kolonisten kwamen waren er ook ruimteschepen die arriveerden beladen met proviand. Voordat ze kwamen hadden wij ons eigen vee dat de kolonisten na de oorlog de bergen in heeft gejaagd. Hetzelfde vee dat we nu hebben.'

'Het zal een massale exodus geweest zijn. Knap hoor, wat ze hier allemaal voor elkaar hebben gebracht.'

'Ja, ergens ben ik blij dat ik dat niet heb meegemaakt. Ze begonnen met in tenten te wonen.'

'Wat gebeurt er met deze stad als iedereen terug kan gaan naar Beral'kazon?'

'Ik weet het niet. Misschien blijven degenen die in de mijnen werken hier wonen.'

Intussen was het na één uur. 'Ik moet opschieten. We moeten zo weg,' zei ze en ging naar de badkamer die net zo klein was als de rest van de flat. Ze nam gauw een douche en met een handdoek om haar heen ging ze terug naar de woonkamer en opende haar koffer voor schone kleding. Ezra had gezegd dat ze niets speciaals hoefde te dragen dus ze trok een spijkerbroek aan met een topje. Laatst deed ze haar ketting weer aan.

Ze draaide om naar Ezra die met z'n rug naar haar stond. 'Ik ben klaar. Jij?'

Hij keek naar haar en lachte. 'Je gaat met een handdoek om je hoofd?'

'O...ik vergat m'n haar.' Vlug ging ze terug naar de badkamer en borstelde haar lange lokken.

'Vergeet niet de kroon en scepter,' herinnerde Ezra haar. 'En je hoeft niet zenuwachtig te zijn. Dit is niets.'

'Makkelijk gezegd. Dit is het begin.'

'Dit zal snel en eenvoudig zijn. De officiële kroning is iets anders maar ook niet iets om bang voor te zijn. Tenminste, wat ik er over gelezen en gehoord heb. Ik heb nog nooit een kroning meegemaakt.'

Chantal plaatste de kroon en scepter voorzichtig in een tas. 'En als we niet opschieten, zijn we te laat.'

Het nam maar een paar minuten om van het ene gebouw naar het andere te vliegen. Chantal's hart klopte steeds sneller toen de lift hen naar de verdieping bracht van de vergaderingskamer.

De ouderlingen waren er al en zaten rondom de grote tafel. Kringleider Zerakunde stond op toen Ezra en Chantal binnenkwamen. 'Generaal Caydriat, neem plaats. Koninklijke Hoogheid, als je naar het hoofd van de tafel wilt komen?'

Al de ouderlingen stonden op en gingen achter hun stoel staan. Chantal nam aan dat het hoofd van de tafel was waar de kringleider stond. Ze liep naar de kringleider en ging naast hem staan.

'Prinses, we hebben niet alles tot onze beschikking dus dit is een tijdelijke kroning. De kroningsmantel en troon zijn helaas achtergebleven in het kasteel. Maar we zijn wel in het bezit van de officiële Koninklijke Doorkonde en het Koninklijke zegel. Dus, al is deze kroning tijdelijk, volgens de wetten van de Allerhoogste en Shang'du, is het volkomen geldig,' zei de kringleider. 'Heb je de kroon en scepter?'

Chantal zette haar tas op de tafel en nam de kroon en scepter er uit en plaatste ze op de tafel.

'Neem de scepter in je hand en legt je andere hand op deze akte en spreek de eed welke je kan lezen van het scherm.'

Een groot scherm daalde van het plafond. Chantal nam de scepter stevig in haar hand en plaatste haar andere hand op de akte en las de eed hardop.

'Ik zweer dat ik de onafhankelijkheid en het grondgebied van het Koninkrijk van Shang'du met al mijn vermogen zal verdedigen en dat ik de vrijheid en de rechten van alle bewoners zal beschermen.'

De kringleider nam voorzichtig de glinsterende kroon in zijn handen en zette die op Chantal's hoofd. 'Met de machten mij geschonken door de Allerhoogste en volgens de wetten voorgelegd vanaf het begin, kroon ik U, Prinses Herretyath Vondura Trenadia Chantal Maria, Vorstin van het Koninkrijk van Shang'du, vanaf nu algemeen bekend als Koningin Chantal.'

De kringleider zonk tot z'n knieën en boog zijn hoofd. 'Majesteit.'

Al de ouderlingen volgden zijn voorbeeld. Chantal had geen idee wat er werd verwacht van haar. 'Ik weet niet wat ik nu moet doen. Vergeef me mijn onwetendheid.'

De kringleider stond op en glimlachte. 'Wij zijn allen bereid U te helpen, Majesteit. Met uw toestemming, laat de vergadering nu beginnen. Wilt U plaats nemen?' Hij trok de lege stoel uit naast hem en Chantal ging zitten en vroeg zich af of ze de kroon moest ophouden. Ze durfde haar hoofd haast niet te bewegen, bang dat de kroon er af zou vallen. Al de ouderlingen namen weer plaats op hun stoel.

'Ik dacht dat onze binding ook zou plaats vinden,' zei ze zachtjes tegen de kringleider.

'De goden hebben besloten dat jullie binding plaats zal nemen na de officiële kroning in het kasteel. Nu dit achter de rug is, moeten we een beslissing maken hoe we de vergadering met de kolonisten aanpakken. Ze hebben toegestemd dat we in de vergaderingszaal van het kasteel bij elkaar zullen komen.'

Eén van de ouderlingen stond op. 'Onze spionnen hebben gerapporteerd dat de kolonisten niet begrijpen dat het gif dat was toegevoegd aan onze bronnen ons niet heeft gedood en ze maken verdere plannen. Het toestaan van de vergadering is een tijdelijke pleister om ons zoet te houden.'

Jaliana sprak plotseling naast Chantal. 'En het plan is, dat op die vergadering jij de troon terug eist.'

'Wat voor reden hebben jullie gegeven voor de vergadering?' wilde Chantal weten. 'En vergaderen jullie wel meer met de kolonisten?'

'Zelden. De laatste keer is jaren geleden. De reden dit keer gaat zogenaamd over de toegang van sommige van onze studenten tot de universiteit in Nieuw Amsterdam. Drie studenten zijn een week geleden geweigerd.'

'Is dat iets nieuws? Zijn er al eens meer studenten geweigerd? Ik dacht dat al de drakenkinderen toestemming hadden om hun opleiding in Nieuw Amsterdam te ontvangen.'

'Ja, dat was de originele beslissing. De nieuwe koning heeft plotseling de wetten van de kolonisten verandert. Onze kinderen mogen naar hun scholen tot de leeftijd van vijftien jaar en dan stopt hun onderwijs.'

Chantal fronste. 'Dat is achterlijk.'

'Ja, het schokte ons,' zei de kringleider. 'Maar nu weet ik dat de goden er mee te maken hadden want we moesten een wettelijke reden hebben om een vergadering te eisen en voet in het kasteel te zetten.'

'Wanneer is de vergadering?'

'Morgen.'

Chantal's hart begon sneller te bonzen. 'Dat geeft me weinig tijd om voor te bereiden. Hoe laat?' Maar hoe moest ze voorbereiden? Wat zou er gebeuren morgen? Ze greep even naar haar ketting want het donkere beklemmende gevoel viel haar weer aan.

'Negen uur morgenochtend. Majesteit, het is een goed idee nu dat U gekroond bent om de tempel te bezoeken,' stelde de kringleider voor. De ouderlingen bogen voor Chantal en verlieten de vergaderingskamer.

Toen ze thuis waren zei Chantal tegen Ezra, 'Al die kniebuigingen zijn om te gillen. Zal ik daar ooit aan wennen? Ik ben bang dat ik me nooit koninklijk zal voelen.'

Hij sloeg een arm om haar heen en tilde de kroon van haar hoofd. 'We gaan eerst naar de tempel. En ik moet je nog steeds voorstellen aan mijn ouders. Misschien doen we dat daarna.' Hij deed de kroon en scepter in de tas en nam haar hand.

'Waarom moeten we naar de tempel?'

'Je bent op van de zenuwen. Ik voel het sterk en ik denk dat de kringleider het ook voelde. Door naar de tempel te gaan en te baden in het magische water zal je kalmeren.' Hij deed het deurtje open van het zijtafeltje naast de bank en haalde er een ornaat klein houten kistje uit.

Chantal keek met verbazing naar de edelstenen waar het mee gevuld was.

Hij nam er een hand vol uit en gaf ze aan haar. 'Dit keer zijn we voorbereid.'

'Verwachten de goden dat we edelstenen mee brengen?'

'Ik weet het niet. Ook niet hoe dat begonnen is. Ik heb er nooit bij doorgedacht.'

'Ik zal het eens aan Jaliana vragen. Wat voor nut heeft het dat al die mooie edelstenen in het water liggen? Ergens zonde van ze. Heb jij deze allemaal gekocht? Wat voor geld gebruiken jullie hier op Shang'du?'

'De kolonisten hebben de Euro, hetzelfde als in Nederland. De drakenbevolking gebruiken gouden en zilveren munten.'

'Hoe zal dat gaan als we in Beral'kazon wonen? Je kan toch moeilijk twee soorten geld hebben?'

Moppie vloog naar de rand van het kistje en ging er op zitten. 'Ik wou dat ik eens mee mocht naar de tempel.'

'Mag dat niet?' vroeg Chantal aan Ezra.

'Ik heb er nooit aan gedacht om haar mee te nemen.'

'Ze is toch net als Jaliana, een vertrouwde? En aangesteld als jouw vertrouwde door de goden. Ik neem haar mee.'

Ezra keek dubieus. 'Moppie, als ze je niet toestaan de tempel in te gaan dan moet je buiten op ons wachten.'

Het elfje sprong van het kistje af. 'Geeft niet.'

'Kom, laten we gaan.'

Moppie fladderde naar boven en ging op Chantal's schouder zitten. 'Dank je, Prinses. Of moet ik je nu Majesteit noemen?'

'Heb je het ooit eerder aan Ezra gevraagd of je mee mocht? En nee, ik ben gewoon Chantal.' zei Chantal terwijl ze naar het dak gingen.

'Nee. Durfde ik niet.'

'Nou zeg, is hij zo indrukwekkend?'

'Nee, maar diep van binnen was ik bang dat hij nee zou zeggen. En ik begrijp het best als ik niet naar binnen mag.'

'Je zal het gauw genoeg weten. Als je de ingang niet kan zien dat betekent dat je er niet in mag.'

'O, ik ben wel mee geweest in het aeromobil en wachtte daar, maar zag niet de ingang, dus misschien mag het niet.'

Ezra zette het aeromobil neer op het plateau. 'Ik zie het...nou zie ik het,' riep Moppie. 'Twee draken en de ingang er tussen. Raar. Hoe komt het dat ik het nu wel ziet? Zou het zijn omdat ik op Chantal's schouder zit?'

'Ik snap niet waarom je haar nooit eerder hebt mee naar binnen genomen, Ezra.'

'Ik heb er nooit bij stilgestaan. En ze heeft het nooit gevraagd.'

Ze liepen de grot binnen en Chantal trok haar schoenen uit. 'Moppie, heb jij familie? Hoe veel elven wonen er op Shang'du en waar?'

'Ook daar heb ik nooit verder over nagedacht,' gaf Ezra toe.

'Ze komt toch ergens vandaan? Ze is niet zomaar uit de lucht komen vallen,' zei Chantal toen ze de tunnel inliepen.

'Griezelig donker hier. Ja, er is een elvenstad aan de andere kant van Shang'du. Ik vertel het je nog wel eens,' antwoorde Moppie. 'O, wat mooi!'

Chantal stapte de grot binnen achter Ezra. 'Ga jij ook het water in?' vroeg ze aan Ezra.

'Nee. Jij bent degene die op is van de zenuwen over de vergadering morgen. Toe maar. Ik blijf hier op het zand zitten.'

Chantal trok haar kleren uit, haalde de edelstenen uit de zak van haar jeans, en liep naar het meertje. Terwijl ze er inliep liet ze de edelstenen vallen. Het water was kalmerend. Zodra ze op haar rug dreef en haar ogen sloot voelde ze de genezende kracht door haar heen vloeien.

'Jaliana, ben je hier?' vroeg ze hardop.

'Ja, Chantal, ik zit hier op een rots naar je te kijken.'

Chantal opende haar ogen en zag de godin aan de kant zitten op een rots tussen de varens en bloemen. Ze zoog haar adem in. Ze was zelfs mooier dan ze had kunnen indenken. Gekleed in een lang wit gewaad met zilver-blond haar tot haar taille, een beeldschoon gezicht en zilveren ogen, leek ze wel een plaatje van een engel. Tenminste, zoals engelen werden uitgebeeld in Nederland op schilderijen en in films. Alles wat ze miste waren vleugels. 'Ik wou dat ik je altijd kon zien,' zei ze zachtjes.

'Ik ben altijd bij je.'

'Morgen ook?'

'Ja, vooral morgen. Maar je hoeft niet zenuwachtig te zijn. De goden staan achter je en de Allerhoogste heeft een heel ander plan.'

'En dat is?'

'Alles gebeurt zoals —'

'Het geschreven staat. Ja, ik wou dat ik dat boek kon lezen.'

'Alleen de Allerhoogste kan het Boek van Wetenschap lezen.'

'Wat gaat er allemaal gebeuren morgen? Hoe verloopt het? Wat moet ik doen? Het is allemaal zo onbegrijpelijk. Ik stel me voor binnen te lopen en zeggen, hee, hier ben ik, koningin van Shang'du. Hoe moet dat allemaal gaan?'

'Je moet leren de goden en godinnen te vertrouwen en nog belangrijker...de Allerhoogste.'

'Jaliana, kan ik nu ook van vorm veranderen? Ben ik ook een draak nu?'

'Ja, maar het is niet nodig dat je je draak oproept. Door de tijd zal je leren hoe dat gaat.'

'Als het niet nodig is, wat voor nut heeft het om ook een draak te zijn?'

'Kind, dat weet ik niet. Je vraagt soms de onmogelijkste vragen.'

'Degenen die hier mogen komen brengen edelstenen mee en gooien ze in het water. Hoe is dat begonnen? Is dat iets dat de goden eisen? Een soort offer?'

'Nee, daar zijn de eerste draken die waren gezegend met de gave van magie mee begonnen. Het was om hun dankbaarheid te tonen voor onze hulp.'

'Ezra en ik zijn getrouwd volgens de Nederlandse wet. Waarom moeten we wachten om ons huwelijk te verzegelen, totdat we nog een keer hier getrouwd zijn?'

'Je bent nog niet wettelijk voor de goden gebonden. Wees niet ongeduldig, Chantal. Jij en je zielsgenoot zullen nog vele jaren genieten van elkaar.'

De godin vervaagde en Chantal riep, 'Wacht, ga niet weg. Ik heb nog zo veel vragen.'

'Ik ben niet weg. Al je vragen zullen beantwoord worden door de jaren. Je hoeft niet alles nu te weten.'

'Over morgenochtend, wat –'

'Geduld, Chantal. Alles valt op zijn plaats zoals geschreven is en beslist door de Allerhoogste.'

Haar stem vervaagde. Chantal voelde zich helemaal kalm nu, maar ze wou dat ze uren kon praten met Jaliana. Ja, ze zou alles willen weten nu liever dan later. Wat zou oma gezegd hebben? *Geduld is zulk een schone zaak...*

Ze zwom nog even heen en weer en liep toen langzaam het water uit. 'Heb je het allemaal gehoord?' vroeg ze aan Ezra.

'Ja, alles. Hoe voel je je nu?'

'Een stuk kalmer, maar ontevreden met veel van haar antwoorden. En ik heb nog steeds een vreemd voorgevoel.

Iets is er dat niet is zoals het moet zijn.'

'Lieve schat, we moeten het dag voor dag nemen. Eer je het weet is deze dag voorbij en morgen weet je meer.'

'Blij vooruitzicht dat mij streelt...' weer een gezegde van Oma.

Ze had haar kleren aangetrokken en Moppie vloog naar haar toe. 'Ik ben helemaal onder de indruk, Chantal. Mag ik morgen mee?'

'Naar de vergadering? Ik denk niet dat dat een goed idee is. Wat zeg jij, Ezra?'

'Nee, het is beter dat ze thuis blijft. We hebben geen idee hoe het allemaal verloopt.' Hij keek op zijn horloge. 'We zullen gelijk wat boodschappen doen op weg naar huis en we gaan ook langs mijn ouders anders vergeven ze me het nooit.'

'Dus jij hebt het hart veroverd van mijn zoon,' zei Ezra's moeder na dat Ezra haar had voorgesteld. Zijn vader zei niet veel.

Chantal knikte. 'Hij heeft ook mijn hart en ziel gestolen. Ik hou veel van uw zoon.'

Zijn moeder zag er nog jong uit maar Chantal wist dat ze al een hoge leeftijd had. Hij leek veel op zijn vader maar had het blonde haar van zijn moeder.

'Ik weet niet wat ik hiervan moet denken. Het is ongehoord dat een draak zal binden met een Aardeling,' zei z'n moeder.

'Moeder, Chantal is de incarnatie van de prinses. Maar zelfs als dat niet zo was, ik hou van haar. Ik werd al verliefd op haar voordat ik zeker was dat zij de prinses was.'

'Ik ben bang voor je, zoon. Het betekent dat zij koningin wordt en jij bent maar een gewone—'

'Mevrouw Caydriat, ik hou van Ezra, al was hij een putjesschepper.'

'Zalnata, als ze gelukkig zijn met elkaar, wat geeft het?' zei z'n vader opeens.

Chantal voelde dat het heel wat zou nemen om zijn moeder te overwinnen. 'Ik beloof jullie dat ik Ezra's hart nooit zal breken.'

Toen ze teruggingen naar zijn aeromobil, zei Chantal, 'Ik geloof niet dat je moeder erg met me ingenomen is.'

'Ach, het is ook veel voor mijn ouders om allemaal te bevatten. Geef het tijd. Je wint hun hart wel.'

24

Chantal schrok wakker van Ezra's mobiel. Ze keek slaperig op de klok aan de muur. Het was half zes. Wie zou dat zijn? Ze stond op. Ezra zat al rechtop op de bank met zijn mobiel in zijn hand.

'Met Ezra Caydriat.' Hij zette het op luidspreker.

'Kringleider Bregelad. De vergadering is afgezegd.'

'Hoezo?'

'De koning en het halve kabinet is ziek. We weten nu wat de onrust is in Nieuw Amsterdam en de reden voor al de soldaten. Er is eergisteren een hevig virus uitgebroken in Nieuw Amsterdam.'

'O ja? En dat weten we nu pas? Wat voor virus? Een griep? Is het wel waar of is het een smoes?'

'Het is waar. Voordat ik je belde heb ik één van onze spionnen gesproken en die heeft het bevestigd. De ziekenhuizen worden belegerd met zieke mensen en er komen er steeds meer. De ziekenhuizen zijn al vol. Ze kunnen het niet bijbenen en praten er over om tenten op te zetten.'

'Verspreid het zo snel?'

'Ja, en er is nog geen kuur voor. Ze denken dat het is ingebracht door een ruimteschip.'

'Dan zou er een virus geheerst hebben in Nederland en ik weet nergens van. En er was ook geen ziekte aan boord. Niet zo ver ik weet.'

'Niet jullie schip. Dit was een vrachtschip. Het is op automatische piloot gedokt en dezelfde dag als jullie schip gearriveerd. Alle bemanning was gestorven.'

'De bemanning moeten toch ergens besmet zijn. En waarom horen we nu pas hierover?'

'Het was stilgehouden. Zodra ik meer weet bel ik je weer.'

'Wat vervoerden ze?'

'Van alles. Ook dieren uit Afrika die nu in quarantaine zijn.'

'Hebben we niet genoeg dieren hier? Waarom dieren uit Afrika importeren?'

'Kennelijk bedreigde soorten.'

'Een vrachtschip neemt zes weken om hier te komen. Weten ze wanneer de bemanning is gestorven?'

'Ik heb je alles verteld dat ik tot nu toe weet. Ik bel je later wel weer.'

'Je hoorde het,' zei Ezra toen hij af klikte.

'Ja, er is geen vergadering vanmorgen. Maar als dat schip vertrokken is uit Nederland, dan zijn die dieren toch eerst daar naartoe gebracht? Hoe? Per boot of vliegtuig? Ik kan me niet voorstellen dat het vrachtschip eerst naar Afrika is gegaan. En zou dat virus dan daar niet heersen? Dan hadden we toch wel iets er over gehoord? En was dat ruimte vrachtschip van Shang'du of Nederland?'

'Totdat ze het grondig onderzoeken weten we niets meer en zitten we alleen maar te gissen.'

Moppie zat op het bed naast Chantal. 'Wel, in ieder geval is de vergadering voorlopig uitgesteld.'

'Ik was blij dat het vandaag allemaal achter de rug zou zijn. Wie weet hoe lang het duurt eer ze een nieuwe datum geven,' zei Chantal met een zucht. 'Zal het ook de drakenbevolking besmetten?'

'Ook dat weten we nog niet,' zei Ezra die ondertussen koffie had gezet. 'Wij worden nooit ziek zoals de kolonisten. Ik zou niet weten wat een griep is.'

Chantal ging vlug even naar de badkamer. Toen ze terug ging stond er een beker koffie klaar. 'Ik zie geen TV in je flat.'

'Hebben we niet nodig.' Ezra pakte een kleine klikker uit een laatje en drukte op een knopje. Een holografisch tafereel verscheen boven de tafel.

'O, wat leuk. Ik heb er wel van gehoord maar nog nooit gezien.'

'Ik zal het nieuws opzetten,' zei hij.

Een vrouwelijke omroeper verscheen.

'Het laatste nieuws over het virus dat onze bevolking heeft aangevallen. Als je de eerste verschijnselen voelt, wacht niet. Ga onmiddellijk naar een dokter. Het virus begint met een lichte koorts dat doet denken aan een griepje. Vergis je niet. Het is geen griep. Na een paar uur beginnen er plekjes op je lichaam te verschijnen en het lijkt op waterpokken. Dan is het al te laat. Zodra je koorts hebt, ga naar een dokter voor antibiotica, alhoewel er wordt gerapporteerd dat dit virus niet reageert op antibiotica. Onze wetenschappers zijn hard aan het werk om een remedie te vinden. De volgende beelden zijn storend en opgenomen in het ziekenhuis met toestemming van de familie van de patiënten.'

Er flitsten een paar beelden door van mensen die inderdaad er uit zagen alsof ze waterpokken hadden. Maar de volgende beelden waren werkelijk schokkend want die waterpokken waren gegroeid. Het laatste beeld was van een man in het ziekenhuis die er uit zag alsof hij stervend was. Hij had alleen een pyjama broek aan. De rest van zijn lichaam was bedekt met reuze bulten waar verschillende van gebarsten waren. Er liep groen pus uit de gezwellen. De ene bult na de andere barstte. De man kreunde verschrikkelijk en spuugde

196

bloed. Toen schreeuwde hij plots van pijn net voor hij stierf.

'Wat is dat in vredesnaam?' zei Chantal. 'Zijn hele lichaam was bedekt met die gezwellen die gevuld zijn met etter. Zelfs z'n gezicht.'

Ezra klikte zijn apparaatje. 'Weg daarmee. Ik heb genoeg gezien. Definitief geen griep.'

'Ook niet de builenpest of longpest. Dat ziet er anders uit en reageert op antibiotica als het op tijd geadministreerd wordt. Tenminste, als ze er snel genoeg bij zijn met longpest want daar kan je aan overlijden binnen vierentwintig uur.'

'Hoe weet je daar zo veel van?'

'Heb ik geleerd op de HAVO in biologie. Dit virus lijkt er een beetje op. Misschien is het een variant van beide.'

'Dat zullen de wetenschappers wel in acht nemen. Ik hoop dat ze snel een remedie vinden.'

Chantal knikte. 'Ik ook.'

Ezra's telefoon ging weer. 'Het is de kringleider weer.' Hij zette zijn mobiel weer op luidspreker.

'Met Ezra Caydriat.'

'Slechte berichten, Ezra. Hebben jullie het nieuws gezien?'

'Eventjes. Ik heb het weer afgezet. De beelden waren te storend.'

'Duizenden zijn al besmet. De ziekenhuizen en doctoren kunnen het niet aan. De dood is snel. Binnen vierentwintig uur. Ik ben bang voor de koningin. Al heeft zij nu het DNA van Prinses Herretyath, zij was eerst een Aardeling. Hou haar binnen. En jij ook. Ze weten nog niet precies hoe de besmetting overgebracht wordt.'

'Zijn er ook gevallen gerapporteerd onder onze mensen die in Nieuw Amsterdam zijn?'

'Tot nu toe nog niet. Het virus heerst alleen onder de kolonisten.'

'Als wij immuun zijn, zoals tegen al de ziektes van de

kolonisten, zou ons bloed helpen bij het ontdekken van een remedie?'

'Dat weet ik niet. En sinds we zo goed als geen communicatie hebben met de kolonisten moeten we wachten en zien of ze contact met ons opnemen en onze hulp vragen. Ondertussen zijn er al ongelofelijk veel doden. Het koninklijke gezin en haast het hele kabinet zijn slachtoffers.'

'Hebben ze al een getal?'

'Nee, de mensen sterven te snel. Als dit zo door gaat blijft er geen kolonist over.'

'Er moet toch iets zijn dat we kunnen doen. Ik denk aan al de kinderen, babies. Mijn hart bloedt voor ze,' zei Chantal.

'Ja, Majesteit. Hele gezinnen verliezen het leven. Het is hartverscheurend. En dit is nog maar in de laatste twee dagen.'

'Hoeveel spionnen zijn er in Nieuw Amsterdam?' vroeg Chantal.

'Ongeveer tien. Als ze allemaal in de stad zijn dan zijn er vier in het kasteel en zes onder de bevolking. Ze sturen allen regelmatig berichten door. Het laatste bericht over het kasteel is dat het zo goed als leeg is. Al het personeel is besmet. Ook de koninklijke garde en het leger. Ik hou jullie op de hoogte.'

Ezra klikte af en legde zijn mobiel op de tafel.

Chantal sprong op van haar stoel. 'Ik vraag me af of de goden hier een handje in hebben. Ik hoor geregeld dat alles gebeurt zoals het geschreven is. Dus dit is ook iets dat moest gebeuren?' zei Chantal. 'Jaliana, ben je hier?'

'Ja, Chantal.'

'Je weet wat er gaande is? Bedoelde je dat toen je zei dat de Allerhoogste andere plannen had? Als dit geschreven is, dan kan ik niets anders zeggen dan dat het duivels is! Het moet stoppen!'

'Chantal, kalm aan,' waarschuwde Ezra. 'Je bent omringd

door een rode uitstraling door je woede. Beheer je toorn.'

'Ik kan het niet helpen. Al die mensen en kinderen die dood gaan. Het is verschrikkelijk.'

Jaliana antwoorde haar. 'Chantal, dit is niet geschreven en niet het werk van de Allerhoogste. De Allerhoogste en al de goden en godinnen in het heelal zijn in oproer over wat er gebeurt op Shang'du.'

'Waarom heeft hij de naam Allerhoogste als hij niet een einde kan maken aan deze epidemie?'

'Dit is veroorzaakt door Xirun, heerser van de onderwereld.'

'Je bedoelt van hel? Dat bestaat werkelijk?'

'Zo noemen ze het op de Aarde. Xirun heeft de poort van de onderwereld geopend en oorlog verklaard tegen de Allerhoogste, goden, en godinnen, en heeft al het onttuig waar hij over heerst losgelaten. Hij wil Shang'du voor zichzelf.'

'Kan de Allerhoogste die poort niet sluiten?'

'Nee, dat ligt nu aan jou.'

Chantal zakte neer op haar stoel. 'Aan mij? Is hij gek of moet hij het worden?'

Jaliana verhief haar stem. 'Chantal, pas op je woorden. Je oneerbiedigheid zou je duur kunnen kosten.'

'Sorry... Maar als alles geschreven staat, dan moest de Allerhoogste toch geweten hebben dat dit zou gebeuren?'

'Nee, volgens de Allerhoogste staat er niets geschreven in het Boek van Wetenschap over de onderwereld. Dit is de eerste keer in geschiedenis dat zoiets gebeurt.'

'Waarom nu? En wat als ik niet naar Shang'du was gekomen? Zou die duivel dan Shang'du in zijn macht gekregen hebben?'

'Er zijn donkere krachten aan het werk geweest, en nog onder de kolonisten, mensen die de duivel, zoals jij hem noemt, vereren. Dat heeft Xirun zijn opening gegeven en de kracht om de poort te ontsluiten. Ja, als jij hier niet was dan zou Xirun zegevieren over deze wereld.'

'Maar toch niet alle kolonisten zijn duivel vereerders?'

'Niet allemaal, maar velen wel, en de rest geloofd nergens in.'

'Zijn er geen kerken in Nieuw Amsterdam?'

'Er is één kerk die over het algemeen zo goed als leeg is.'

'En waarom ben ik juist degene die de poort moet sluiten en het onttuig verdrijven?'

'Met de hulp van de Allerhoogste en het drakenleger. Ezra, je moet vandaag het leger toespreken en jullie moeten onmiddellijk naar Nieuw Amsterdam voordat het te laat is.'

'Moet ik ook van vorm veranderen?' wilde Chantal weten.

'Ja. Jij moet het drakenleger leiden,' zei Jaliana.

'Ik weet niet eens hoe ik dat moet doen, van vorm veranderen.'

'Ezra zal je helpen. Ezra, neem contact op met de kringleider en vertel hem wat je nu weet. Chantal, wees niet bang. Alles komt goed. Het is een zegen dat het virus niet de draken besmet. Maar voordat Xirun op komt met een methode om de draken te overwinnen, moeten jullie direct actie nemen.'

Haar stem vervaagde. Chantal keek naar Ezra. 'Nu weet ik waarom ik steeds dat donkere onrustige gevoel had.'

Hij stond op, trok haar op en nam haar in zijn armen. 'Ik moet gelijk de kringleider bellen. Lieve schat, er staat ons heel wat te wachten.'

25

Chantal ging weer op haar stoel zitten terwijl Ezra wegliep om de kringleider te bellen. Wat Jaliana net allemaal gezegd had draaide rond en rond in haar hoofd, vooral dat ze van vorm moest veranderen. En zij was degene die de poort moest sluiten? Hoe in vredesnaam?

'In gesprek. Ik heb al verschillende keren geprobeerd,' zei Ezra en zakte neer op de andere stoel.

Chantal keek naar zijn terneergeslagen uitdrukking. 'Ezra, praat tegen me. Wat zit je dwars? Wat gaat er allemaal door je heen?'

'Als ik van tevoren had geweten wat ons te wachten stond hier denk ik niet dat ik je naar Shang'du had gebracht. Ik ben niet bang, maar ik ben wel bang voor jou.'

'We weten nu in ieder geval hoe het virus is begonnen. Niet door de dieren op dat schip. Maar dan moet die duivel toch behoorlijk machtig zijn om de bemanning van dat schip te infecteren voordat ze hier aankwamen.'

'Ja, Xirun heeft ook machtige krachten. Wat geloven ze in Nederland? Ik heb er wel iets over gelezen. De duivel heet Satan en was een favoriete engel die de hemel uitgedreven is? Xirun was de broer van de Allerhoogste die zijn kroon wilde en in opstand kwam. De Allerhoogste heeft hem uit het heelal gedreven met zijn volgelingen en naar de onderwereld gestuurd.'

'Dus net zoiets. Waar is die onderwereld? Diep onder de grond?'

'Nee, zo wordt het genoemd. Ik weet het niet precies. Ik denk ergens in het universum. Er is zo veel in het universum waar we niets van weten.'

'En nu moet jij me eventjes vlug leren om van vorm te veranderen,' zei ze met een diepe zucht.

'Zodra ik de kringleider heb gesproken en mijn luitenant-generaal om de drakenbrigade gereed te hebben zullen we naar het volgende dal vliegen. Je moet ruimte hebben om van vorm te veranderen.' Hij probeerde weer te bellen en toen hij gehoor kreeg zette hij zijn mobiel op luidspreker.

'Kringleider Bregelad. Ik heb nieuws van de godin Jaliana.' Hij vertelde wat Jaliana allemaal tegen Chantal had gezegd.

'Ik zal proberen contact te maken met de wetenschappers in Nieuw Amsterdam. Als die inmiddels niet ziek zijn. Ze moeten weten hoe het virus begonnen is. Het geeft niet dat ze niet in onze goden en godinnen geloven,' zei de kringleider.

'Ze zullen het nooit accepteren. Je weet hoe de kolonisten denken over ons geloof.'

'Dan heb ik toch mijn plicht gedaan. Volgens horens is er niet veel over van hun leger maar ik zal toch proberen iemand te pakken zien te krijgen. Ik hoorde van een spion dat de invasie is begonnen door Xirun en zijn volgelingen en we hebben te maken met verschrikkelijke monsters. De bewoners die niet ziek zijn vluchten in angst de stad uit naar de boerderijen en naar de bergen.'

'Zodra ik met mijn luitenant generaal heb gesproken gaan Chantal en ik naar het volgende dal. Zij moet ogenblikkelijk leren haar draak op te roepen.'

'Waarom heeft de Allerhoogste Koningin Chantal aangesteld als de leidster? Dat plaatst haar in gevaar. Ik begrijp het niet.'

'Wij ook niet. Misschien om ons leger moed te geven? Ik zal ook al de reserve soldaten oproepen. Het is nu net na achten. Ik hoop mijn troepen bij elkaar te hebben en gereed om aan te vallen en de stad terug te veroveren tegen twaalf uur.'

'Mogen de goden bij je zijn. Bescherm onze Koningin.'

Chantal hoorde Ezra nog verschillende mensen bellen. Eindelijk stak hij zijn mobiel in zijn zak. 'Kleed je aan, schat. Vergeet je ketting niet.'

'Ik was zo lekker kalm nadat we naar de tempel zijn geweest. Nou ben ik weer op van de zenuwen. Wat als ik niet kan leren om een draak te worden?'

Hij glimlachte. 'Het is niet zo moeilijk.'

'Zegt jij die het al jaren doet.'

'Laten we eerst wat eten.' Na een paar minuten gaf hij haar een boterham met een soort worst als beleg en nog een beker koffie. 'Als we gegeten hebben moet je een mooie jurk aantrekken en je kroon opzetten. En vergeet je scepter niet.'

Ze fronste. 'Waarom? Moeten we ons niet uitkleden om van vorm te veranderen?'

'Nee. Je kleding verdwijnt en als je weer terugkeert naar mens, dan ben je weer aangekleed. Als het allemaal achter de rug is en de monsters zijn verdreven, dan moet jij naar het kasteel om de troon te eisen. Dus je moet er koninklijk uitzien.'

'Mag een koningin geen spijkerbroek dragen? Het is niet alsof ik veel jurken heb om van te kiezen. Het zal de jurk moeten zijn die jij gekocht hebt. Is die koninklijk genoeg?'

Hij gaf haar een scheve wrange geforceerde glimlach. 'Mij kan het niet schelen wat je aan hebt. Je mag nakend op die troon klimmen en dan zie je er voor mij net zo koninklijk uit.'

Dat veroorzaakte een giechel van Chantal. 'Nakend he?'

Ze dronk snel haar koffie en ging zich aankleden. 'Wat een dom gedoe,' mopperde ze toen ze de kroon op haar hoofd zette.

Toen ze terugging naar de woonkamer stond Ezra gereed in zijn uniform. Wat zag hij er knap uit. Hij droeg een strakke zwarte broek, zwarte laarzen tot zijn knieën en het jasje was pauwblauw, afgezet met goud koord en gouden knopen en op zijn schouder een serie medailles. Om zijn heupen hing een sabelschede met een goudkleurig zwaard.

'Je bent een knappe generaal,' zei ze en gaf hem een vlugge kus.

'En jij een mooie koningin. Kom, we moeten gaan.'

'Pas op, jullie,' riep Moppie terwijl ze zenuwachtig om hun heen fladderde.

Ezra zette de aeromobil neer in een vallei van oranjeachtig gras. Hier en daar groeiden grote oranje en gele bloemen tussen het gras. Ze leken wel een beetje op reuze klaprozen. Een eindje verderop zag Chantal wat ze dacht paarden waren, alleen ze zagen er niet hetzelfde uit als paarden op de Aarde. Deze hadden gekrulde manen, zes poten, en een gekrulde staart, en ze waren lila en een paar grotere waren paars. 'Ik heb nou alles gezien. Paarse paarden?' zei ze toen ze uitstapte. 'Tenminste, ze zien er uit als een soort paarden.'

'Anders he? We hebben ook nog andere species in diverse kleuren. We moeten een stukje bij de aeromobil vandaan lopen.'

'Ze zijn anders wel fantastisch mooi, maar ook uit een sprookjesboek, zoals alles wat ik nu meemaak.'

Ezra stopte. 'Ik zal eerst van vorm veranderen.' Hij liep bij haar weg en toen hij ver genoeg was, stond hij stil. Chantal's adem stokte in haar keel want binnen een minuut stond er een draak in zijn plaats. Hij was goudkleurig. Zijn schubben schitterden in de zonnestralen. Hij was ontzettend groot en grandioos mooi. Met het kleurige gras, de oranje en gele bloemen en de paarse paarden als achtergrond keek ze nou werkelijk naar een tekening uit een sprookje.

In een paar seconden stond Ezra er weer. 'Nou moet jij het proberen. Sluit je ogen en verbeeld je eigen als een draak. Ik weet niet wat voor kleur je draak is. Probeer maar goud, net als de mijne. Maar haal het voor ogen en concentreer.'

Chantal sloot haar ogen en verbeelde zich als een draak. Ze probeerde te concentreren maar het was moeilijk want ze was nog steeds onder de indruk van zijn vorm verwisseling.

'Wis alle gedachten uit je hoofd, Chantal, en concentreer alleen op het beeld van een draak.'

Ze deed haar ogen weer open. 'Het lukt niet. Ik voel niets.'

'Je bent niet kalm genoeg. Je zenuwen spelen met je.'

'Ik kan het niet helpen. Ik heb visioenen van monsters die ons te wachten staan.'

'Die monsters kunnen niet tegen de draken op. Probeer het weer. Wis je gedachten schoon en denk alleen aan de rust en vrede hier en de mooie draak dat je wordt.'

Ze sloot haar ogen weer en bracht het tafereel voor ogen van de prachtige paarden tegen de achtergrond van de oranjeachtige lucht. Toen bedacht ze een draak te midden van de paarden en hield even haar ketting vast. Plotseling voelde het alsof haar beenderen naar rubber veranderden en haar lichaam smolt. Toen voelde ze zichzelf groeien. En binnen een minuut was ze een draak. Ze voelde zich reusachtig groot toen ze neerkeek op Ezra.

'Ja! Je hebt het voor elkaar! En je bent wonderbaarlijk want je bent een witte draak. Er is in eeuwen geen witte draak geweest. Probeer nou je vleugels te spreiden.'

Vleugels? Het voelde nog alsof ze armen had. Ze spreidde haar armen, in dit geval haar vleugels.

205

'Flapt ze op en neer,' zei Ezra.

Weer haar armen indenkend bewoog ze de ledematen op en neer alsof ze een vogel in vlucht was. Tot haar verbazing rees ze van de grond af en vloog boven Ezra. Eventjes wankelde ze alsof ze dronken was, maar toen begon ze te stijgen. Wat een gevoel van vrijheid had ze nu.

'Wacht op me,' riep Ezra.

De grote gouden draak vloog opeens naast haar. Waar ze naar toe vlogen wist ze niet. Ze kon alleen maar genieten van het gevoel van intense vrijheid.

Na even gevlogen te hebben zag ze een laag gebouw ver beneden en Ezra begon te dalen. Chantal volgde hem. Toen ze dichtbij waren zag ze veel mannen op de grond die naar boven staarden. Soldaten. Ze hadden allemaal uniformen aan.

Ezra vloog naar een lege plek en landde. Hij veranderde van vorm en Chantal volgde zijn voorbeeld. Toen ze weer haarzelf was, knielden al de soldaten.

'En? Hoe was dat?' vroeg hij.

'Onbegrijpelijk en fantastisch. Ik heb me nog nooit zo vrij gevoeld. En ik heb nog m'n kleding aan, de kroon, de scepter, en m'n ketting.'

'Je bent anders een machtig mooie draak. Als dit allemaal over is dan zal ik een plaatje van je maken,' beloofde Ezra.

Eén van de soldaten stond op en kwam naar hen toe lopen. Hij knielde eerst voor Chantal, stond toen en sloeg zijn vuist op zijn borst. 'Generaal. We wachten uw bevel.'

'Ben je al op de hoogte gebracht over wat er in Nieuw Amsterdam gebeurt?'

'Ja, Generaal. Kringleider Bregelad heeft ons ingelicht.'

'Goed. Dan weten jullie wat ons te wachten staat. We gaan tegen het leger op van Xirun. Ik denk niet dat die monsters ons vuur en ijs adem kunnen weerstaan.' Hij verhief zijn stem. 'Naar Nieuw Amsterdam! En ik wil geen soldaat verliezen!

Pas goed op voor de monsters met gevorkte staarten. Die zijn vlijmscherp en kunnen onze schubben doordringen. De goden zijn met ons! En Koningin Chantal leidt onze brigade!'

Alle soldaten sprongen op en sloegen met hun vuist op hun borst en juichten luid. Toen, de één na de ander, veranderden ze van vorm. Het ging zo snel dat binnen tien minuten er een leger van honderden draken de lucht in steeg.

'Nu wij,' zei Ezra. 'Als we Nieuw Amsterdam naderen dan moet jij terugvallen. Ik wil niet dat je probeert te vechten want je weet nog niet je vuur en ijs adem te gebruiken. Jouw leiding is alleen om de soldaten kracht en steun te geven.'

Chantal liep bij hem vandaan en sloot haar ogen. Dit keer veranderde ze gemakkelijk. Ezra was al gestegen en wachtte op haar. Ze volgde hem naar boven, naar het machtig grote drakenleger, wat een grandioos gezicht was want ze had al gezien dat de draken verschillend waren in kleur. En sommige waren groter.

Ze voelde zich ook sterk, machtig, en met het veranderen van vorm, waren ook al haar zenuwen verdwenen.

26

Chantal vloog naast Ezra. Ze hoorde het flappen van de vele vleugels achter haar. Het klonk als het ruisen van een sterke wind.

Het duurde niet lang of de stad kwam in zicht. Rook dwarrelde naar de lucht. Chantal zag vlammen en rook opstijgen van vele van de torens. De monsters hadden een groot gedeelte van Nieuw Amsterdam in brand gezet.

Langzaam begonnen ze te dalen. Ezra kwam dicht bij haar vliegen en toen voor haar om haar te forceren om naar achteren te vallen.

Chantal keek naar beneden en zag de gedrochten. Er was geen teken van mensheid aan hen te zien. Ze wou dat ze wist hoe om haar vuur en ijs adem te gebruiken. Sommige van de draken waren bezig met de vlammen te doven. De rest vloog razendsnel en vielen de monsters aan. De misbaksels hadden weinig kans tegen de draken en hun ijs en vuur adem.

Toen ze Ezra naar beneden zag duiken wilde ze aan hem roepen... 'Nee...niet jij...' maar natuurlijk kon dat niet. Ze zag hem een gedrocht doden met zijn vuur adem, en toen nog meer monsters.

Maar het leek wel of de gedrochten vermenigvuldigden want er kwamen er steeds meer tevoorschijn. Chantal zag een vrouw rennen met een baby in haar armen, een monster op haar hielen. Woede laaide in Chantal op en ze blies plotseling door haar neusgaten. Tot haar verbazing kwam er rook uit.

Het monster greep de vrouw. De baby viel op de straat en begon hard te huilen. Gelukkig had het kleintje dekentjes om het lijfje. Chantal hoopte dat het pukkie niet bezeerd was. De woede laaide nu zo op in Chantal dat ze dacht dat ze van binnen in brand stond. Zonder erg blies ze vuur en zonder na te denken dook ze naar beneden, steeds vuur blazend, en zette het monster in lichte laaie. Het liet de vrouw los en krijsend rende het gedrocht weg.

De vrouw keek beangst naar de draak. 'Pak je baby op,' wilde Chantal haast gillen, maar dat ging niet. Ze wachtte op een afstandje totdat de vrouw de hard huilende baby van de straat griste. De vrouw rende weg. Chantal volgde haar totdat ze een klein gebouw in rende.

Achter je! hoorde ze opeens Jaliana's stem.

Chantal draaide haar kop en zag het monster dat op haar afstevende. In minder dan een seconde lag het op straat te worstelen tegen het vuur dat het verzwolg en reduceerde tot as.

Naar het kasteel, zei Jaliana.

Chantal steeg zo vlug als ze kon totdat de gebouwen en torens miniatuur waren. Het kasteel was in de verte, achter de stad. Ze vloog er naar toe.

Het was verbazend dat ze Jaliana kon horen en wou dat ze kon antwoorden.

Denk wat je wil zeggen, Chantal. Ik hoor je.

Wat moet ik in het kasteel doen? Ik weet nu hoe m'n adem te gebruiken. Ik kan mee vechten. Tenminste, met vuur. IJs weet ik nog niet.

Te gevaarlijk voor je en niet nodig. Het drakenleger zal al snel de stad bezetten en de monsters er uit drijven. Er wacht jou de grootste taak. Het terugdrijven van Xirun en zijn volgelingen naar de onderwereld en de poort weer sluiten.

Toen ze dichter bij het kasteel kwam zag Chantal boven het kasteel een grote donkere draaikolk welke nog meer monsters uitspuugde. Ze haalde haar adem in en blies vuur naar ze voordat ze kans hadden om hun verwrongen poten op de grond te zetten.

Gillend en schreeuwend, al brandend, werden de monsters weer terug gezogen in de kolk. Ze bleef vuur blazen totdat er een muur van vlammen de mond van de kolk verstopte.

Je moet landen op de binnenplaats en dan naar de troonzaal gaan, zei Jaliana.

Als mens? Ik ben te groot om het kasteel binnen te gaan als draak.

Ja, vergeet niet dat je veel krachten hebt. Ik ben bij je. In de troonzaal vind je Xirun, zittend op je troon. Verschillende van zijn onttuig is bij hem.

Chantal daalde en lande op de binnenplaats. Er was niemand te zien, geen soldaten, geen mensen en ook geen monsters. Ze veranderde terug naar haarzelf en stond even naar de ingang te kijken, naar de trappen die naar de grote zware dubbele deuren leidden.

Ze zoog diep haar adem in, greep even haar ketting met haar vrije hand en voelde de warmte van de kralen door haar heen vloeien, de rust die de ketting afgaf, en begon resoluut de trap op te lopen.

Diep van binnen kon ze deze trap, de deuren. Herretyath, al was ze toen nog zo jong, kon zich goed het kasteel herinneren. De massieve eiken deuren waren zwaar maar Chantal opende ze zonder moeite. Nu naar de troonzaal. Ook die had ze geen moeite te vinden.

Er stonden twee grote monsters op wacht naast de deuren van de troonzaal. Elk had een groot zwaard dat ze nu ophieven. Chantal wou dat ze haar vuur adem had. De monsters hadden koppen die leken op wolven, maar oerlelijk.

Lange gele slagtanden staken uit leerachtige zwarte bekken. Slijm droop stadig naar beneden en viel sissende op de marmeren grond. De lichamen waren bedekt met ruw, grof zwart haar. Hun lange misvormde staarten zwiepten heen en weer.

Nog nooit had Chantal zich zo alleen gevoeld. Wat wachtte er op haar in de troonzaal? Ze nam een stap naar de deuren en de monsters vlogen op haar af. Het was alsof er een vlijmscherp mes door haar maag schoot toen ze haar vrije hand ophield en dat mes verscheen in haar hand. Het was geen mes, het was een lang gouden zwaard. Intense kracht vloog door haar lichaam en ze zwaaide het zwaard in de rondte en onthoofde beide monsters met één slag.

Sissend vielen de koppen op de grond, de lichamen krompen ineen en volgden. De lichaamsdelen gloeiden en veranderden in plassen van slijm. Rook spiraalde op van het slijm.

Met een zwaai van haar hand opende Chantal beide deuren en openbaarde een menigte van dezelfde monsters die krijsend op haar afkwamen.

Zonder na te denken, begon ze te draaien als een tol, sneller en sneller, en veroorzaakte een soort wervelwind. Het zwaard werd veel langer. De koppen van de gedrochten tuimelden op de marmeren vloer en de mismaakte lichamen klapten tegen de grond en lagen te kronkelen tegen het schroeien en vuur dat hen verzwolg. Het duurde maar seconden eer ze allemaal hetzelfde lot meemaakten als de twee bij de deuren. Er bleef niets over van de menigte behalve de plassen slijm die langzaam opbrandden. De rook dat van het slijm spiraalde stonk verschrikkelijk.

Een golf van misselijkheid overviel Chantal toen ze voorzichtig, de plassen slijm ontwijkend, naar de twee tronen liep. Op de ene troon zat een reuze monster, het gedrocht was kolossaal en paste niet goed op de troon. Het puilde aan alle kanten er over. Het monster was rood van kop tot teen. Grote gekrulde horens staken uit het hoofd. Reusachtige slachttanden reikten tot de puntige kin. De rode koninklijke mantel gevoerd en afgezet met hermelijn hing gedrapeerd van de schouders maar paste niet.

Tot haar verbazing rees de mantel langzaam naar boven en dreef naar haar en belande op haar schouders. Ze griezelde. Eerst had de mantel de vieze slijmerige huid aangeraakt van het monster, en nu hing het om haar...

Naast het gedrocht, op de andere troon, zat een mismaakte vrouw, of iets dat eens een vrouw was geweest. Lange slierten groen haar hingen van een lelijke kop en over naakte lange slappe borsten die tot de misvormde dijbenen hingen.

Chantal wist dat ze voor Xirun stond en zijn zogenaamde vrouw. Het monster stond op van de troon en begon te groeien totdat het zo groot was dat de kop haast het hoge plafond bereikte.

'Wat wil jij tegen mij!' donderde een akelige krakende stem. 'Klein nietig mensje! Je denkt mij, Xirun, de sterkste van Zalondia, of zoals jullie het noemen, de onderwereld, te verslaan? Je hebt tot hier geluk gehad, maar vergis je niet, nietig vrouwtje, niemand kan tegen Xirun op! Weg met jou!'

Hij had plots een roede in zijn hand en stompte er mee op de grond. De troonzaal trilde, maar Chantal stond stevig op twee voeten.

'Hoe durft mijn broer, die zich de Allerhoogste durft te noemen, zo'n nietswaardig infideel tegen me op te sturen! Maar nu ik je beter bekijk, je bent nogal bevallig en het zou misschien beter zijn voor je om de troon naast me te sieren dan het monster wat zich vrouw noemt.' Hij draaide naar het wezen naast hem, raakte haar aan met de roede en het veranderde plotseling in zwart gruis en verdween.

Chantal probeerde van alles, maar niets deerde Xirun. Ze sloot haar ogen terwijl hij door ging met tieren en wou dat ze net zo groot was. Opeens voelde ze zich groeien totdat ze net zo reusachtig was als het monster. Hoe moest ze dit afschuwelijk wezen verslaan? Terug sturen door de poort?

Had zij zelf veroorzaakt dat ze groeide, of was dit Xirun? Opeens wist ze hoe ze het moest doen. De oplossing was helder in haar hoofd. 'Xirun, laten we naar het balkon gaan zodat iedereen ons kan zien,' stelde ze voor in een vleierige stem.

Er was buiten niemand toen zij aan was gekomen, maar dat wist hij niet. Hij keek haar even aan met zijn gloeiende rode ogen waaruit flitsen vuur schoten.

'Ja!' brulde hij. 'Wat zullen wij samen een machtige vorst en vorstin zijn!'

Hij kromp terug tot zijn originele maat en Chantal sloot haar ogen om ook terug te keren naar haarzelf. Ze had moeite om het grote monster bij te houden toen hij naar de deuren liep en toen naar de grote buitendeuren die nog open stonden. Hij liep het balkon op.

'Waar is mijn leger? Waar zijn al mijn volgelingen?' brulde hij en stompte met zijn roede op het balkon. 'Kom hier,' schreeuwde hij tegen haar en reikte naar haar met zijn klauw.

Chantal grilde van zijn aanraking, van de lange zwarte nagels, en zag de kolk nog steeds draaien en het vuur dat ze had gecreëerd om de monsters tegen te houden. Ze rukte zich los, nam een paar stappen terug, weg van Xirun, en een vreemde taal vloeide van haar lippen. Met de scepter nog steeds in haar ene hand, hield ze beide handen op en wees naar het gedrocht.

Xirun begon te draaien, sneller en sneller. Hij tierde en brulde, groeide totdat hij onmogelijk groot was, maar al probeerde hij zijn magie te gebruiken, hij kon niet op tegen haar kracht. De bliksemschichten die hij naar haar toe probeerde te gooien keerden en troffen hem in plaats van haar.

Chantal's stem werd luider en luider. De kolk, werkende als een magneet, trok hem naar boven en hij schoot met een vaart door de muur van vuur en er in.

Nog steeds vloeide de vreemde taal van haar lippen. De draaikolk begon sneller en sneller te draaien. Eén na de ander zoog het de mismaakte monsters naar binnen. De gedrochten vlogen razendsnel door de lucht, vanuit de stad, overal vandaan, en door de muur van vuur.

Het krijsen en schreeuwen was verschrikkelijk en weergalmde door de binnenplaats. Chantal dacht dat het nooit zou ophouden, maar eindelijk stopte het. De draaikolk werd kleiner, rees naar boven, totdat het helemaal verdween.

Jaliana stond opeens naast haar. Chantal zakte naar beneden en ging op een trede zitten van de trap. 'Jaliana...ik ben compleet uitgeput.'

'Het is achter de rug, Chantal. Het heeft vele levens gekost maar je hebt Xirun overwonnen en Shang'du zal niet meer geplaagd worden door het gespuis van de onderwereld. Geef me je handen.'

Chantal plaatste beide handen in die van Jaliana. Een gloed vloeide van haar handen naar haar oksels en toen door haar hele lichaam en de intense moeheid verdween.

'Je moest ontzettend veel van je krachten gebruiken en je magie en dat vergt veel.'

'Jaliana, ik weet niet eens hoe ik het deed.'

'Met de hulp van de Allerhoogste, en je magie en krachten schuilen diep in je ziel. Kijk, daar is Ezra, gevolgd door de ouderlingen.'

Draken daalden neer. Ezra veranderde snel en kwam naar de trap toegerend en naar boven waar hij Chantal omhoog trok en haar in zijn armen nam. Over zijn schouder zag ze de groep ouderlingen staan toe te kijken.

Kringleider Bregelad kwam naar voren. Voordat hij de trap op kwam boog hij diep. 'Majesteit.'

Toen hij boven aan de trap naast haar stond, zei hij zachtjes, 'Majesteit, U moet het bevel geven om de klokken te luiden zodat iedereen weet dat wij Xirun en zijn volgelingen verslagen hebben.'

'Dat mag jij doen in mijn naam,' zei ze en stapte opzij van Ezra maar zijn arm bleef om haar schouders.

De kringleider draaide naar de groep ouderlingen. 'In de naam van Koningin Chantal, luidt nu de klokken.'

Een paar van de ouderlingen renden naar de grootste toren. Binnen een paar minuten galmde klokgeluid over Shang'du.

'Wat van het virus? Is dat ook weg?' vroeg Chantal aan Ezra.

'Ja, dat is ook verdwenen. Het is droevig dat zo veel mensen hun leven verloren hebben. Maar nu is Shang'du weer van ons. De drakenbevolking kan terugkeren naar Beral'kazon en we kunnen beginnen met de genezing van Shang'du.' Hij gaf haar een snelle zoen op haar wang. 'Ben je moe?'

'Ik was versleten maar Jaliana heeft dat weggehaald.' Ze keek om maar de godin stond er niet meer. 'En de prinses kan niet wachten om het kasteel binnen te gaan en naar haar vroegere kamer gaan.'

'Herretyath zal even geduld moeten hebben. Ze moet ook beseffen dat jullie vorstin zijn. De prinsessen kamer is nu voor een toekomstig prinsesje. Jij zal intrekken in de koninklijke kamers met je levensgenoot. En wie weet hoe veel er is veranderd door de jaren. Ik denk niet dat alles nog hetzelfde is in het kasteel. En er is iets wat ik je steeds nog wilde vragen.'

'En dat is?'

'Wat denkt Herretyath van mij? Je zei dat ze een man had in Nederland.'

'Ja, waar ze veel van hield. Maar ze had ook op jou verliefd kunnen worden heeft ze me gezegd.' Ze lachte zachtjes. 'Ze heeft weinig er in te zeggen nu en moet je accepteren.'

'Kijk, de poort is open en mensen beginnen druppelsgewijs terug te keren naar het kasteel,' zei Ezra.

'En eindelijk kunnen we werkelijk man en vrouw worden.'

'Als alles een beetje tot rust is gekomen. Over een paar weken.'

'Ezra, er is iets dat geregeld door m'n gedachten speelt. Wie ik het meeste mis is Mies. Zij zou mijn bruidsdame zijn en ik de hare. Wij fantaseerden daar dikwijls over. En ze was niet op de eerste bruiloft, en nu weer niet.'

'Je mist haar meer dan erg, he?'

'Ja. Als alles meer geregeld is op Shang'du, wat zou je er van denken als ik haar vraag om hier te komen wonen? Ik heb haar vergeven. Als ik er goed over nadenk, Bram kon goed praten en manipuleren. Wie weet wat hij tegen haar allemaal heeft klaargemaakt en beloofd om haar zo ver te krijgen.'

'Als je dat wilt, lieve schat, dan moet je dat doen. Denk je dat ze zal komen?'

'Misschien als haar moeder meekomt. Die is weduwe. Wij kunnen de reis voor hun betalen.'

'Het zou fijn voor je zijn om iemand op Shang'du te hebben waar je close aan bent.'

27

Zes weken waren snel voorbij gegaan. De drakenbevolking, met de hulp van de overgebleven kolonisten, waren nog bezig met het restaureren van Beral'kazon en het opruimen van Nieuw Amsterdam, maar het schoot snel op. De meeste van de draken waren teruggekeerd en verkozen om in hun oude stad te wonen. Een gedeelte bleef in Che'luka wonen, de mannen die in de mijnen werkten, en hun families. Maar ook in Che'luka was er restoratie aan de gang om de kleine flats veel groter te maken door ze bij elkaar te voegen.

Wat er verwoest was in Nieuw Amsterdam werd alleen opgeruimd en niet herbouwd. Chantal wilde meer concentreren op de oude stad. Ze had ook besloten dat het moderne gedeelte een andere naam kreeg en het werd nu Nieuw Beral'kazon genoemd maar oud Beral'kazon zou altijd de originele hoofdstad blijven van Shang'du.

Er was al veel verandert. In de korte tijd dat Chantal vorstin was had ze vele beslissingen gemaakt over het welzijn van Shang'du en de bevolking. Vele mensen waren omgekomen door het virus en de Nederlandse bewoners waren gedaald tot minder dan honderdduizend. En onder die had Chantal nog een paar duizend mensen gevonden omringd door een sterke groene uitstraling. Die mensen waren eerst ondervraagd en het was al gauw kenbaar dat ze het niet eens waren met het nieuwe koninklijke stel en de regering. Chantal had ze teruggezonden naar Nederland met hun gezinnen.

Ook had ze al, vrij in het begin, een holografische ontmoeting gehad met de koning en koningin van Nederland en het kabinet. Het had vierenhalf uur geduurd. De Nederlandse regering stond versteld over het bedrog en wat er allemaal was voorgevallen op Shang'du.

Chantal moest haar woorden erg voorzichtig kiezen want als ze had gesproken over de inval van Xirun en zijn volgelingen, dan hadden ze haar voor gek verklaard. Met Jaliana's hulp had ze haar magie gebruikt om de overgebleven Nederlandse bevolking op Shang'du te doen vergeten wat er precies was gebeurd en wat ze allemaal gezien hadden, monsters, de vuur en ijs spuwende draken, en de vreemde verschijnselen. Ze herinnerden alleen het virus en de gevolgen ervan. Voorlopig was het net als in het begin, ze wisten niet dat de originele bevolking van vorm konden veranderen. Als het ooit weer uit zou komen zou het tijd genoeg zijn hoe het te behandelen en een antwoord formuleren. Tegen het einde van de ontmoeting was besloten dat de regering van Shang'du zou samen werken met de Nederlandse regering, en emigratie zou weer mogelijk zijn. Voor alle mensen. Etniciteit zou niet langer een probleem zijn. Ze had ook relaties aangegaan met de andere vier planeten. Het zou niet lang duren eer Shang'du zou gedijen door handel met de vier planeten en met Nederland en andere landen op Aarde. Het gemijnde goud zou een groot deel van die handel worden, en ook de edelstenen, daar de mijnen op Aarde zo goed als uitgeput waren.

De klokken luidden al de hele morgen. Vandaag zouden

Ezra en zij eindelijk gebonden worden. Het bracht een moment van nostalgie bij haar op, en liet haar denken aan de klokken van De Dom in Utrecht... Maar toen won blijdschap over nostalgie want deze klokken waren voor Ezra en haar, hun grote dag.

Koningin spelen was een hele taak. Nooit had ze kunnen indenken dat een vorstin het zo druk had. Dagelijks, vroeg in de ochtend, om zeven uur, kwam een kamerdienaar geruisloos binnen, opende de gordijnen en zette een blad met thee en beschuit voor haar neer. Dan liet zij het bad vol lopen en een hofdame legde haar kleding klaar voor die dag. Ze had een adviseur, haar eigen chauffeur, een thesaurier, kapster, lakei, zes hofdames, secretaresse, en een macht beveiligers. En dan was er nog haar kabinet...de twaalf ouderlingen.

Chantal zuchtte er wel eens over. Ze kon niet eens meer zelf haar kleding kiezen... En ze had een grote garderobe nu, maar ontzettend veel jurken. Liefst droeg ze een broek, maar ze moest zich kleden als een koningin nu. En steeds meer kreeg ze heimwee naar Nederland, naar bekende gezichten. Vooral op deze belangrijke dag.

Ze voelde zich moederziel alleen. Haar hofdames waren er om haar te helpen met haar trouwjurk. Ze wenste dat haar moeder en zussen er waren, dat die dit konden meemaken. Oma... Wat zou zij hiervan denken? En Mies. Meer dan ooit verlangde ze naar haar vriendin.

Onwillekeurig ging haar hand even naar haar ketting en gloeide gelijk.

'Majesteit, wat is er met uw hand?' vroeg Greta, een Nederlandse hofdame.

Chantal trok snel haar hand terug. 'Mijn hand? O, niets.'

'Bent U gereed voor de jurk?'

'Ja, toe maar.'

Greta, met de hulp van Janneke, nog een Nederlandse

hofdame, lieten voorzichtig de japon over Chantal's hoofd zakken.

Ze had drie Nederlandse hofdames. Ze had er op gestaan, toen ze nieuw personeel aannamen voor het kasteel, dat het gemengd zou zijn. Maar hoe lief en aardig haar hofdames waren, het was allemaal nog zo nieuw, zo vers, en ze verlangde naar iemand waar ze erg close aan was... Mies. Soms had ze aan haar vriendin gedacht en nog steeds met de gedachte gespeeld om haar naar Shang'du te brengen. En misschien zou dat nog een keer gebeuren, maar in de toekomst. Als Mies dat zou willen...

Ze had zelf haar bruidsjapon ontworpen. Wit deze keer. De traditionele japon waar haar moeder en zussen voor gewenst hadden... De sluier was net zoiets als de turquoise sluier, maar ook wit en met kleine diamantjes geborduurd. Ook de trouwjapon was met de diamantjes geborduurd. Echte. De schatkisten van het kasteel waren overvol. Er was een kist boordevol met de heel kleine kraaltjes in alle soorten edelsteentjes, speciaal voor borduurwerk bedoeld.

Eén van de hofdames ging vlug naar de deur toen er geklopt werd. Chantal dacht dat het haar boeket was dat nog bezorgd moest worden en schonk geen aandacht aan wie er binnenkwam.

'Wij zullen wel overnemen,' zei een bekende stem.

Chantal kon haar oren niet geloven, draaide om, en barste in tranen uit toen ze haar moeder zag en haar zusters. Ze viel snikkend in haar moeder's armen.

'Nou, nou, meiske. Nu moeten ze je make-up helemaal overnieuw doen,' zei haar moeder zachtjes.

Chantal stapte terug en gaf haar zussen een zoen. 'Maar hoe? Wanneer zijn jullie aangekomen?'

'Een paar dagen geleden. Wij zijn je bruidsgeschenk van Ezra,' zei Irene.

Chantal zag nu pas dat ze beide een lange lichtblauwe japon droegen. En op een afstandje stond de tweeling, ook gekleed in lange lichtblauwe jurkjes. En op een afstandje, achter de tweeling, stond nog een vrouw in een lange lichtblauwe jurk. Chantal kon haar ogen haast niet geloven. 'Mies? Hoe...wanneer...' Ze liep snel naar Mies en omhelsde haar. Tranen stroomde over haar wangen.

'Ezra heeft dit allemaal geregeld? Hoe lang zijn jullie hier? Pappa?' Ze moest hard slikken om de brok uit haar keel te krijgen.

'Die komt zo, als je klaar bent,' zei Saskia.

'Ezra heeft het allemaal geregeld met de hulp van Janneke. Hij heeft ons verstopt in een gebouw dat is omgebouwd tot een hotel, tot vandaag. Meisje, ik kan het me haast niet voorstellen. Jij, een koningin. Je hebt ons heel wat te vertellen, uit te leggen, want we snappen er niets van,' zei haar moeder. 'Maar eerst je jurk en de bruiloft. De rest komt later. Ga even zitten zodat ze je make-up kunnen repareren.'

'En weer draagt ze Oma's ketting,' merkte Saskia op.

'Ja, Oma's ketting gaat overal met me heen,' antwoorde Chantal.

Nadat haar make-up gerepareerd was, hielpen haar zussen en moeder met de jurk die nog los om haar heen hing, verder aan te trekken.

'Je japon is prachtig,' zei Irene.

'Dank je. Ik heb het patroon zelf ontworpen.'

De jurk was van wit satijn, het lijfje strak tot de taille met lange mouwen en de rok was wijd. Rond de zoom van de rok waren takjes met vergeet-mij-nietjes en lelietjes van dalen geborduurd. De voorkant van de rok was opgetrokken en vastgezet met een blauwe zijden roos. Onder de rok waren er drie gerimpelde stroken van prachtig kant.

'En nu heb ik bruidsdames en bruidsmeisjes en jullie

jurken passen precies bij de kleur van de vergeet-me-nietjes.'

'Dankzij je man.'

'Die nu werkelijk m'n man wordt volgens de wetten hier.'

'Raar eigenlijk. Jullie zijn al maanden getrouwd,' zei Irene.

'Andere wereld, andere wetten. Hoe lang blijven jullie? Zijn de mannen ook hier?'

'Ja, de hele familie, lieve schat,' zei haar moeder. 'We blijven zes weken hier. Mies komt kennelijk hier voorgoed wonen.'

Mies knikte. 'Ezra heeft m'n moeder, de baby, en mij, al een woning gegeven.'

Chantal omhelsde haar vriendin weer. 'Ik ben zo blij.'

'En ik nog meer omdat je me vergeven hebt. Ik heb je zo gemist.'

'Ik ook. We hebben dagen nodig om bij te praten,' zei Chantal. 'De baby is bij je moeder?'

'Ja, je zal haar wel zien op de receptie. Ze heeft borstvoeding. Ik heb haar Natalia genoemd.'

'Leuk. Ik kan niet wachten haar te zien. Hoe oud is ze nu? Een maand of twee?'

Er werd weer geklopt en dit keer waren het de bloemen. Chantal zag dat er ook boeketten waren voor haar zusters en Mies en bloemenmandjes voor de tweeling. Ezra had overal aan gedacht. 'Hoe vinden jullie Shang'du?' vroeg ze. In een flits zag ze Moppie zich verschuilen in haar boeket. Arme Moppie. Het elfje was helemaal verstoord met de huidige situatie want doordat kolonisten en draken nu gemengd leefden, kon zij zich nog niet vrij vertonen. Ze had al vele keren gemopperd dat ze terug wilde naar Che'luka waar ze vrij op hun schouders kon zitten of in de rondte vliegen, nog niet beseffend dat de kolonisten nu ook in de mijnen zouden werken en dus ook in Che'luka konden wonen. Haar tijd zou wel komen als Ezra en Chantal voorzichtig de kolonisten geleerd hadden over gedaante verwisselaars, magie, en elfjes.

Saskia antwoorde. 'Anders. Ik heb het gevoel alsof ik in een science fiction film ben gestapt.'

'Ja, vooral als je naar die oranje lucht kijkt en rode zonnen en een rode maan,' beaamde Irene.

'En dan de bomen en al die reusachtige bloemen. Het is werkelijk een fantasie planeet. Alles wat we missen is elfjes, draken, en zulk spul,' zei haar moeder. 'En de originele bewoners zijn doodgewone mensen, net als ons.'

O, als ze eens wisten... Chantal moest haar lachen onderdrukken. 'Dat had je toch moeten weten. Ezra ziet er heel normaal uit. Het is haast tijd. Waar is Pap?'

'Die zal zo wel komen. De tempel is anders prachtig. Ezra heeft het gebouw aan ons laten zien,' zei Saskia.

Irene vroeg plotseling, 'Ik hoorde ook dat ze hier goden en godinnen aanbidden. Is dat waar?'

'Ik zou het eren noemen. Als je de Bijbel herinnert, op Aarde bidden de mensen tot God. Hier wordt Hij de Allerhoogste genoemd. En de goden en godinnen zijn engelen maar zonder vleugels.'

'Werkelijk? Hoe vliegen ze dan?' vroeg Marijke.

Anneke, de andere helft van de tweeling volgde met, 'Dus er is ook een duivel?'

Gelukkig kwam haar vader binnen dus Chantal kwam er onderuit om dat te beantwoorden. Ze omhelsde hem en hij maakte voorzichtig haar armen los en stapte terug. 'Kom, meiske, het is tijd.'

28

uizenden mensen stonden in de tuinen van de tempel, allen te wachten op het grote moment. Het zou holografisch gefilmd worden zodat iedereen het mee kon maken en het werd verzonden door heel Shang'du. De mensen stonden zelfs tot buiten de hekken.

Chantal en haar vader zaten in de gouden koets, getrokken door zes witte paarden met krullende manen en staarten en zes benen. Irene, Saskia, Mies, en de tweeling en haar moeder volgden in een witte koets, ook getrokken door zes witte paarden. Chantal zwaaide naar het publiek terwijl de koets langzaam de lange oprijlaan opreed naar de tempel. De koets was jaren geleden al ontworpen en gebouwd door de kolonisten voor het koninklijke huis, haast een replica van de gouden koets in Nederland.

Onder luid trompetgeschal, liep Chantal aan de arm van haar vader de met diepblauw beklede trappen van de tempel op naar de gouden dubbele deuren die al open stonden. De tweeling zorgden voor haar lange sluier, en Irene, Mies, en Saskia en haar moeder volgden achter de tweeling.

'Ben je zenuwachtig?' vroeg haar vader zachtjes.

'Helemaal niet. Ik ben blij want dit is de laatste officiële stap en dan zijn Ezra en ik werkelijk man en vrouw. Ik was meer zenuwachtig op de dag van de kroning.'

'Ik wou dat wij daar bij waren geweest. Ik kan het me nog niet voorstellen dat mijn dochter, een doodgewone burger, nu een koningin is. Hoe is het mogelijk? Want Ezra is een generaal, een soldaat, niet een koning. Dat is een verhaal dat Ezra ons niet heeft verteld en ik verwacht de uitleg voordat we teruggaan naar Nederland.'

De trompetten hielden op. Een orkest begon zachte muziek te spelen. Chantal staarde even naar de met bloemen versierde tempel, de lange blauwe loper naar het altaar, de bogen boven hun die waren beladen met witte en blauwe bloemen, en de bogen stonden tot aan het podium.

De tempel zat vol. Er was geen stoel over, en zelfs geen staanplaats meer. De gasten waren een mengsel van kolonisten en draken en er waren ook gasten aanwezig van de andere vier planeten en de koning en koningin van Nederland die pas de dag er voor waren gearriveerd en kamers in het kasteel hadden. Maar Chantal en Ezra waren zo druk met de bruiloft dat ze hadden geen kans gehad om het koninklijke stel te begroeten. Dat liet Chantal over aan de kringleider. Chantal zocht nog steeds naar de groene gloed, maar toen ze haar ogen over al de mensen liet glijden, zag ze niets er van.

Er stonden gouden beelden langs al de muren die waren beschilderd met taferelen van goden en godinnen. De beelden waren van vorige vorsten en vorstinnen, en ook goden en godinnen. Het was verbazend dat de kolonisten de tempel niet hadden beroofd van al dat soliede goud. Gelukkig hadden ze het gebouw met rust gelaten.

Ezra stond al voor het altaar, dit keer gekleed in zijn officiële uniform. Hij zag er net zo knap uit als toen ze trouwden in Nederland. Nee...nog knapper. Zijn ogen hielden de hare en toen haar vader haar hand legde in die van

Ezra, ging er nog steeds, zoals van het begin, een elektrische schok door haar arm rechtstreeks naar haar hart. O, ze hield zo veel van hem... En vanavond zouden ze eindelijk helemaal gebonden zijn.

Grote witte reuze kaarsen flakkerden zachtjes in gouden kaarsenhouders. Het gouden altaar glom en schitterde alsof het net was gepoetst.

Een schitterende mist daalde van het plafond en plotseling verscheen Jaliana, gekleed zoals altijd in haar mooie lange witte gewaad. Achter haar hoorde ze een paar mensen zachtjes opmerkingen maken. Jaliana's plotse verschijning zou best vragen veroorzaken van haar familie en ook van de kolonisten die een plaats in de tempel hadden veroverd.

Jaliana verhief beide armen, de wijde mouwen draperend naar beneden tot de marmeren vloer. Nu Chantal zo dichtbij stond merkte ze op dat Jaliana's gewaad mooier was dan normaal. Het ragfijne materiaal was afgezet en geborduurd met kleine pareltjes. Haar lange blonde lokken vielen als een sluier om haar heen en ze had een glinsterend tiara op haar hoofd.

Het werd doodstil in de tempel en Jaliana begon.

'Wij zijn allen hier verenigd in deze heilige tempel om te getuigen van de binding van Generaal Ezralaius Caydriat en Koningin Herretyath Vondura Trenadia Chantal Maria, Vorstin van het Koninkrijk van Shang'du.'

Wat Jaliana allemaal nog meer zei ging in een waas voorbij totdat de werkelijke binding begon. Jaliana reikte naar boven en had plots in elke hand een wit zijden koord.

Jaliana had Ezra en Chantal al verteld wat te verwachten. Chantal en Ezra keerden en stonden tegenover elkaar, hun armen uitgestrekt. Ezra hield stevig haar handen vast en gaf ze een bemoedigend drukje.

Jaliana wond de koorden om hun polsen. De koorden

waren gekruist in het midden met een knoop. Toen had ze plots een dolk in haar handen en een gouden beker. Ze hief de dolk op, prevelde een paar woorden, en stak de dolk in Chantal's arm. Chantal hoorde een paar zachte gilletjes van de toeschouwers... Jaliana hield de beker onder haar arm om het bloed op te vangen, en ze deed hetzelfde bij Ezra.

De dolk verdween en Jaliana hield de beker omhoog boven de koorden.

'Door de macht mij geschonken door de Allerhoogste, verklaar ik U gebonden voor zo lang als U beide leeft.'

Langzaam druppelde het bloed van de beker op de knoop waar de koorden kruisten. Het bloed drong in de knoop en toen door de zijden koorden en langzaam werden ze rood, doordrenkt door hun gemengd bloed.

'En nu, Generaal Ezralaius, als U wilt knielen voor uw vorstin.'

De koorden verdwenen automatisch. Jaliana reikte naar boven met een hand en gaf Chantal een kroon.

Chantal nam de kroon en plaatste die op Ezra's hoofd. Ze keek in zijn ogen en glimlachte voordat ze sprak.

'In het ambt dat ik bekleed en in het bijzijn van de bevolking van Shang'du en de godin Jaliana, waar ik voor sta, benoem ik U, Generaal Ezralaius Caydriat, koning van Shang'du. Samen zullen wij de onafhankelijkheid en het grondgebied van het Koninkrijk van Shang'du met al ons vermogen verdedigen en de vrijheid en de rechten van alle bewoners beschermen.'

Ezra stond op en boog. Hij greep snel de kroon die dreigde af te vallen en drukte het steviger op zijn hoofd, gaf haar een vlugge kus, en nam toen haar hand en ze keerden naar de mensen.

Jaliana zei met luide stem, 'Ik geef U Koningin Chantal en Koning Ezra.'

Het was over. De mensen klapten en joelden en stonden op terwijl Ezra en Chantal de uittocht begonnen naar de gouden koets.

Liefst had ze met Ezra hard weggerend naar zijn aeromobil en naar het eilandje gevlogen in de Rezello zee waar ze een week van elkaar zouden genieten, maar ze hadden jammer genoeg nog het dinér en een hele avond door te worstelen.

Even stonden ze op de grote veranda en zwaaiden naar de mensen die met vlaggen wuifden, kinderen toeterden op kleine trompetjes, en de klokken galmden boven hen.

Langzaam daalden ze de trap af naar de koets. En de rit terug naar het kasteel nam eeuwen want natuurlijk moesten ze terugzwaaien naar de toeschouwers die aan beide kanten van de weg stonden.

Moppie, even verlost van haar schuilplekje in de bloemen, zat op Chantal's schouder. 'Wat moet ik hier in m'n eentje doen als jullie weggaan vanavond?'

'Je bent vrij in onze kamers, maar wees voorzichtig dat de bediendes je niet zien,' waarschuwde Ezra. 'Het personeel is nu een mengsel van kolonisten en draken, zoals je weet.'

'Ik wou dat ik mee mocht gaan,' pruilde Moppie.

Chantal pakte voorzichtig het elfje en streek met een vinger over haar wang. 'Het is maar een week, en je begrijpt toch wel dat we alleen willen zijn.'

'Hoe moet ik eten?'

'Stiekem. Als iedereen slaapt dan kan je het kasteel rondneuzen en wat eten meenemen naar onze kamers. Maar ik zal een bordje met wat eten voor je neer zetten,' beloofde Chantal.

'Als de bediendes dat niet vinden. Het is maar goed dat ik ook matige magie heb want hoe zou ik anders de kamers in en uit moeten gaan.'

'Ik verstop het goed. Alleen jij weet waar het staat. We zijn er. Verstop je weer, Moppie.'

Al mopperend kroop het elfje weer in het boeket.

Het kasteel stond op zestig hectaren. De tuinen rondom het kasteel leken meer op een park en waren ook belegerd met het publiek en de binnenplaats stond vol achter de met blauwe koorden afgezette oprijlaan tot de trap.

Chantal en Ezra stonden nog even bovenaan de trap om te zwaaien totdat de koets arriveerde met de rest van de bruidspartij.

Het diner werd gehouden in de balzaal. Er waren tafels en stoelen opgezet voor de vijfhonderd uitgenodigde gasten. Gedurende en na het diner waren de toespraken en zodra die achter de rug waren zouden bediendes gauw de tafels verwijderen om ruimte te maken voor dansen.

Chantal en Ezra namen plaats aan de bruidstafel gevolgd door de rest van de bruidspartij. De gasten arriveerden langzaam maar zeker en het duurde niet lang of alle stoelen waren bezet.

Het menu bestond uit een negen-gangen-maaltijd, gekozen door de kok, en goedgekeurd door Chantal, en Ezra had de bijpassende wijn gekozen en frisdrank voor de jongere generatie. Het beloofde lang tafelen te worden.

'Heb jij honger?' vroeg Chantal zachtjes aan Ezra.

'Nee. Als het aan mij lag zouden we al op het strand zitten op Chamborno Eiland. Het eten zal wel lekker zijn. Het zijn de toespraken waar ik tegenop zie.'

'Ja, ik ook, maar het hoort er bij. En dan moeten we nog al de geschenken gaan bewonderen. Heb je de tafels gezien die opgesteld staan aan het eind van de entree? Ze zijn beladen.'

Hij grinnikte. 'Gelukkig hoeven we ze niet uit te pakken. Daar hebben we bediendes voor.'

'Kijk, daar zit Mevrouw Heemstra met de baby. Wat een schatje. Ze heeft blonde krullen net als Mies.'

'Was je blij met m'n verassing?'

Ze knikte hevig. 'Meer dan blij. Dat was het mooiste geschenk, vooral dat je Mies hebt bewogen om hier te komen wonen.'

'Ze hoefde er niet eens over na te denken. Ik denk dat zelfs als haar moeder niet had meegewild, dat zij toch was gekomen. Ze heeft je vreselijk gemist.'

'Ik haar ook. We hebben dagen, weken nodig om bij te praten.'

Het dinér duurde meer dan drie uur. Gelukkig gebeurden de toespraken tijdens de maaltijd. Nadat de toetjes waren geserveerd en iedereen was klaar, werd de reusachtig grote bruidstaart binnengebracht, bedekt met wit marsepein en met blauwe bloemen versierd, was het een creatie haast te mooi om aan te snijden. De taart topper trok haar aandacht want er stonden een gouden draak en een witte draak op de bovenste laag. 'Zouden die te eten zijn?' fluisterde ze.

'Versiering voor jou om te bewaren. Het zal nu niet lang meer duren of ik kan genieten van een witte draak en jij van een gouden,' zei Ezra zachtjes en gaf haar een vlugge zoen op haar wang.

Haar wangen werden warm. Nog een paar uur en dan zouden ze eindelijk alleen zijn. Ze had al snel uitgevonden dat een koningin en koning weinig privé tijd hadden als ze nog geen kamer deelden. Nu ze er over nadacht, hadden vorsten eigenlijk wel ooit vrij? Was dat hun voorland, alleen vrije tijd in de slaapkamer?

29

De gasten waren al meer dan een uur aan het dansen toen Ezra haar hand pakte. 'Ik denk dat we nu stilletjes kunnen wegslippen,' zei hij zachtjes.

'Moete we niet tot het eind blijven?'

Hij lachte. 'Nee joh, de meeste van de gasten blijven feesten tot in de vroege morgenuren. Vooral de jongeren.'

'We moeten eerst de geschenken nog gaan bewonderen,' herinnerde ze hem.

'O, dat was ik vergeten. Laten we dat eerst gaan doen.' Hij stond op en trok haar stoel naar achteren en hielp haar toen met haar sluier.

Chantal drapeerde de sluier over haar arm en stak haar andere arm door de zijne. Toen ze voorbij haar ouders liep boog ze even naar hen toe. 'We gaan even de geschenken bekijken en dan gaan we weg. Ik zie jullie over een week. Veel plezier terwijl we weg zijn.'

'Geniet er van,' zei haar moeder.

'Als jullie terug zijn, heb ik heel wat vragen voor je,' mompelde haar vader.

'En ik niet minder,' zei Mies.

Hand in hand bewonderden Chantal en Ezra de vele geschenken die uitgepakt waren door de bediendes. Er waren onzettend veel juwelen, tiaras, kettingen, waardevolle sets compleet met oorbellen, armbanden, tiaras, en kettingen. Vazen, antieke kaarsenhouders, schilderijen, en nog meer, te veel om op te noemen.

Een bediende stond bij de tafels. Hij boog, en zei toen, 'Majesteiten, de Koning en Koningin van Nederland hebben een ongewoon geschenk gegeven. Het staat onder de tafel. Ik weet niet precies wat ik er mee moet doen.' Hij trok het witte tafelkleed op.

Chantal boog en keek onder de tafel waar een reishok stond met twee kleine hondjes die lagen te slapen. 'Ach, kijk nou toch, Ezra.'

Hij boog en keek. 'Honden. Wat voor soort?'

'Ze zijn wit. Poedeltjes?' suggereerde Chantal.

'Majesteit, ze zijn Amerikaanse Eskimo hondjes, een mannetje en een vrouwtje. Ze zijn niet broer en zus.'

'Ach, wat zijn ze lief. Misschien zes weken oud. Breng ze morgen naar de kamer van mijn nichtjes en vraag de tweeling om voor ze te zorgen terwijl we weg zijn?'

Hij boog weer. 'Ja, Majesteit.'

'O, en het mannetje heet Shiro en het vrouwtje heet Parel. Zeg dat tegen de tweeling.' Ze stond weer op en zei tegen Ezra, 'Ik heb een poos verlangd naar een hond of poes. Vroeger had ik een hond maar die is gestorven, en in de studio mocht ik geen dieren. Ik heb genoeg cadeaus gezien denk ik. Ik ga me verkleden.'

'Mijn aeromobil staat al klaar met onze koffers.'

'Ik heb je hulp nodig om uit dit gewaad te komen.'

Hij lachte. 'Dan komen we niet weg vanavond. Je hofdame zal je wel helpen. Ik wacht op je in de gang.'

Chantal ging naar hun kamers, en ja, Greta stond gelijk gereed.

'Majesteit, ik zag jullie de balzaal verlaten. Zal ik U helpen?' vroeg ze na te buigen.

'Ja, graag.'

Chantal realiseerde zich pas hoe zwaar haar trouwjurk was toen ze er uitstapte. Snel trok ze een spijkerbroek en topje aan en sandalen.

'Veel plezier, Majesteit,' zei Greta terwijl ze de trouwjapon voorzichtig ophing.

'Dank je wel. Tot over een week.' Chantal ging gauw terug naar de gang, naar Ezra. Ze stond op haar tenen en gaf hem een zoen.

'Zijn we helemaal alleen op dat eiland? Geen bediendes of zo?' vroeg ze toen ze in de aeromobil zat.

'Niemand. Ik hoop dat alles nog hetzelfde is, dat de kolonisten niets verpest hebben.'

'Wat is er te verpesten?'

'Het huis. En ze zouden meer huizen kunnen gebouwd hebben. Dom van me. Ik had een kijkje moeten gaan nemen.'

'Wisten ze wel van het eiland af?'

'Dat zal toch wel? Er waren vissers onder de kolonisten. Die zullen best het eiland gezien hebben. Als er niemand is geweest gedurende de oppressie, dan kan ik me voorstellen wat een stofboel we vinden.'

'Mm, zou ik magie kunnen gebruiken om schoon te maken? Maar degenen die op de troon zaten, wisten die dat het eiland toebehoorde aan het koninklijk huis?'

'Dat weet ik niet.'

'Nou ja, we zullen het gauw genoeg zien en weten. En er zijn toch wel andere gedeeltes op Shang'du waar we naar toe kunnen gaan? Zoals de andere kant van de planeet. Wat is daar? Shang'du bestaat toch niet alleen uit Beral'kazon en omgeving?'

'De elven wereld is aan de andere kant, zoals ik je vertelde. We hebben de hele planeet geëxploreerd. Waar wij nu wonen is het meest vruchtbare land dus de draken zijn altijd in deze streek gebleven.'

'Totdat de populatie groter wordt. Dan gaan mensen meestal trekken. Maar eerst moeten we de kolonisten leren over vorm veranderaars, magie, elfjes en zo. En zo vlug mogelijk, want de verschijning van Jaliana zal veel geruchten hebben veroorzaakt. Hoe veel elven wonen daar?'

'Volgens Moppie ongeveer tienduizend. Ik zie het eiland.'

'Ik vond het zielig om Moppie achter te laten.'

'Ik ook wel een beetje, maar ik was niet van plan om onze bruidsnacht met haar te delen. En van nu af aan, geen ene nacht. Ze moet leren om in haar eigen bedje te slapen.'

'Moet zij haar hele leven bij je blijven?'

'Dat is de taak van een vertrouwde. Net zo goed als dat Jaliana altijd bij jou zal zijn. We gaan landen.'

Chantal keek uit het raam naar beneden maar ze kon weinig zien. De maan was verscholen achter wolken en het was erg donker. 'Zou het gaan regenen?'

'Misschien. We zijn geland op het strand en moeten een eindje lopen naar het huis. Wacht even totdat ik bij je ben.'

Chantal had de deur al open maar wachtte op hem. Hij nam haar hand en ze sprong naar beneden. Haar ogen waren wat gewend geraakt aan het donker en nu zag ze wat leek op een bos. Ezra leidde haar er naar toe. Hij had een zaklantaarn en scheen die even over de bomen om het pad te vinden.

'Ik kan niet veel zien nu, maar wel dat de tuin grandioos is verwaarloosd,' zei hij toen ze een woning benaderden.

Het leek op een vakantiehuisje, tenminste wat ze er van kon zien. Ezra opende de deur en klapte om de lichten aan te doen. Chantal verwachtte om spinnenwebben te zien, stof, maar tot haar verbazing was het brandschoon binnen.

'Heb jij tegen iemand gezegd waar we heen gingen?' vroeg ze.

'Ja, alleen tegen de kringleider. De ouderlingen moeten ten

alle tijden weten waar de koningin is. Ik vermoed dat dit zijn werk is. En ik ben blij dat er niets is veranderd.'

'Je bent hier al eerder geweest?'

'Nee, maar ik heb fotos gezien hoe het er uitzag vroeger. Ik zal de koffers gaan halen. Bekijk jij de rest maar. Ik ben zo terug.'

Ezra moest gelijk gehad hebben want de koelkast was vol met alles wat ze nodig hadden om eten klaar te maken. Er waren drie slaapkamers, de grootste was gereed met een emmertje vol ijs en een fles champagne op een nachtkastje. Twee glazen met strikjes stonden ernaast. Het bed was opgemaakt met witte zijden lakens afgezet met kant en kroontjes geborduurd op de slopen.

Ze hoorde Ezra terugkomen. Hij kwam de kamer binnen en zette de koffers op de vloer. 'Herinner me er aan dat ik de kringleider moet bedanken. Ik ben zeker dat dit zijn werk is.'

'Waarom niet de lichten aanlaten?'

'Ik denk om ons te verassen. Maar genoeg…ik wil naar bed en slapen. Ik denk dat ik al slaap voordat m'n hoofd het kussen voelt. Het is een vermoeiende dag en avond geweest.'

30

Chantal keek hem met stomme verbazing aan. Totdat hij in lachen uitbarstte. Met twee grote stappen was hij bij haar en nam haar in zijn armen. 'Je gezicht is een plaatje waard.' Hij kuste haar op haar voorhoofd, haar neus, en trok haar dichter tegen zich aan.

Ze reikte naar boven met beide armen en sloeg ze om zijn nek. 'Eindelijk.' Haar lippen vonden de zijne en haar tong drong zijn mond in. Ze voelde hem friemelen met haar topje, dat al snel verdween. Toen haar broek die hij langzaam naar beneden stroopte. Ze had haar sandalen al afgeschopt. Nakend stond ze in zijn armen.

Hij tilde haar op en met nog steeds zijn lippen op de hare, liep hij naar het grote bed en liet haar voorzichtig zakken. Net voordat hij haar neerlegde voelde ze dat hij het dekbed naar beneden trok. De satijnen lakens voelden heerlijk tegen haar verhitte huid. Niet omdat het zo warm was, maar ze stond nu in lichtelaaie van het verlangen en de hartstocht dat al zo lang was opgebouwd.

Ze keek op naar hem, naar haar knappe man, terwijl hij snel zijn uniform uitdeed. Totdat hij naakt naast het bed stond en even op haar neerkeek. 'Je bent zo mooi,' zei hij met hese stem. 'Haast te mooi om aan te raken.'

Chantal keek naar zijn penis die stijf tegen zijn buik klopte.

O, ze verlangde er naar en reikte haar hand uit om hem te bevoelen maar hij klom op het bed en nam haar in zijn armen. 'Weet je hoe fijn het is dat we niet gestoord kunnen worden,' zei ze zacht.

'Goed dat je dat zegt.'

Hij sprong uit bed en ze zag hem naar z'n kleding gaan en z'n mobiel opduikelen. Hij deed zijn koffer open en rommelde er even in.

'Zo, nu kunnen ze ook niet bellen.' Snel kwam hij terug naar bed en ging naast haar zitten. Hij had een flesje in zijn handen.

'Wat is dat?'

Hij zei niets en spreidde haar benen en ging op z'n knieën tussen ze zitten. Hij haalde het dopje van het flesje af en begon de inhoud op haar te spuiten, beginnend bij haar borsten. Zachtjes begon hij de vloeistof in te masseren, rond en rond haar borsten, toen haar tepels. Hij rolde ze tussen vinger en duim totdat ze hard waren.

'Mm, zalig. Het ruikt lekker. Gaat zo nog een poosje door...'

Hij spoot de vloeistof, ze dacht dat het een soort olie was, op haar maag, haar buik, en masseerde het in totdat hij bij haar kutje kwam. Ze voelde het tussen haar schaamlippen druppelen, op haar klitje, en zoog haar adem in. Zijn vingers gleden op en neer tussen haar schaamlippen, rond haar klitje, totdat ze dacht dat ze zou barsten. Scheuten van hartstocht vlogen door haar heen en naar haar kutje dat klopte en ze voelde de nattigheid uit haar vagina druppelen.

'Niet eerlijk...ik kan niet bij jou,' zij ze terwijl ze hijgde want ze dreigde om weer klaar te komen.

'Geduld, meiske...we hebben de hele nacht.' Hij stak plots een vinger in haar opening.

Het was zo onverwachts dat ze gelijk klaar kwam en ze gaf

een gilletje. 'Ja, o ja, nog meer...'

Hij druppelde nog meer olie tussen haar lippen en stak nog een vinger in haar nu druipende opening. Even pompte hij met die lange vingers, toen trok hij ze er uit en spreidde haar benen nog wijder en nam haar enkels en lichtte haar benen op over zijn schouders.

'Zo mooi,' zei hij zachtjes terwijl hij naar haar wijd open schaamlippen staarde.

Alles wat ze nu wilde was die stijve pik. 'Neem me nu, lieveling, genoeg gespeeld...ik wil je in me voelen...'

'Je bent zo nauw. Ik moest je gereed maken,' zei hij met hese stem en boog naar voren.

Zijn stijve ruste tegen haar kutje, zocht automatisch toegang, terwijl zijn handen haar borsten weer masseerden en met haar tepels speelden.

Chantal greep zijn billen en forceerde zijn stijve om bij haar naar binnen te glijden. Maar dat ging niet zo gemakkelijk. Zelfs niet met de olie en haar lubricatie. Ze was nog steeds erg nauw. Maar al deed het iets zeer, het kon haar niet schelen. Het was een pijn die ze welkom heette.

Hij stopte opeens. 'Je bent nog een maagd.'

'En daar ben je verbaasd over?'

'Ja, je was meer dan twee jaar bij—'

'Hou op, schat. Noem die naam niet alsjeblieft.' Ze trok harder aan zijn billen totdat hij stukje bij beetje naar binnen drong.

Met een flinke duw vulde hij haar helemaal en weer hield hij op. Hij zakte neer op haar en kuste haar. Een tedere lange kus. Toen ze weer zijn billen greep en haar heupen hem tegemoet duwde, begon hij langzaam in en uit te glijden.

Het was snel over. Ezra kon zich niet langer inhouden en ze voelde zijn lichaam trillen. Zachtjes kreunde hij toen zijn lading bij haar naar binnen schoot. Hij nam haar in zijn armen en ze lagen een poosje stil totdat ze beide hun adem terug hadden.

Ezra rolde van haar af. 'Ik stik van de dorst. Jij?'

'Ja, ik ook.'

Hij opende de fles champagne en vulde hun glazen en gaf haar er één. 'Tot de volgende tweeduizend nachten, mijn mooie koningin,' en tikte zijn glas tegen het hare. 'Moge ze allen zijn zoals deze nacht.'

'Eh…niet helemaal. Je hebt me ontmaagd.'

'En dat was een verassing die ik niet verwachte. Ik was voorzichtig want ik ben nogal groot gebouwd maar –'

'Ik besloot lang geleden om te wachten tot m'n huwelijksnacht alhoewel het moeilijk was bij jou want ik wist dat jij de juiste voor me was. Oma zei altijd tegen me om te wachten op de juiste man om me te geven.'

'Dat was mijn mooiste gave,' zei hij zachtjes en kuste haar.

Chantal zette haar glas op het nachtkastje. Ze had gemerkt dat hij alweer hard werd en nu was het haar beurt om met hem te spelen en hem te tergen. Ze nam zijn stijve in haar hand en begon langzaam het vel op en neer te trekken.

'Liefje, het zal wel zeer doen bij je nu. Zou je liever niet wachten tot morgen?' vroeg hij, zachtjes kreunend omdat ze doorging.

'Helemaal niet. Het is al morgen,' en ze gleed naar beneden en nam hem in haar mond.

De week was te snel voorbij gegaan. Waarvoor ze koffers met kleding hadden meegenomen was een raadsel voor Chantal want sinds hun aankomst op het eiland waren ze elke dag nakend.

Dagelijks gingen ze zwemmen en lange wandelingen maken over de stranden. Maar nu was het tijd om terug te gaan.

Voor de laatste keer hadden ze gezwommen. Hand in hand liepen ze terug naar het huis om zich aan te kleden en de koffers op te halen.

Ergens zag Chantal er tegenop weer haar taak op te nemen. Er was nog zo veel te doen en te regelen. Maar haar familie was nog op Shang'du voor vijf weken en ze wilde ook tijd met hen besteden. Alhoewel ze er tegen opzag om alles uit te leggen tegen ze over de draken, de magie, en haar ketting.

Voordat ze hun kleding aantrokken, kropen ze nog even op het bed om nog een laatste keer in privé van elkaar te genieten.

Ze naderden het kasteel. Het was stralend weer en de torens van het witte kasteel schitterden in de zonnestralen. 'Wat ziet het er mooi uit hier vandaan,' zei Chantal.

'Ja, het is ons sprookjeskasteel waar we nog vele jaren door zullen brengen.'

'Ik hoop in vrede. En te denken dat dit allemaal is begonnen door het snoertje met bloedrode kralen waar jij naar zocht...'

Hij grinnikte zachtjes. 'En door Moppie, die besloot om het huis uit te rennen.'

Over de Auteur

Gabriella woont al in het buitenland sinds achtjarige leeftijd. Zij schrijft en tekent al sinds ze een potlood kon vasthouden. De meeste van haar boeken zijn in het Engels en gepubliceerd door Extasy Books. Ze gaf haarzelf de uitdaging om in het Nederlands te schrijven. Haar eerste poging was De Kostganger. Toen dat verhaal klaar was, droomde ze over een ketting gekregen van haar grootmoeder toen ze zeventien was, en het liedje van de Selveras. Het resultaat van die droom is dit verhaal.